うめき声一つ上げず、
浅い呼吸を繰り返す子供を見下ろした。
「生きたいなら頑張りなさい。
私もできる限り手伝うわ」

ララニカ
森で暮らす不老
不死の魔女
ノクス
ララニカが
拾った子供

アス
ノクスに拾われた鷹
十六番
悪党専門の暗殺者
ニック
十六番が利用
する情報屋

「俺はまだ、死なないから。
……ララニカを、殺すまで。安心、して」
ゆっくりと伸ばされたノクスの手が私の目元に触れ、
親指で優しく涙をぬぐった。
固くて乾燥した指先の感覚が皮膚を擦って、熱い。
……何故かそれで涙がぴたりと止まった。

暗殺者は不死の魔女を殺したい

The Assassin Wants to Kill the Immortal Witch

Mikura　イラスト：ゆっ子

The Assassin Wants to Kill the Immortal Witch

CONTENTS

不死の魔女と暗殺者

暗く湿った森の奥。そこに居を構えて暮らす私、ララニカを人々は「魔女」と呼ぶ。そんな私が住んでいるためにこの森は「魔女の森」と呼ばれ、普通の人間は一切近づかなかった。

私が暮らし始めた時はそうでもなかった家の隣の木はいつの間にか巨大に成長し、石造りの家を巻き込む形になっている。たしかに不気味な魔女の家といった雰囲気で、妥当な名称かもしれない。

(魔女、ね。……間違ってはいないのかも)

私は本当に、普通の人間とは違う。不老不死の祝福《のろい》を受けていて、数百年と生き続けているのだから。十代後半の姿のまま決して老いることはなく、たとえ致命傷を受けても蘇《よみがえ》る体だ。魔女と恐れられるのも致し方のないことだと思う。

だからこそ人間のコミュニティの中で生きるのは諦めた。普通の人間の中で過ごせば過ごすほどこの異質さは浮き彫りとなり、迫害を受ける。珍獣扱いで金持ちに飼われたり、魔女狩りに遭ったりと色々あったおかげで、拷問や魔女の火刑などを受けた結果、あらゆる死に方をすでに経験済みだ。それでも死ねない私を、人々は本物の化け物として忌み嫌い、恐れ、近づかない。

こうして森の中に引きこもっているのは誰とも関わらないためである――というのに。そんな私を訪ねてくる変人が一人だけいる。

「こんばんは、ララニカ。この毒なら絶対に君を殺せるから、結婚しよう」

そろそろ叩《たた》けば壊れるのではないかというほど古い木の扉をノックもなしに開いて入ってきた人物は、今晩の食事を煮込んでいる私の眼前に小瓶を突き付けた。

紺色の髪に漆黒の瞳という色彩の上に服まで全身黒で統一した常夜のような男。彼の名はノクス。この男が、十年以上も前から私に関わってくるようになった。出会った頃は少年だった彼も今や立派な青年の姿となっているのに、口から出る言葉は昔から変わらない。

もう百度は聞いた告白にため息を吐《つ》き、ノクスが掲げる小瓶に目を向ける。どろりとした緑の液体で、金粉のような輝きが混じる独特の見た目の毒が入っていた。

「無理ね。それは試したことがあるもの」

「……俺が開発したのに？」

「毒の類はもう試し終えたって言ったでしょ。それも作ったことがあるわ。ヤヤラの根とカサミガエルの毒を主成分としたものじゃない？」

「……合ってる」

私も自分を殺す方法は何度も試してきた。毒の研究もして、新たな毒を作り出しては自分に使って、苦しんで意識を失っても目を覚ました時には全快している。そんな経験を繰り返してきたのだ。

毒以外も何でも試した。一番きつかったのは水死を試した時だろうか。水の底で目が覚め、肺に入った水に苦しめられて死んで、もう一度目が覚めて——その繰り返しとなる。水上に這《は》い上がるのに文字通り死ぬほど苦労したのだ。あれは二度と体験したくない。

結論として、私を殺すことは不可能だ。すべてを諦めて大人しく森の奥に引きこもって暮らしているというのに、ノクスは私のそんな穏やかな日常にずかずかと土足で踏み込んできた、唯一の人間である。

「……ようやく君を殺せると思ったのに、だめか。毒がだめなら、何が効くかな……他の方法を考えないと……刺殺も絞殺もだめ、出血死も窒息も無理毒も無効……」

ノクスはふらりとよろめくと丸太の椅子に座り込み、力なく机に突っ伏して落ち込みながらぶつぶつと人の殺し方を挙げ連ね始めた。

これも見慣れた光景である。彼には私がどれほど死ぬための努力をしてきたか、その手段を語ってきた。今までにない毒を作り出せればあるいは、と考えたのだろう。しばらく姿を見せなかったのは今日持ってきた毒の開発をしていたかららしい。……その時間も無駄だったわけだが。

(人間の時間は有限なのに……私のために生きる時間を浪費するなんて……)

大抵は六十年、長生きできたとしてもせいぜい八十年程度の寿命しかない普通の人間。その中でも元気に、そして自由に動き回れる時間というのは限られている。その大事な時間を、死ねない魔女のために使うなんてもったいない。だからノクスの行動をやめるべきだと伝えてきたが、彼は何年経《た》ってもその行動を改めなかった。

「……夕食、食べていくでしょう?」

「……うん」

煮込み終わった鍋の料理を二人分の器に注ぐ。ノクスが食事時に来たら食べさせるのもいつものことだ。

森の恵みのごった煮スープはその日に採れたものを適当に切って煮込み味を調えるだけの料理だが、毎日味が変わるので飽きることもない。そんなスープの入った器を机に二つ並べた。その器を、ノクスはまだ落ち込んだ様子で眺めている。

「何度も言ったでしょう。私のことなんて諦めて、普通の人間と――」

「俺は君以外なんて考えられない。……いつになったら分かってくれるの？」

「私は貴方《あなた》をこんなに小さな時から知っているし、その頃から同じことを言っているじゃない。ちゃんと分かってるわ」

「……もう少し大きかったよ」

自分の腰のあたりの高さに手を持ってくると文句を言われた。思い出してみるが、出会った頃は本当に弱っていて、とにかく小さかったという印象が強い。

そう、出会ったばかりの頃の彼は本当に子供だったのだ。私が歳《とし》を取らないまま、彼だけが成長した。……そして、やがて彼だけが老いて死んでいく。

（だから誰とも関わりたくなんてなかったのに……かといって、助けられるものを見捨てられもしないし）

森の中で死にかけの子供を見かけ、放っておけずに手当てをした。一命をとりとめたノクスはそれから私にすっかり懐いて、頻繁に「大人になったら結婚して」などと子供らしい求婚をしていたものだ。彼を森から追い出してもそれは変わらず、現在まで続いている。

「子供の頃から本気なんだよ。俺は君一筋」

私を見つめる暗い色の瞳に、その色と反するような強い熱が込められている。彼がこのような目をするようになったのはいつからだっただろうか。子供の頃はまだ、こんなに強い欲は感じなかった。……私を置いて成長していく彼はいつの間にか、こんな目をするようになっていた。

「何度も言っているけど私は、寿命の違うものと結ばれる気はないから」

ノクスの視線を気にせずに彼の向かい側の椅子に腰を下ろし、匙《さじ》を手に取ってスープを口に運ぶ。そんな私を目の前の黒い男は不満そうに見つめてくるが、そのような目をされても私の考えは変わらない。

私と同じ時間を生きるものなど、もうこの世に存在しないのだ。同族と共に不老不死の恩恵を受けた時は祝福であったのに、それもたった一人となってしまえば呪いに変わる。……祝福を解く方法だって、失ってしまったのだから。

「俺が必ず、君を殺してみせる。……だから、殺す方法を見つけたら結婚して」

「……できるのならね」

しかしできるはずがない。私が死ぬ方法は永遠に失われた。私はこの先もずっとただ一人、この世界を彷徨《さまよ》い続ける運命だ。それが変わることなどありえない。

「約束だよ。俺が必ず君を殺してみせるから……待っててね、ララニカ」

「……分かったから、冷める前に食べなさい。人間は栄養が足りないだけでも死ぬんだから」

「うん。いただきます」

私の内心など知らぬノクスは、太陽を待ちきれず日が届く前にほころぶ蕾《つぼみ》のように、暗い色の瞳に光を宿して柔らかい笑みを浮かべた。

人を殺すことを生業にする暗殺者とは思えぬ顔。私のために、私を殺そうと躍起になっている男。情を移せば苦しくなると分かっているのに、私は彼を拒絶できないでいる。

（今更拒絶したところで遅いわ。……いえ、この子を拾った時からもう、こうなることは決まっていたようなものね）

いつかノクスの寿命が尽きるまで、彼がこの森の小屋を訪れなくなる日まで。〝不死の魔女《ララニカ》を殺す〟というノクスの夢物語に私は付き合い続けるのだろう。

そうして彼が夢を諦めるにせよ、寿命が尽きたにせよ、終わりを迎えた時にまた孤独を突き付けられて、絶望するのだろう。

（……私だって死ねるなら死にたいわよ）

それは叶《かな》わぬ望みだと分かっている。死を諦めた私に、死を運ぼうとするノクスは鮮烈な光のようなものだ。まぶしくて、目を焼いて痛いほど。遠ざけたいのに向こうから押しかけてくるので手に負えない。もてあます感情の苛立《いらだ》たしさをぶつけるように、器の中の芋を匙で押し割った。

「ラニカ」

「……何？」

「好きだよ」

存在しないはずの熱を感じそうなほど感情のこもった、愛の言葉。彼に出会う前にも聞いたことはあったのに、それが偽りだったのだと思い知らされるような、本心の言葉。それは私の胸を突き刺すようで、何度聞いても慣れはしない。

「……何度も聞いたわよ」

「でも伝わってない気がするから」

「ちゃんと分かってるわよ。貴方は子供の頃から変わらないわ」

子供の頃から繰り返された告白。その言葉を払うように手を振った。

……彼と出会った時のことは、よく覚えている。あれがすべての始まりだったのだ。

何もかもが足りている、夢のような里。この世に存在する本物の楽園。そこに暮らすのは髪と瞳に黄金の輝きを宿し、不老不死の祝福を受けた特別な一族だった。

「私たちついに結婚するのね、ユージン」

「……そうだね、ララニカ」

そんな一族の、とある二人の結婚の日。花婿は族長の息子であり、花嫁は一族に不老不死の祝福をもたらした娘。一族全員がその契りを祝福し、二人を見送った。

里の囲いを出るとそこには崖しかない。この楽園は天上に近い台地に存在する。楽園の住人が脅かされることのないように、羽を持たぬただの人間が昇れぬこの地を神は一族へと与えたのだ。

「こうして見ると高いわよね……」

この一族は婚姻を結んだ者のみが地上へと降りる決まりだった。結ばれる二人で気球に乗り、地上に降りたら祝福を返し、普通の人間になって暮らすのである。

花嫁は今から降りる眼下の地上を見下ろしていた。雲の上にあるこの地からは、地面など見えはしない。その高さに少しばかり恐怖を覚えた、そんな花嫁の背中を何者かが押した。

「なっ……!?」

体を襲う浮遊感。見開いた目で見た犯人は、結婚するはずだった婚約者。その男はどこか安堵《あんど》したような表情で、落ちていく花嫁《わたし》を眺めている。

そのまま何の障害物に当たることもなく、地面まで落下した体は一瞬の激痛と共に砕け散って
――。

「っ……！」

目を開けるとそこには見慣れた天井があった。どうやら夢を見ていたらしい。……嫌な過去の記憶を。

（最悪……忘れたくても忘れられないものね）

もう何百年も前の出来事だというのに忘れられないのはそれが今の人生の、つまり〝不死の魔女ラランニカ〟の始まりだったからなのかもしれない。今日も変わらぬいつも通りの一日が始まるであろうことにため息を吐《つ》いて、体を起こす。

（……水浴びをして、気分を切り替えましょう）

朝目覚めた後はまず水浴びに行くのが私の習慣だ。着替えや洗濯の準備をして近場の泉へと向かった。この泉に湧き出ているのは人肌程度に温かいぬるま湯で、冬でも身を清めるのに苦労しないため、この温泉の近くに居を構えたのである。

現在は夏。しかし森の朝は夏でも涼しいし、泉の湯が温かくて気持ちいい。

まずは顔を洗おうと泉を覗《のぞ》き込み、そして水面に映る自分の姿に顔をしかめた。腰にまで届く長

さの輝くような金の髪と同じ色の瞳。十代後半のまま時が止まったように変わらぬ姿。もう自分の正確な年齢すら分からなくなったが、千年近い時を生きているはずだ。それなのに私の容姿は髪の長さすら変わっていない。

(こんなもの、呪いでしかない)

元々は私もただの人間だった。都市から遠く離れた地方の集落に住む、百人程度の部族の一人。それがある時、傷ついた神の遣いを助けたことで祝福を授けられた。

百人程度の同族すべてが不老不死の祝福を受け、老いたものは最盛期まで若返り、幼きものは肉体の最盛期を迎えると年齢が止まった。はじめのうちは誰もがその祝福を喜び、自分たちは特別なのだと悦に入っていたが迎えた結末は悲惨なものだ。……最終的には私だけをこの世に残して、彼らは滅びた。自分たちだけ祝福を返して、その方法ごとこの世から消えた。

(嫌な記憶も汚れみたいに洗い流せれば、いいのに)

身を清め、ついでに洗濯をする。服を干したら軽く朝食を摂《と》り、次は食料を探して森の中を歩く。蘇《よみがえ》るとはいえ苦痛は感じるので餓死の苦しみを味わいたくはないし、食料探しは大事な日課だ。

仕掛けた罠《わな》を見て回り、動物がかかっていないかを確認する。肉は栄養価が高いし腹が膨れる上に、毛皮は服にも使えるので捕れたらありがたい。

(それにしても……騒がしいわね)

森には様々な動物が暮らしている。現在最も騒がしいのは烏《からす》であった。

『こっち！　こっちに肉がある！』

『獣に食われる前に来い！』

同族全員が手に入れた不老不死とは別に、私にだけ与えられた祝福がある。それは動物の言葉を理解し、会話できる力だ。恐らく私が神の遣いを助けたため、特別に与えられたのだとは思うが、そこまで便利な能力でもない。煩わしいことも多く、ない方がよかったとすら思う。

『もうすぐ死ぬぞ。ごちそうだ！』

鳥が仲間を呼んでいる声から察するに、怪我《けが》をした動物でもいるのだろう。弱って動けない動物がいれば肉食鳥たちが襲い掛かる。今日は罠にかかっている動物もいなかったし、私でも狩れる状態なら横取りさせてもらおうと声のする方へと足を向けた。

卑怯《ひきょう》と言うなかれ、この世は弱肉強食だ。私とて熊相手なら獲物を譲るのだから、これは自然の摂理である。

しかし鳥たちが騒いでいる原因は森の動物ではなかった。鳥が集《たか》っているモノの姿を視界に捉えた時、私は思わず「離れなさい！」と怒鳴りながら駆け出して、驚いて飛び上がった鳥たちがついばんでいた獲物を抱き起こした。

それは弱った森の動物などではなく、人間の子供だった。土に汚れて血まみれで、顔色も真っ白だったがまだ息がある。

（今ならまだ助かるかも）

深い傷をとりあえず縛って止血してすぐにその子供を連れて帰った。家に戻ったら子供をベッドに寝かせ、傷口を消毒し、症状を診る。彼が死にかけているのは傷のせいだけではなく、やせ細った体には強すぎる毒のせいもあるようだ。

私自身には傷薬も解毒薬も必要ないのでストックはないが、それを作るための知識はある。自分を殺すためにありとあらゆる薬物の知識を蓄えたおかげで他人を救えるとは皮肉なものだ。

(薬ができるまで、いえ……薬ができても回復するまで持つかどうかはこの子次第ね)

うめき声一つ上げず、浅い呼吸を繰り返す子供を見下ろした。顔にかかる紺色の髪を払い、額に手を当てる。

「生きたいなら頑張りなさい。私もできる限り手伝うわ」

人間の寿命は短い。死ぬことができる彼らを羨ましく思う。しかし死んでしまう彼らだからこそ、その生が輝かしいものだと知っている。

人間は嫌いだ。死ねない私を疎んで、痛めつけたこともある。自分たちは死ねるというのに、不老不死を求めて私の体をいじくった奴《やつ》もいる。けれど私を憐《あわ》れんで助けてくれた人間もいる。憎しみと羨望とどちらも持ち合わせていて、人間に対する感情は複雑なものだ。……だから、嫌いだけれど見殺しにするほどでもない。

毒の症状から解毒剤を作り、並行して傷薬や増血効果のある薬湯も作る。寝ずに子供の看病をして、三日が経《た》つ頃には症状が落ち着いた。……まだ発熱はしているが、このままなら回復するだろう。回復力の高さは子供故だろうか。

（これならもう大丈夫ね。ずっとついている必要もないか……）

汗を拭き、解熱作用のある薬草を煎じて飲ませ、額に濡《ぬ》れた手ぬぐいを載せる。その冷たさのせいか、子供の瞼《まぶた》が震えてゆっくりと開かれた。視線の定まらない黒い瞳はやがて私の姿を捉え、ぴたりと止まる。

「……天族……？」

その呼び方に顔が強張《こわば》った。たしかに私の一族はそのような呼ばれ方をしていたが、今はもう関係ない。その一族も、彼らが暮らした楽園も、すでに消え去ったのだから。

「……いいから、まだ眠りなさい」

私を見つめる黒い瞳から逃れるようにその目を手で覆って塞いだ。そうするとまた意識が落ちたのか、寝息が聞こえるようになる。

この子供が次に目を覚ました時のために、消化に良い食料を用意しておくべきだろう。看病の間私もろくなものを食べていなかったし、状態は安定してきているのでしばらく離れてもよさそうだ。

（……この子のために食べ物を探してくるだけ）

まさか子供の口から一族の名前が出るとは思わなかった。背後から鈍器で突然殴られた時のような衝撃で、少しばかり動揺している。逃げるように家を出て、無心になりながら消化に良い食べ物を中心に探した。

（モヌル芋が取れてよかった。これなら栄養価も高い）

山芋の一種で熱を加えるととても柔らかくなる芋だ。これをどろどろに溶かし、消化促進効果のある薬草を加えてペースト状のスープにすればいいだろう。

そうして家の扉を開けると、子供はベッドの上で体を起こしていた。

「もう起き上がれるの？　回復が早いわね」

声に反応して真っ黒な目が私を見つめた。その瞳には何の感情も映し出されていない。子供らしさのない、冷たい無表情。……いったいどんな目に遭ったらこんな顔をするようになるのだろう。

（……心が死ぬ寸前の顔ね）

これは見覚えのある表情でもあった。同族が私を残して祝福の返還方法ごと滅んだことを知り、絶望した後のこと。水面に映った私はこのような目をしていたと思う。

今でも明るい顔はしていないがあの頃ほど酷《ひど》い状態でもない。そのせいだろうか。なおさらこの子供を放っておけない気分になったのは。

「今から食べられるものを作るから貴方《あなた》はまだ寝て体を休めなさい」

「……はい」

淡泊で、力のない声。子供は私の言葉に従うようにベッドへと体を倒したが、その黒い目はじっと私を見ていた。気が付けば知らない場所で知らない人間に看病されているのだから気になるのは当然だろう。

その視線を受けながら料理を始める。とはいっても芋を崩れるまで煮込んで味を調えるだけの芋《いも》粥《がゆ》なので簡単なものだ。出来上がったものを器に移し、子供の下までもっていく。

「食べられるだけ食べなさい。味はそこそこだけど、栄養はあるから」

「……はい」

あまりにも従順だ。まるで自分の意思などないかのように、言われたことへ「はい」と答えて実行するだけ。この少年は一体、どうしてこんなにも無気力なのだろうか。

（弱ってる割には食欲があるのね……）

多めに注いだはずの器の中身を食べ尽くしたのを意外に思った。消化に良いものとはいえ、食べられてせいぜい半分程度だろうと考えていたのに。

「お代わりはいる？」

「分かりません」

もう満腹だろうと思いつつ一応尋ねて返ってきた彼の答えでふと、一つの考えが頭をよぎる。

「……まさか、私が食べなさいと言ったから無理して食べてるんじゃないでしょうね」

「……分かりません」

「お腹《なか》は苦しくないの？」

「痛みと吐き気はありますが、まだ入れられます」

「食べられるだけ食べろ」というのは具合が悪くなっても入るだけ腹に入れろという意味ではな

かったが、彼はそのように受け取っていたらしかった。しばらく他人と関わらなかったせいなのか、上手《うま》く言葉が通じていなかったことに気づいて慌てる。

「っそれを無理と言うの！　ちょっと、大丈夫!?　気持ち悪くなったら吐いていいから、ええと、その時はこれを使って」

「……はい」

ベッドの傍《そば》に空の桶《おけ》を運ぶ。吐き気がするなら背中をさすった方がいいのだろうか。……こういう時はどういう姿勢にすればいいのかいまいち分からない。

「楽な体勢は分かる？」

「はい」

「じゃあその体勢で、休んで」

彼はゆっくりとベッド横の壁に背中を預けた。しかしそれにしても妙な子供だ。

先ほどは慌てたが冷静になって考えてみると、私の言葉が上手く伝わらないのは人との関わり方を忘れてしまったからではなく、この子が変わっているからではないだろうか。

「貴方、名前は？」

「十六番」

「……十六番？」

それは番号であって、人の名前ではない。

肌を虫が這《は》うような、ぞわりと湧き上がる嫌悪感。私はまだこの少年のことを何も知らない。しかし番号で呼ばれる場所を、私は知っている。

薄暗いホールの舞台の上。ホールを見下ろす客席には、仮面で顔を隠した人間たち。舞台の上で炎の明かりに照らされた私は、逃げられぬようにと鎖で繋《つな》がれて、一身に値踏みするような嫌な視線を集めている。

「本日の目玉商品！　商品番号二十番！　不死の体を持つ娘です！　その力を今、御覧に入れましょう！」

私の倍以上も体積のある大柄の男が、巨大な鉈《なた》を持って舞台に上がってくる。私の前にやってきた大男は、その鉈を振り上げて――。

（……また嫌なことを思い出した。番号で呼ばれるってことは、この子ももしかして……）

人間を珍品と同列に扱い商品として売りさばく闇の市場。奴隷商人に捕まってそこに出品され、しばらく金持ちに飼われていた記憶が蘇る。

名前を持たず、番号を名乗るこの子ももしかしたらそのような場所にいたのかもしれない。詳しくは分からないがまともな暮らしはできていないだろう。

森の中で死にかけていたのは逃げ出してきたか、捨てられたか。何にせよ彼に帰る場所はないに違いない。

（……でもここで暮らさせる訳にもいかない。私は普通の人間じゃないから……この子を、人間の

世界に帰してあげないと）

まずは治療し、それが終わったら一人でも生きていけるように知識や技術を与えて、人の世界に戻るように諭すとしよう。せいぜい数年の期間でいい。しかしその間「十六番」と呼ぶのはどうかと思う。

私自身も嫌なことを思い出すし、この子にも悪い。……何か、いい呼び名はないだろうか。

「ノクス、と呼ぶのはどう？」

「……ノクス？」

「夜という意味のある言葉よ。名前がないと不便でしょう？　でも私がそう呼ぶだけだから、いつか自分で好きな名前を付け直すといいわ」

夜の帳《とばり》が下りた空のような色の髪に、漆黒の瞳を持つ少年。まるで夜を切り取ったようにも思えるから、夜を表す名がふさわしいと思った。

少年はじっと私を見つめながら十秒程度黙り込んで「分かりました」と答える。その名を気に入ったのか、不服なのか。それすらも分からないほど、彼の顔や声には感情というものがない。

しかし瞳の奥に揺らぐものが見える。まだ、完全に精神が壊れた訳ではない。

（……取り戻せるかしら）

心に深い傷を負っているのだろう。それ以上傷つかないように、感情が奥底に隠されてしまっている状態なのだ。こういう状態になる人間は見たことがある。私が人間に飼われていた時、同じよ

うに飼われていた奴隷が、ちょうどこのような感じだったから。

その人間は結局、死ぬまで元に戻ることはなかった。いや、死ぬ瞬間にむしろ安らかな表情を見せていた。……死が救いであることは、私もよく知っているけれど。彼はまだ子供なのだ。数十年と生きる時をこのような、何も感じない状態で過ごすべきではない。

(死ねるからこそ生きている間の時間は特別なんだから……取り戻してあげたい)

私にはもう得られないもの。生の実感、永遠でないからこその日々の充実。それを他人に奪われたであろう少年に、同情してしまった。

人間と私では生きる時が違う。だから情など移さぬように、そして普通の人々を脅かさぬように、一人でひっそりと生きることを選んだ。それでもこの時私は、彼を見捨てるという選択肢をとることができなかった。

「貴方の傷が癒えたら一人で生きていけるだけの知識を教えるわ。出ていきたくなったら出ていってもいいけれど、とにかくそれまでは私が面倒を見ましょう。……私はラランニカ。短い間だけどよろしくね、ノクス」

「……はい」

そうして私とノクスの生活は始まった。

◆

親の顔は覚えていない。物心ついた時には貴族の子供の玩具だった。呼び出される時は「十六番」で、それ以外は「おい」とか「お前」とか、そんな風に呼ばれる。だから自分の名前は十六番なのだろう。

十六番は今日も持ち主の玩具として、その子供の部屋に呼び出された。

「おい、お前。今日のゲームだ。選べ」

「……はい」

自分を玩具にしている貴族の子——ルヴァンはテーブルに六つのグラスを並べた。紫色の果実のジュースだが、六つのうちどれか一つには毒が入っている。この中から一つを選んで飲まなければならない、というゲームだ。ここのところ毎朝このゲームをやらされている。断る権利はない、許される答えは「はい」の一つだけ。

(……これだ)

その中から一つのグラスを選んで飲む。これだけが余計なにおいがしなかったからだ。ルヴァンはつまらなそうに舌打ちをして、残りを使用人に下げさせた。

六つのうちの一つが毒入りなのではなく、六つのうちの一つだけが無毒なのである。しかしルールが違うなんて口が裂けても言えない。貴族に金で買われている奴隷は、主人に逆らうことなど許されない。

「またそんな遊びをしているのか」

「父上！」

ルヴァンの父親、つまり屋敷の主人である男が何やら小さな肖像画を使用人に持たせて彼の部屋を訪れた。父子の会話が続く中、自分は部屋の隅に下がりただ静かに待ち続ける。

ただの道具である奴隷は人としてカウントされない。主人たちの興味が他に移ればその場に放置されるのもいつものことだった。

「ほら、お前の欲しがっていた〝天族〟の肖像画だ。まあ、これはレプリカだがね。それでもなかなかお目にかかれない代物だ」

「ありがとうございます、父上！」

ルヴァンに贈られた肖像画に描かれているのは少女とも女性ともとれぬ美しい人物。金色の髪と金色の瞳をしていて、無表情に彼方《かなた》を眺めていた。ドレスを着ているが、首枷《くびかせ》と手枷《てかせ》をはめられて鎖に繋がれている。

きっと肖像画の彼女も奴隷だ。だって、とても美しい人なのに絵でも分かるくらいに目に生気がない。奴隷部屋で見る、同類と似た目をしているのだ。

「わあ、これが天族かぁ……」

天族。それはこの息子がとても気に入っている伝承の存在である。天高く聳《そび》え立つ台地に住む、不老不死の祝福を受けた特別な一族。しかし遠い昔に滅んでしまった。不老不死の力を狙った人間がその力を手に入れようと飛行船で彼らを侵略しはじめると、彼らは祝福を返して全員が自決し、絶滅したのだと言われている。

『不老不死なら何をしても死なないんだろ？　それならいろんなことをして楽しめるのになぁ……まあ、でも滅んだんじゃ仕方ない。お前で我慢するさ。お前も、何か祝福を受けてるから丈夫なんだろ？』

歪《ゆが》んだ笑みを浮かべる幼い顔。子供特有の高い声でありながら、粘着質で強く悪意のこもったそれはとてもおぞましい。

神は天族の悲劇からたった一つの部族にだけ祝福を授けたことを悔いたのか、それから血を問わずに人間へ祝福を与えるようになった。千人に一人の確率で、何らかの祝福を受けた子供が生まれてくる。例えばそれは動物の気持ちが分かるとか、身体機能が人一倍優れているとか、不老不死に比べれば微々たるものだが、何もない人間なら羨む力だ。

どうやら自分にも祝福が授けられているらしい。人より強くて丈夫な体、高い回復能力。おかげでこの屋敷に買われたほかの奴隷たちが死んでいく中、自分だけが生き残っていた。

（死んだ方が、楽かもしれない……）

回復の早い体でも、毎日暴行を受けて新しい傷を作っていれば常に傷だらけにもなる。痛みに慣れたのか、痛くてもここに来たばかりの頃のように泣き叫ぶことはなくなった。理不尽な暴力も、仕方ないものなのだと受け入れられるようになった。けれどだからと言って苦しくないはずもなく、早く終わりたいと願っていた。

　そして、そんな日々も突然終わりを告げる。どこかに遠出するらしい主人たちの道中の暇つぶしにと馬車の荷台へ載せられ連れ出されたが、ルヴァンの機嫌が悪い。馬車の乗り心地が良くない、車がよかったと不満を募らせていた。

「地方はまだ道が舗装されてないからな。仕方ないだろう、こういった場所の視察も領主の仕事だ。お前も将来のためにしっかり経験しなくてはな」

　父親の言い分に納得したのかしていないのか、息子の不満は募り続ける。そんな道中でいつものゲームが始まった。

　並べられた六つのグラス。歪んだ笑みを浮かべる幼い主人。朝一番に行われる、毒入りグラスを避けるゲーム。

「さあ、一つを選べ」

「…………はい」

　いつも通りでなかったのは、ここが屋敷ではないことと、六つのグラスのすべてから異質なにおいを感じ取ったこと。いつまでも毒を避け続けた奴隷に、主人はとうとう痺《しび》れを切らしたらしかった。死ぬような毒ではないはずだと、逃れられないゲームの負けを飲み込む。

　しかし出発して小一時間程経ち休憩に入った時。奴隷が毒物の作用で倒れ荷台の荷物を汚したことに気づいた主人は、それが心底お気に召さなかったようだ。

「もういらない。森の奥にでも捨ててこい。ここには魔女だか怪物だかが住んでるらしいからな、人間の子供がいたら食ってくれるさ。……父上、新しいのを買ってください」

「やれやれ、仕方ない子だな。……人目につかない所に置いてこい」

奴隷の証《あかし》である首枷を外されて、生気のない目をした使用人によって馬車から運び出され、ちょうど通りかかった森の中へ捨てられた。人気《ひとけ》のない場所なので誰にも見つからないだろう。死んでも動物たちが肉を食らうので、処理の必要もない。

(捨てられた……でも、これでもう……)

これでもう、一方的に罵られて暴力を振るわれることも、毒を飲まされることもない。とてもほっとして、地面に力なく横たわったままでいた。しかしふと、思いつく。

(……もしかして……これで、自由に……なれた……?)

枷まで外したのだから完全に捨てられた奴隷だ。あの主人は捨てたものをわざわざ捜して、もう一度自分のものにしようとは思わないだろう。もし、このまま生き延びれば。主人を失った自分は、奴隷仲間の皆が望んでいた「自由」を手に入れられるのではないか。

毒でまだ震える体に力を入れて、起き上がる。このままでは獣の餌になるかもしれない。どこか身を潜める場所を探して——。

次の瞬間。体が何かに跳ね飛ばされた。視界の端に映った茶色い毛の塊を見て、何かしらの獣に体当たりでもくらわされたのだと理解する。そして運の悪いことに、跳ね飛ばされた先は小さな崖となっていて、力の入らない体は急斜面を転がり落ちた。

（……しにたく、ない……まだ……）

ようやく、初めて、摑《つか》みかけた希望が遠のく。体の痛みと暗くなる視界。もう目覚めることはないのだろうか。……それは、嫌だ。

「生きたいなら頑張りなさい。私もできる限り手伝うわ」

辺りは真っ暗で、何も見えない。そんな冷たい暗闇の中で、遠くから誰かの声が聞こえた気がした。淡々として冷たいようで、しかし励ますように優しくて、不思議な声だった。

生きたいなら頑張りなさい。その言葉はそれから何度も消えそうになる自分の意識を引き上げて、声の主が誰なのか、気になって目を覚ましたいのに、目を開くことができない。時間をかけてだんだんと冷たい暗闇が暖かなものに変わっていく。そうしてようやく、目を開けることができた。

ぼんやりとした視界にキラキラ光るものが入る。そちらに目を向けると金色の髪と金色の瞳の、美しい女性がいた。

「天族……？」

元主人が持っていた、肖像画に描かれた女性と瓜二つ《うりふた》の姿。死の間際に見る幻覚なのかと思ったら、その表情が苦しそうに歪んだ。……何か、言ってはいけないことを言ってしまったような。

「……いいから、まだ眠りなさい」

温かい手のひらで目を塞がれて、すぐに眠りに落ちた。励ましてくれた声の主は肖像画の天族によく似た人だったらしい。

　次に目を覚ました時、その人はいなかった。やはり幻だったのかと思いながら体を起こすと、額に載せられていたらしい濡れた布がポトリと落ちた。それを傍にあった水の張られている桶にかける。

　改めてあたりを見ると、全く見知らぬ場所であることが分かった。ひとまず主人に連れ戻された訳ではないらしい。

（誰の家だろう）

　石造りの質素な壁に様々な植物や道具が掛けられている。保存食らしい干した果実や肉もあるので、人が住んでいる場所なのは間違いない。貴族の屋敷で見るような装飾品は一切なく、この場にあるのは生きるために必要な物ばかりだった。

　自分の体を確認すると、異様なにおいがする。悪臭ではないが、薬臭いと表現するべきか。布が巻かれて丁寧に手当てされていた。

（……助かった。じゃあ、これで自由……）

　死の瀬戸際に望んだもの。しかし改めて思う。やりたいことなど何もない。自由を手に入れたい、という望みが出来てそれが叶《かな》ったら。今度は何をすればいいのか分からない。

　物心がついた時から、自分の意思など許されない奴隷だったのだ。命令がなければ何をしたらいいのかも分からないことに気が付いた。そのまま何をするでもなくぼうっと動かずにいると、ギィッと音を立てて扉が開く。

「もう起き上がれるの？　回復が早いわね」

現れたのは、扉から差し込む光に照らされる美しい金色の髪を持つ女性。……どうやら幻ではなかったらしい。

「食べられるだけ食べなさい」

その女性はどうやら自分を手当てしてくれた人で、今もなお助けようとしてくれているらしかった。食べなさいと言って出された物体は、やたらドロドロとしていて食べ物には見えない。

（……でも変な臭いはしない）

実際に口に運んでも、腐りかけの残飯やカビが生えて硬くなったパンよりもずっと舌に優しい。味は分からなかったが、嚙《か》む必要がないので簡単に飲み込むこともできる。

食べられるだけ食べろ、と言われたので胃に圧迫感を覚えながらも出された分を食べ尽くした。するとそれを訝《いぶか》し気《げ》に見ていた彼女は、無理して食べるなと言って慌てだす。

（……怒っている……にしては、怖くない。なんだろう）

命令を間違えて解釈して、怒った主人に折檻《せっかん》されるのとは違う。自分は彼女の言葉を間違えたはずなのに、彼女は怒りの感情を見せるのではなく、あれやこれやと世話を焼こうとしているように見えた。

胃を圧迫しない楽な姿勢を取らされて、誰かにこのような扱いをされたのが初めてなので困惑する。彼女は何がしたいのだろう。

「貴方、名前は？」

唐突な質問だったが、素直に普段呼ばれている名前を告げた。十六番。それを聞いた彼女は整った形の眉を寄せて眉間に皺《しわ》を作る。……また間違えたのだろうか。

「ノクス、と呼ぶのはどう？」

「……ノクス？」

しばらくの間を置いて彼女はそんなことを言い出した。どうやら「十六番」は名前ではないと判断し、別の名前を付けてくれたらしい。

夜という意味のある名前。新しい名前。この瞬間「十六番」が消えて「ノクス」が生まれた。

（……生まれ変わったみたいだ）

ふっと自分の中に新しい風が吹き込んだような、そんな気分だ。彼女はいつか自分で名前を考えて付け直すといいと言ったが、必要ないと思った。これが自分の名前なのだと、それを自分の中の何かが手放したくないと言っている気がする。

「貴方の傷が癒えたら一人で生きていけるだけの知識を教えるわ。出ていきたくなったら出ていってもいいけれど、とにかくそれまでは私が面倒を見ましょう。……私はラランカ。短い間だけどよろしくね、ノクス」

「……はい」

彼女——ラランカは淡々と、けれど優しい声でそう言った。彼女の言葉にただ従おうと頷《うなず》いたノクスは、自分が彼女に逆らいたくなる日が来るなんて思ってもみなかった。

ノクスの体は順調に回復している。一週間も経《た》てば動き回れるようになり、二週間もする頃になると全快と呼んでいい状態になった。自分が不老不死なので普通の人間の回復速度はよく分からないけれど、かなり早いのではないだろうか。

しかし傷は癒えたとはいえその体は栄養不足でやせ細っている。どうせ死なない私の分の食料を彼に回して、できるだけその体に力をつけることを優先させた。

食卓に並ぶ器は二つ。今日捕れたのは兎《うさぎ》だけだったのでそれを野菜と共に煮込んだ。昼と夜に分ければ肉は少量となるため、私の器には肉が入っていない。ノクスは自分の器と私の器を交互に見て、瞳を揺らしている。

「私のことは気にしないで、成長期なんだからたくさん食べなさい」

「……はい」

ノクスは私の言葉に逆らわない。私が何かを「しなさい」と言うと必ず「はい」と返ってくる。命じられたことに必ず肯定で返す癖がついているのだろう。

いつかは自分の意思で答えるようになってほしいが、今は都合がいい。野菜に紛れた細かい肉くずをゆっくり嚙《か》みしめて食事を終え、ノクスの空になった器に残りを注ぐ。

「美味《おい》しい？」

「……分かりません」

「……そう。まあ、今日は具も少ないものね」

今日は運が悪く、兎一匹しか見つからなかった。明日は大きな獲物が捕れることを期待しよう。立派な肉は岩塩と胡椒《こしょう》の実を砕いてふりかけ、焼くだけでも充分なご馳走《ちそう》になる。大きな獲物なら満足感も得られるし、新鮮な肉は焼いただけでもかなり美味しい。

「俺は……味が、よく分からなくて」

ノクスがぼそりと呟《つぶや》いた言葉に一瞬固まった。心を固く閉ざした人間は、感覚を失うことがある。心を守るために、外部から受ける刺激を減らそうとした結果、それが五感にまで影響してしまうのだ。彼の場合は、他の感覚は鋭いのに味覚が失われている。

(本当にろくな暮らしじゃなかったのね。……こんな、子供なのに)

子供は健やかに育つべきである。幼い頃の経験がその人間の価値観や性格を形作るのだから。

彼はすでに人を憎んでいたり、人に失望していたりするかもしれない。……けれど、人間は誰もが残酷なわけではないと私は知っている。それを教えて、人間の中で暮らせるようにしてやりたい。

「もうすぐ秋になるわ。秋は実りが多いし、美味しい物もたくさん採れるの。だから……ノクスも、美味しいと思えるものに出会えるかもしれないわよ」

「……はい」

「そろそろ森に入る練習もしましょうか。慣れたら狩りも教えるわね」

「はい」

就寝時間になると私とノクスは同じベッドへと二人で横になる。この体は死なないとはいえ疲労はたまるので、寝台は広くしっかりと休めるものを作っていたのが幸いした。小さな子供が一人増えても悠々と眠ることができる。

「森の中は危険が多いわ。決して気を抜かず、周囲に気を配るの。見えるものだけではなく、音やにおい、肌で感じる風。勘も大事ね。何かがおかしいと思ったら、警戒をしなさい」

ベッドで向かい合いながら子守歌代わりに知識を語る。森の動物や植物についての知識から、狩りの作法や心構えなど、彼が眠るまで聞かせるのが習慣となってきた。

「……ラランカ」

一息ついたところでノクスが私の名を呼んだ。私の言葉に答えることはあっても、彼から話しかけてくることはほとんどないので少し驚く。

「何？」

「……なんで、俺に……そんな風に、してくれるんですか」

何故《なぜ》、助けるのか。そう言いたいのだろう。

彼に問われて考えた。何か特別な理由があったわけではない。ノクスの背中を一定のリズムで軽く叩《たた》きながら、何と答えるべきかしばし悩む。

「そうね……特に理由はないわね」

「……理由がない」

「ええ、ないわね。強いて言うなら……貴方《あなた》が人間らしく生きられるように、戻してあげたいってくらいかしら」

結局正直に答えることにした。私が助けたいから助けている。生気のない目をした彼が人間らしく生きられるように、元の道に戻れるように願っていると。

（これは同情だと思うのよね……あまり情を寄せたくはないのだけど）

限りある命に情を寄せると、あとで必ず苦しくなる。ノクスには踏み込みすぎないようにしようと思っているが、今の彼には支えが必要だ。世話をしながら心を移さないようにするのは、かなり難しい。

「……ラニカみたいな人……見たことない、です」

「そう？」

「……自分の得に、ならないのに……誰かを助けよう、なんて」

「私は見たことあるわよ。……そういう人間も、いるの。私も助けられたもの」

私が珍品として金持ちに飼われた期間は百年ほど。最後の主人はとんでもない嗜虐《しぎゃく》趣味で、死なない私を甚振《いたぶ》ることを楽しんでいた。何故私がその環境から抜け出せたかと言えば、助けてくれた人間がいたからだ。私が人間を嫌いになりきれないのは、この人物の存在が大きい。

「得になるどころか、自分の命を捨ててまで助けてくれた。もう恩返しもできないけど……恩を忘れたことはない。他人を助けたくなるのは、その人が私を助けてくれたからかもしれないわね」

私を逃がしたのは屋敷に雇われていた護衛の男だった。それから数年後に風の便りで、私を逃がしたことを罪に問われて殺され、その家族も行方知れずとなったと聞いている。彼にも彼の家族にも恩を返すことができない私は、自分がそうしてもらったように赤の他人を助けることでこの恩に報いようとしているのかもしれない。

「まあ、だから……人に絶望するのは早いわ。この先色々な人間に出会うでしょうし、他人を甚振る性悪もいれば、人助けしたがるお人好《ひとよ》しだってたくさんいるわよ」

「……おひとよし……」

「そう。お人好し」

それからしばらく無言の時が続き、ノクスも眠りについたのかと思っていたら小さな呟きが聞こえてきた。

「じゃあ……ララニカのことだ……」

「……私は違うわよ」

随分と眠そうな声だったしすぐに寝息を立て始めたので、私の言葉が聞こえたかどうか分からない。一つため息をこぼし、小さな体に毛布を掛け直して自分も眠りについた。

そして翌日以降、いままで私の言葉に返事をするばかりだったノクスが自ら話しかけてくることが増えた。たまたまかと思えば、日を追うごとに口数が増えていくので気のせいではない。

例えばノクスを連れて森を散策していると、彼は目についた物に興味を持って私に尋ねてくる。以前なら私が教えるまで何も言わなかっただろうから、良い変化だ。

「ラニカ、これは何ですか？」

「ああ、これはブドウね。収穫しましょうか」

季節は夏から秋に移った。この季節はとても忙しい。実りの多いうちに食料を集め、冬に向けて保存食を作らねばならない。教えながらになるだろうが、ノクスの手があれば二人分の食料は確保できるだろう。

（ノクスは妙に力が強いのよね。子供なのに私よりも腕力がある）

子供は力が弱いから大した戦力にならないと思っていたが、彼は大人よりも働ける。自分の身長と変わらない大きさの瓶《かめ》にたっぷり水が入っていたとしても、ひょいと持ち上げて運ぶのだ。貧相な体のどこにそんな力があるのかとても不思議である。私が知らないうちに、人間はそんなに進化したのだろうか。……おかげで食料集めはかなり捗《はかど》っているが。

「あれは梨の木。高いところに実がなってるけど、美味しいのよね。落ちてると楽なんだけど、まだ早いかしら」

「登って採ってきましょうか？」

「危ないからだめよ。落とす方法はあるわ。……そうね、あの枝の下で布を広げて待っていてくれる？」

梨は地上から二十メートル程上に実っている。弓を構え、矢を番《つが》えて狙いを定め、放った。熟れた果実がついている枝を貫けば、それがノクスの下へと落ちてくる。矢も枝を貫いたことで威力を失い近くに落ちたので、私はそれを拾った。矢を紛失したり傷めたりせず何度も使うのが弓の玄人だ。それを繰り返して三つ収穫した。

「……すごい」

「私はただ、長いことやっているから上手《うま》いだけ。慣れれば誰にでもできるわ。帰ったら貴方の弓も作りましょうか。扱い方を教えるわ」

ノクスは力が強いため、強い矢を放てるだろう。他にも狩りや身を守るための武器の扱いは教えるつもりだ。ナイフの扱い方はすでに教えたので、あとは槍《やり》にも通じる棒術も教えようと思う。

「……俺にもできるでしょうか」

「私ができることは全部、貴方もできるようになるわ。私に特別な才能はないのよ」

何百年もやっていれば身につくのは当然だ。凡人でもこれだけ時間を重ねれば、百年も生きられない天才に追いつくものである。

ノクスは身体能力が高い。私のレベルに到達するのもきっとそう時間はかからないだろう。一人で生きていけるようになるまでは、もっと早いはずだ。

二人が背負うそれぞれの籠にさまざまな収穫物を入れ、いっぱいになって帰ろうかという時だった。ノクスがふと、遠くの茂みに目を向けた。

「どうしたの？」

「あそこに何かいます。……ちょっと見てきてもいいですか？」

彼は何かの存在に気づいたらしい。私は気が付かなかったので、彼の鋭い五感でしか感じ取れないものだったのだろう。

「いいわ。けれど飛び出さないように。ナイフを構えて、危険を感じたら即逃げること」

「はい」

静かに歩きだしたノクスに私もついていく。そうして彼が茂みをかき分けると、そこには一羽の鳥が蹲《うずくま》っていた。

「……これは、鷹《たか》ね。雛《ひな》上がりってところかしら」

雛というには大きいが成鳥というには小さい。巣立ちの時期を迎えたばかりのまだ幼い鳥だろう。警戒するように私たちを見上げる鷹は、それでも動かない。どうやら怪我《けが》をして動けなくなってしまっているようだった。

この鷹は近いうちに獣に食われるか、土に還《かえ》るかどちらかの運命だ。可哀相《かわいそう》ではあるが、これが自然の厳しさというものである。弱い者は生き残れず、強い者だけが子孫を残し、そうして種が存続される。そういう自然の流れに、人間が手を出すべきではないとノクスに告げるつもりだった。

「この鷹はまるで……俺みたいですね」

……その一言で私は何も言えなくなってしまった。

たしかに、私が拾わなければノクスは死んでいた。同じ状況にいる鷹に自分を重ねている彼に、自然に任せろ――つまり見捨てろ、なんて言えるはずもない。

鷹へと伸ばそうとする小さな手を摑《つか》んで押さえながら、小さくため息を吐《つ》く。

「ちょっと待ちなさい。噛まれて怪我をしたら大変よ。……手当てをしてあげるから、大人しくしてなさい。危害を加えるつもりはないわ」

後半の言葉は鷹へと向けたものだ。鷹はしばらく私の顔を見つめていたが、小さく鳴いて『承知』と答えた。ノクスの手を放して目で合図すると、彼は少し戸惑いつつも鷹を抱き上げる。

「……ララニカの言葉が分かったんでしょうか」

「そうね。頭が良いんでしょう」

鳥類は知能の高い種が多い。私がいくら動物と話せる祝福を受けているとはいえ、はっきりと会話が成立するような知能持ちの種族は多くない。しかし鷹は会話の成り立つ種の一つである。

(だから嫌なのよ。……話せるってことは、情が移りやすいってことだもの)

自分は極力この鷹に関わらないようにしようと思いつつ、鷹を救おうとするノクスの手助けはしてしまうだろうことは予想がついた。

「自然に手を出したのだから、貴方が責任をもって面倒を見なさい。傷が治ったら森に帰すのよ」

「はい」

「……じゃあ、帰りましょう。その子の傷薬は……教えるから、貴方が作りなさい」

「はい」

普段よりもどこか感情の籠った、覇気のある声が返ってくる。そんなノクスと鷹の幼鳥一羽と共に家へと戻った。

拾った鷹は翼と足を怪我しており、傷が治っても歩行や飛行に支障が出る可能性もあったのだが、ノクスが丁寧に面倒を見たおかげなのか順調に回復していった。その鷹が元気になっていく様子を見守るノクスの方にも、何やら変化があるように見える。

「ララニカ、鷹が歩けるようになりました」

「そう、よかったわね」

「はい」

私は鷹に触れず、ノクスに知識を与えるのみに徹していたが、鷹がノクスに登ろうとする動きを見せたので丈夫な皮で籠手《こて》を作り、彼に渡した。まだ飛ぶ練習をするような幼鳥とはいえ、爪や嘴《くちばし》は立派に肉食鳥のそれなのだ。

「止まらせるならこれをつけて、怪我をしないように」

「はい。……ありがとうございます」

まだ笑みを浮かべる程ではないがどことなく嬉《うれ》しそうな顔だ。冬になる前には狩人《かりゅうど》のマントも作ってやれば喜ぶかもしれない。

ノクスはこのように素直なので全く困らないが、問題はもう一人——いや、一羽の方である。

「……ノクスの体に登るなら、これ以外に止まったらだめよ」

『分かっている。主《あるじ》を傷つける気はない。うるさいメスだ』

このふてぶてしい態度。ノクスに対しては「主」と呼んで忠誠を誓っている様子でも、私に対しては「メス」と呼び文句を言う失礼極まりない鳥だ。最近は歩けるようになってノクスのあとを雛鳥のようについて回っている。……雛ぶれるほど幼くもないだろうに。

「ララニカはこの鷹とまるで会話をしているように見える時がありますね」

「……私は動物と会話できるのよ」

「そうなんですね」

「……信じるのね」

「はい。ララニカの言うことですから」

私の言葉は全く疑問にも思わないらしい。納得するのが早すぎないか、素直すぎないかと少し心配になった。彼は無条件で私を信頼しているところがあるように思う。

鷹と正確に会話ができる私がいるため、治療やコミュニケーションはスムーズに進んだ。数日後にはノクスの腕に止まった鷹がその高さから飛ぶ練習をするようになり、初めての獲物であるネズミを仕留めるまでもそう時間はかからなかった。

己の翼で飛び、狩りができる。傷は完治して、後遺症もない。これなら野生でも生きていけるだろう。

「ノクス、よく面倒を見たわね。この鷹はこれで帰れるわ。……帰るべき場所に帰るのが、一番いいから」

「はい。……元気で」

ふてぶてしく不遜な態度の鷹であったが、言葉が分からないノクスには賢くてよく懐く可愛《かわい》い鷹だっただろう。寂しい、とは口にしないものの声がほんの少し沈んで聞こえた。

己の腕に止まる鷹を数秒見つめたノクスが、軽く腕を振るって空へと放つ。鷹は空高く飛び上がったかと思うと、すぐに旋回して足元へと降りてきた。

「何？　もう傷は治ったでしょう。野生に戻りなさい」

『断る』

「……は？」

『恩を返していない。もうしばらく主と共にある』

「…………は？」

鷹は大きく胸を張るように私たちを見上げている。胸元の柔らかそうな毛がもっふりと膨らんでいて自慢げに見えるのが腹立たしい。

「この鷹はどうしたんですか？」

「……恩返しができてないから出ていかないと言ってるわ」

「……じゃあ、もうしばらく一緒に居るんですね」

ノクスがどことなく嬉しそうに私を見たため、口を結ぶことで文句を飲み込んだ。ノクスの心のためと思えば悪いことではないが、野生の動物を愛玩動物のように飼育するべきではないし、何よりこの知能の高い鳥と共に過ごせば情が移りそうなのが嫌だった。

（大きな鳥は寿命が長い。鷹だって手く生きれば……人間と変わらないくらい、生きるのに）

何だかんだと居座り続けそうな鷹に対し、ため息を吐く。ノクスを拾った時点で、限りある命に何の情も抱かずに過ごすのは無理な話だったのかもしれない。私はすでに「ノクスのためなら仕方ない」と思ってしまっているのだから。

「家には入れないわよ。外に住処《すみか》を作りなさい。貴方はあくまでも、野生の鳥なんだから」

『承知』

鷹は我が家を飲み込むように育つ大樹を住処と定めたらしい。朝、家を出ると木から降り立ちノクスへと挨拶をするようになった。そんな鷹を腕に止まらせて、ノクスはその頭を撫《な》でている。

「アス、おはよう」

「……アスって？」

「はい。……名前がないと不便かと思いまして」

たしかに言葉の通じない人と鳥なら呼び名はあった方が意思の疎通はしやすいだろう。私は親しくなる気はないので呼ばないけれど、ノクスが鷹と親しくする分については口を出すつもりもない。

『呼ばれればいつでも飛んで駆け付けよう』

「……気に入ってるみたいよ」

「……よかった」

こうして私とノクスの生活に、態度の大きな鷹の「アス」が加わった。とはいえアスは鷹であり、彼自身の生活もあるのでそこまで関わりが深い訳ではない。余分に獲《と》れた食料のおすそ分けをしてくる程度である。

ただ動物と関わることには心を癒す効果があるのか、ノクスの表情が一段と人間らしくなったのは喜ばしいことだ。


アスの看病でしばらく時間を使ったとはいえまだ秋も半ばで、最も恵みの多い時期である。冬の備えも着々と進んでおり、生活にもゆとりがあった。時間や食料に余裕があればできることもある。

……この時期だけのお楽しみ、というやつだ。

森の中で収穫に勤《いそ》しんで、互いの籠が一杯になるくらいの食料を手に入れた私とノクスは休憩がてら川辺にやってきていた。ここにはあるものを仕込んである。

「もう充分冷えてると思うのよね」

「昨日沈めたものですか？」

「そうよ。働いた後だからきっと美味しいわ」

穏やかな流れの川に手を入れる。この川は温泉の水とは別物なので、しっかり冷たい。しかし働いて汗をかいた後はその冷たさが心地良いものだ。そんな水の中から流されないように重しを付けて底に沈めていた筒を取り出した。

普通の人間に飲ませる前には毒味が必要だとまずは自分が口を付ける。失敗して腐っているかもしれないからだ。杞憂《きゆう》だったようで、果実の芳醇《ほうじゅん》な香りと甘みが口の中いっぱいに広がった。

（うん、上出来ね）

味見兼毒味を済ませたそれをノクスへと手渡した。一口しか飲まなかった私を、ノクスは不思議そうに見ている。

「ちゃんと飲めるか確かめたのよ。大丈夫、美味しいわ。飲んでみて」

「……甘い匂いがしますね」

「ええ。味もしっかり甘いわよ。これは秋にしか飲めないジュースだから、今のうちに楽しむといいわ」

果実を搾っただけではほのかに甘い果実水ができるだけだ。数種類の果実を搾った果実水を煮て水分を飛ばして作ったミックスジュースが「秋の果実のジュース」である。配合は長年の経験で、私が最も美味しいと思う組み合わせで行っている。

ノクスは筒を傾けて中の液体を口に含んだ。すると黒い瞳がほんのりと見開かれ、筒と私を視線が行き来する。

「……甘い、味がします」

「ええ。しっかり働いた後に飲むから尚更《なおさら》美味しいでしょう?」

「……おいしい、です」

私の記憶の限りでは、ノクスが「おいしい」と口にしたのはこれが初めてだった。私が言わせようとしていたのもあるだろうが、彼は味が分からなくなっていたのだ。しかし今日ははっきり甘みを感じたようだし、心の傷が癒えると共に味覚も戻ってきたのだろう。

「よかったわね。……大丈夫、貴方はちゃんと戻れるわ」

本心から出た言葉だ。これはノクスが失ったものを、少しずつ取り戻せている証《あかし》である。自然と彼の頭に手が伸びて、ぽんぽんと軽く撫でた。一瞬強張《こわば》ったように見えたけれど、撫でられていると理解したのかすぐに力が抜ける。

「ララニカ。……ここは、すごくいいところ、ですね」

「そうね。森の恵みは豊かだし、温泉もあって暮らしやすいわよね」

今まで暮らした土地の中では一番住みやすい。そう思って同意した私を、何故かノクスは納得のいかなそうな、もの言いたげな目で見つめてきた。

これも良い傾向だろう。ただ「はい」と従うだけではなく、自分の意思が芽生えつつあるということだ。言いたいことがあるなら言えばいい——私がそう口にする前に、大きな影が空から割り込んできた。

『主！　獲物を仕留めた！』

　地面に茶毛の兎をぼとりと落とし、褒めろと言わんばかりに胸を張る鷹。この鷹は狩りが上手いようで、三日に一度はこうして獲物を分けてくる。

「アス、ありがとう。……お礼にこのジュースをあげてもいいですか？」

「鷹は果物なんて食べないから、それは貴方が飲みなさい」

「分かりました」

　水筒の残りのジュースをちびちびと大事そうに飲んでいるノクスを、アスの鋭い瞳がじっと見つめている。

『……主が喜んでいるように見える。それは美味《うま》いのか？』

「鷹の体には合わないわよ」

『そうか。しかし主が嬉しいなら我も嬉しい』

　どうやらノクスが喜んでいるように見えるのは私だけではないらしいので、彼はこのジュースを気に入ったのだろう。

（この調子ならきっと大丈夫ね。あと……何年かしら。数年で普通の人間の世界に戻れるはずよ）

　ノクスがいなくなれば、このアスという鷹もいなくなる。そうすれば――私の生活も、元通りになるはずだ。

◆

ノクスは冬が嫌いだ。冷たく硬い床で奴隷同士身を寄せ合ってどうにか暖を取り、凍死に怯《おび》えながら眠る季節だから。眠る前はぬるい体温を発していた仲間が、朝には冷たくなっていることだってあった。ただでさえ空腹なのに、寒いとさらに腹が減る。――冬は、嫌いだ。嫌いだった。

ラニカと暮らすようになって五ヶ月。草木の様子が変わり、空気が冷たくなって、森にももうすぐ冬が訪れようとしている。

「ノクス、ちょっとこっちに来なさい」

「はい」

死にかけていたノクスを拾い、面倒を見ている奇特な恩人に呼ばれて駆け寄る。ほんのしばらく前まで「来い」と命じられるのが恐ろしかったのに、この恩人に呼ばれると胸が弾むような気さえするから不思議だった。

(ラニカの声は少し低くて、穏やかで……なんだか落ち着く)

その声で「ノクス」と与えられた名を呼ばれ、何かをするように命じられることを心地良く感じている。今度は何をするように言われるのかと、金の瞳を見つめて続く言葉を待った。

「貴方の弓の腕は随分上達したわよね。動く的でも外さない。気配の消し方も上手くなってきたし、そろそろ本格的な狩りをしてもいいと思うの」

「……俺も獲物を捕るんですか？」

　ララニカからは弓や投擲《とうてき》の使い方、ナイフの振り方や棒術などを教わっている。それらの基本はもう身についたと思っても、狩りの許可は出ていなかった。今まではただララニカのあとをついて森に入り、果実や野草といった収穫の手伝いをして、狩りをする時は気配を消すことに専念するように言いつけられていたのだ。それを不満に思ったことはなかったどころか、何の疑問にも思っていなかったので少し驚く。

「ええ。まあ私も狩るから、私より先に獲物を見つけて狩れるように頑張って。それが出来たら一人前ね」

「ララニカより、先に……」

　それは非常に難しいことに思えた。獲物を見つけて狙いを定め一矢で急所を射貫《いぬ》くまで、彼女は五秒しかかからないのだ。それをノクスが超えられるだろうか。

「これをあげるわ」

　そう言って彼女が広げて見せたのは、ララニカが普段身に纏《まと》っているマントとよく似たものだった。

「狩人のマントは森に溶け込むためのものよ。新人狩人の貴方にも必要でしょう」

「……俺の……」

「貴方はすぐに大きくなるだろうから、大きめに作ったけど……これが使えなくなる前に、自分で獲物を仕留めて、その獲物でマントを作るといいわよ」

そう言いながら彼女はノクスの体にマントを羽織らせてくれた。ふわりと身を包む温かさと、湧き上がる喜び。マントの襟をぎゅっと握って引き寄せると、よく分からない感情で胸の中がくすぐったくなってくる。

「……温かい」

「そう、よかったわ。これ、ずっと貴方に作ってあげたかったのよ」

自分の頭に伸びてきた手を受け入れた。何の手入れもしていないのに、ささくれ一つない、手荒れする様子もない、綺麗《きれい》なラランカの手は優しくノクスの頭を撫でる。

(少しは、認めてもらえたのかな。……頑張ろう)

ラランカはノクスの恩人だ。命を救ってもらい、生きる術《すべ》を教えると言ってあらゆる知識と技術を与えてくれた。動物の知識や植物の知識。食べられるもの、毒となるもの、薬にできるもの、仕掛け罠《わな》の作り方、森の歩き方、狩りの作法——本当に様々な知識を彼女から教わった。

森の中の知識が大半だが、彼女はこの森の外の動植物にも詳しい。そちらは森の中のことをすべて覚えたら詳しく教えてくれるという。

(新しいこともなんだって覚えてみせる。……俺ができることが増えると、ラランカは少し嬉しそうな顔するし)

はじめのうちはただその言葉に従っていただけのノクスも、今では彼女に認められたい、褒められたいと思うようになっていた。ノクスが成長すると、彼女はほんのりと微笑《ほほえ》んでみせる。その顔をまた見たいから、そのために努力しているようなものだ。

「心配しなくても、貴方は優秀だわ。一年以内に私より先に獲物を仕留められるわよ」

「はい、頑張ります」

喜びに耐えるノクスの姿を「できるかどうか不安に思っている」と解釈したらしい彼女から励ましの言葉をもらった。彼女が一年以内と言うなら、努力を怠らなければできるはずだ。不安も心配もない。ラランニカの言うことは絶対である。

(ラランニカは俺にならできると思ってるんだ。期待に応えたい)

そうしたらきっとまた笑ってくれるだろう。彼女が教えるべきだと思っている知識をすべて覚えて、技術を身に付けたら――いつかは、彼女自身のことだって教えてくれるかもしれない。

(他のことはなんでも教えてくれるけど……自分のことは、全然話してくれない)

気配の殺し方、獲物に見つからないための基礎。ナイフの扱い方、弓の扱い方、棒術――どんなことでも教えてくれるのに、ラランニカは自分自身のことを語らない。天族のことや肖像画のことなど、訊《き》いてみたいとは思う。ラランニカは天族と何か関係があるのか、と。……しかしそれを尋ねて、今以上に距離を置かれたら嫌だった。

(こんなに優しいのに、どこか距離を感じる。……俺が弱くて役に立たないからかも)

彼女はとても不思議な雰囲気を持っていて、どことなく近寄りがたく、近くにいるのに遠く感じることも多い。

ノクスからすれば年上の女性だが、見た目はまだまだ若い娘でしかない。それなのにとても達観しているようで、金色の瞳は透き通ったような、どこか遠くを見ているような――よく分からないのだが人間らしくないと言うべきだろうか。奴隷のように暗い目でも、貴族のように淀《よど》んだ目でもない。町の人たちのように懸命に生きる光があるわけでもない。しかし彼女だけが持つ、とても綺麗な目だ。

夜になると、食事のあとはしばらくララニカが知識を教えてくれる。そのあとは少しゆっくりして、就寝だ。

「ララニカ、寝る時間ではないですか?」

「そうね。寝ましょうか」

この家にはベッドが一つしかなく、食料倉庫を除いたら部屋も一つだけだ。火を灯《とも》したままだと明るいし、眠りにくいので寝るときは二人一緒である。

ノクスが壁際に寝転がるとララニカもベッドに入り、同じ毛布を被《かぶ》って眠るのが当たり前になっていた。寝かしつけるためなのか、ララニカはノクスの背に腕を回すと一定のリズムでトントンと優しく叩いてくる。

(……温かい)

冷たい床の上で粗末な布にくるまりながら眠りにつく日々と違って、ここでの眠りはあまりにも温かい。体が沈み込むベッドも、体を包み込む毛布も、触れた手から感じるラランニカの体温も、彼女からする森の香りも、胸の中を温かくする。

この五ヶ月でノクスの冷え切っていた心は温かさを取り戻した。ラランニカとの暮らしが、以前の生活を少しずつ塗り替えていったのだ。

（秋の果実のジュースは、また来年にならないと飲めない。……ジュースが、楽しみだなんて前とは大違いだ）

毒入りのジュースを選ばされていた時のことを思い出す。嫌な顔で笑いながらジュースを飲ませようとしてくる子供と、問題がないかまず自分で一口飲んでから「大丈夫、美味しいわ」と勧めてくるラランニカ。異臭のしない、ただひたすらに甘い香りのジュースは冷たくて、疲れた体に染み渡るように甘かった。

（あれから味が分かるようになったんだ。……全部、ラランニカのおかげ）

ノクスがラランニカに抱く感情は大きい。彼女に対して強い尊敬や、親愛や、感謝や——いろんな感情がごちゃ混ぜになっているが、とにかく彼女のことが大好きだ。

（ずっとこのまま……ラランニカと暮らしたい）

自由になって何をすればいいのか分からなくなったノクスにとって、初めての目標。人生の願いと言えるものができた。

ラランニカと生きること。今は彼女に与えられてばかりの子供であるノクスだが、いつかは立派な大人になり、そして彼女を支える存在になるのだ。

(今は俺が八歳で、ララニカは……二十はいってなさそうだから……十年後は俺が十八歳で、ララニカが二十八くらい……?)

背が伸びて、彼女を見下ろせるくらいになった自分と、幼さが消えて美しい女性になったララニカを想像した。胸の中に広がった優しく甘い感情の名前をノクスはまだ知らないが、くすぐったくて笑いがこみあげてくる。

「ん……? ノクス、今笑わなかった?」

「……はい」

「そう、よかった。笑えるようになったのね。……貴方はきっと、戻れるわ」

ララニカは時々ノクスに対し「戻れる」と言う。その言葉の意味をいまいち理解できないが、彼女はあまり感情表現が豊かではない顔に薄い微笑みをたたえて嬉しそうに見えるので、ノクスも嬉しくなる。

ララニカが喜ぶから。その理由だけで、ノクスは彼女の教えてくれる知識を懸命に吸収した。感情を表に出して、泣いたり笑ったりすれば貴族の屋敷では甚振られたものだが、ララニカはノクスが感情を出すことを喜ぶ。自分の意見など言おうものなら奴隷のくせにと手酷《てひど》く罰を与えられたが、ララニカはよく自分で考えたと褒めてくれる。

この穏やかな生活がいつまでも続くのだと、信じて疑わなかった。

　ノクスを拾ってから約一年、二度目の夏がやってきた。じっとりと汗ばむ気温ではあるが、森の中は木陰にいれば涼しいものだ。ノクスも森に入るのは手慣れたもので、自分の矢で獲物を仕留めたことはないものの、アスと協力すれば小さな獲物を狩れるようになっていた。

「いいコンビよね、貴方《あなた》たち」

　ノクスが音で獲物の隠れた場所を見つけ、矢で驚かせてその場から追い出し、そこにアスが素早く飛び掛かって狩る。一人と一羽で協力して手に入れた雉《きじ》を前に私がそう言うと、アスはふんぞり返るように胸を張った。

『主《あるじ》がいればこの程度は造作もない』

「……なんでこの鳥はいつも偉そうなのかしら。その自慢げな胸の毛に手を突っ込むわよ」

『貴様には触らせん。……主であればまあ、構わんが』

　褒められたそうに主人を見つめたアスだが、残念なことにノクスは雉を縛り上げているところでその視線には気づいていないようだった。

「アスは頭がいいのもありますけど、ララニカが通訳してくれるから意思の疎通が上手《うま》くいくんです。……でもアスに手伝ってもらったんじゃ自分で仕留めたとは言えない。それに、アスは大物が狩れませんから」

アスとはいつも一緒に狩りをしている訳ではない。私とノクスの二人でいる時は、やはり私が先に獲物を仕留めるので、ノクスはまだ自分を「一人前」とは思えないようだ。

（もう僅差でしかないけれど……だんだん見つけるのも速くなってるのよね。身体能力もどんどん伸びるし、五感も鋭い。この子は才能豊かだわ）

この一年で彼は随分成長した。私はそれをずっと見守ってきたのだから、その違いがよく分かる。一年前はあんなに細かった体も肉付きがよくなり、肌のはりや色も健康的だ。身長だって私の腰の高さしかなかったのに、すでに肩に届きそうである。来年には私の背丈を超すのではないだろうか。

（あと一年もすればきっと、もう私が教えなくても生きていけるわ。……うん、まだ大丈夫よ。そこまで情も移ってない、はず）

ひ弱な子供の成長を見守っているのだから、可愛《かわい》く思うことも、その成長に感慨深く思うこともある。けれどまだ、別れに胸を引き裂かれるほどの愛情ではないはずだ。

森の外に出してしまえば、その死を看取《みと》ることもない。旅立つノクスを送り出すくらいなら悲しむこともないだろう。……私はまだ、彼に深入りしていない……と思いたい。

「動物が減る冬までには必ず、俺が先に獲物を狩ってみせますから」

「そうね、貴方ならできると思うわ。頑張りなさい」

「……はい！」

元気な返事に思わずノクスの頭に手が伸びた。彼は目を閉じて気持ちよさそうにそれを受け入れている。出会った当初の無気力な返事や手が近づくとびくついていた姿を思い出すと、やはり随分と変わったものだ。

『獲物を仕留めた我にはないのか？』

ノクスが撫《な》でられたのを見た鷹《たか》から不満げな声が上がった。……自分も撫でろと言いたいらしい。

「ノクス。子分が撫でてほしがってるわよ」

「協力してくれてありがとう、アス」

鳥は嘴《くちばし》で自分の体を手入れするが、構造上嘴の届かない頭の部分を他の鳥に羽繕いしてもらわなければならない。鳥ではなく人間と共に過ごしているこの鷹の場合は、信頼しているノクスにのみ頭を触ってもらいたいのである。

私が触ろうものなら皮膚を食いちぎってくるだろう。ノクスから頭を掻《か》くように撫でてもらい、アスも満足したようだった。

「アスはいつまで俺と居てくれるかな」

『命を救われた恩は大きい。主に救われてからの生は、主のおかげで続いている。生きている時間が長くなればなるほど恩は積み重なるというものだ。命には命で返すのが一番良いだろうが、そのような機会はそうそう訪れぬ。……そう短い付き合いにはならんだろう』

ノクスに対しては殊勝なことを言う鷹である。長々と鳴いていたので何かを話していることは理解していても、内容が分からない彼の主人は首を傾《かし》げた。そして私に対しては態度の大きい鷹が『訳せ』とばかりに私を見るので仕方なく内容をノクスへと伝える。

「……なるほど……俺も同じだ」

アスがノクスに救われたようにノクスもまた私に救われたと思っている。私としては恩返しなどしなくてもいいから、自分の人生を生きてほしいのだが。

（……気持ちは分からないでもないけれど。私にも恩人はいるし、忘れられないわ。……案外、そうやって続いているのかもしれないわね）

私を金持ちの屋敷から救った人間のことを思い出す。そういえば彼もノクスとよく似た夜色の髪をしていた気がする。もう顔立ちなどは朧《おぼろ》げだが、それでもこの恩を忘れたことはない。

助けられた人間が誰かを助けて、その誰かがまた他の誰かを救う。そうして救われる人間が増えれば世界は少しだけ優しくなるのかもしれない。……この鷹がノクス以外を助ける想像はできないが。

「そういえば、ララニカはアスの名前を呼びませんよね」

「そうね。短命の生き物と親しくなる気はないから」

「……鷹は長生きだって言ってませんでしたか？」

「上手くいけば七十年生きるとしても、野生の生き物なんていつ死ぬとも限らないわ」

『うむ、それは間違いない。だから常にやるべきことをこなすのだ』

一度死にかけたことがあるからかもしれないが、野生の動物は死ぬことを当然として受け入れている。人間は未来を想像することができる生き物なので、自分が明日や今日死ぬかもしれない、なんて意識はそう持てるものではない。同じように、自分の傍《そば》にいる存在がすぐ消えるかもしれないとも、想像する方が少ないだろう。……私は、いつも考えてしまうけれど。

「俺は長生きします」

「……そんなの、分からないわ。でもそうね、貴方は寿命いっぱい生きて、人生を楽しむべきだと思うわよ」

「はい」

ノクスの寿命とて、長くても残り六十年程度だろう。アスと何も変わらない。

永遠を生きる私にとって、寿命のある者はすべて短命だ。誰とも、何とも親しくなりたくはない。情を移し――必ず来る別れに、悲しむのはもう疲れた。

(もっと早く成長して、森を出ていって、人間として幸せに暮らして、ここには二度と戻らないでほしい。……貴方にこれ以上、情が移ると困るわ)

すでに可愛い弟子のように感じているくらいだ。これ以上可愛く思うようになれば、誰も愛さないように森へと引きこもった意味がなくなってしまう。

(気を引き締めよう。……私は、寿命のあるものを愛さない。今は……怪我《けが》をした野生動物を保護したようなものよ。元気になったら野に帰すように、人間の世界に帰して終わりなんだから)

そう思ってノクスを見ると目が合った。それだけではにかむような表情を見せる彼から視線を外すために、そっと瞼《まぶた》を下ろす。

私のためにも、彼のためにも。早く別れが来ると良い。

◆

そよ風が吹く快晴の夏の日。絶好の狩り日和だ。今日こそ自分で狩りをしてみせると意気込んだノクスは、家を出てすぐ足元に降り立ったアスへ手のひらをかざし、制止のポーズをとる。

「アス、今日は来なくていい。今日こそ自分で獲物を仕留める」

賢い鷹はそれでノクスの意志を読み取ったらしく、一声鳴くと一羽で森へと入って行った。彼もまた自分の糧《かて》を探しに行ったのだろう。

共に森に入る予定のラランカは、軽く弓の弦をはじいて調子を確認している。いつも通りの穏やかな表情でやる気があるようには見えない。しかし彼女が弓を引けば、必ず獲物の急所に矢が当たるのだ。ノクスが目標とする、立派な狩人《かりゅうど》である。

「今日こそ自分で獲物を仕留めてみせます」

「そうなればもう一人前ね」

共に森に入って狩りをするようになって長いのに、いまだに自分で獲物を仕留めたことはない。

それはたいていラランカが先に仕留めてしまうせいで、彼女より先に獲物を見つけて仕留めるというのは大変難しい。アスと共に狩りができるのはノクスだけだが、これは必要な技術が違う。一人で獲物を見つけて、仕留める。それが出来なければ立派な狩人とは呼べないだろう。

(今日こそ獲物を仕留めて、ララニカに認めてもらう)

木の陰に隠れながらぐんぐんと森の中を進む。鹿の足跡を見つけ、それを追った。ララニカも気配を消しながらノクスの後ろをついてきている。

(いた！ 見つけた！)

ララニカより先に獲物を仕留める。そのことに集中していたノクスは、鹿を見つけた途端にそれを狙える位置に飛び出した。弓を構えて矢を射ろうとした時、切羽詰まったララニカの声が「ノクス！」と悲鳴のように叫んだ。

矢を放ったところで突然ノクスを覆うように影が降る。ハッと視線を向けた先には立ち上がった姿の大熊がいて、牙を剝《む》きながらこちらを見下ろしていた。

この熊も鹿を狙っていて、獲物を横取りされたと思ったのだろうか。熊が爪を振り下ろす動作がやけにゆっくりと見えた。

死んだ、と思った。しかし熊の爪が降り下ろされるより先に、ノクスは横から突き飛ばされた。先ほどまでいた場所にはノクスの代わりにララニカがいて、熊の爪は彼女に直撃し、華奢《きやしや》な体は地面に叩《たた》きつけられる。

「ララニカ……ッ!!」

赤い血が飛び散って、緑の絨毯《じゅうたん》をその色に染めた。身じろぎ、震えながら体を起こそうとする彼女に熊はなおも襲い掛かろうと牙を剝く。

すぐに立ち上がって駆けつけたいのに、受け身をとれずに足を捻《ひね》ったのか一歩踏み出そうとしたところで激しい痛みに襲われ、ノクスはがくりと体勢を崩した。間に合わない。言葉にならない感情が、自分の喉から悲鳴として漏れている。

己の身を庇《かば》うように掲げられたララニカの右腕を、野生の鋭い牙が襲う。彼女の細い腕では熊の顎の力に耐えきれず、骨が砕ける音がやけに響いた。

「ゔッ……」

痛みを堪《こら》えるような呻《うめ》き声《ごえ》。血まみれのララニカは、嚙《か》まれた腕をなおも熊の口に押し込もうとしているようだった。金の瞳には絶望も必死さもなく、いつも通り。透き通るような眼差《まなざ》しで、熊を見つめるその目には特別な感情が浮かんでいるようには見えない。……怒りも恐怖も何もないのが、あまりにも異質だ。

「ラ、ラ……ニカ……?」

「だい、じょうぶ、よ……もう、すぐ……」

突然、熊の体がぐらりとふらついたかと思うと、そのまま横倒れになる。腕を嚙まれたままのララニカも同じ方向に引っ張られて倒れた。

ハッと我に返り、挫《くじ》いた足を引きずってララニカの下へ急ぐ。大量の出血で、彼女の白い顔はもっと白くなってしまっている。その白さと派手に周囲を染め上げる赤の対比にめまいがしそうだ。

「ララニカ、なんで……」

「……くすり、しこんで……あるの……きょうは、くまなべ……ね……」

焦点の合わない目で面白くもない冗談を言う彼女を見ていると、視界がだんだんとぼやけてきた。どう見ても助かる傷ではない。それでも熊の頭を摑《つか》んで、その口から彼女の腕を取り出した。もう原形が分からなくなってしまっているが、それでも肩に近い部分を縛って止血する。

人間の体には太い血管があって、心臓に近い部分で強く縛れば出血を遅らせることができるのだと、彼女が教えてくれたから。

「そんな、こと……しな、くて……いい、わ」

「いやです……いやだ……ララニカ、死なないで」

あふれた涙が頰を濡《ぬ》らす。涙を流したのは何年ぶりだろうか。力の入らないララニカの手を握って、我儘《わがまま》を言う子供みたいに「嫌だ」と何度も繰り返した。

そんなノクスを見上げる金の瞳は、もうぐしゃぐしゃの泣き顔など見えていないだろう。それでも彼女は口角をほんのりと持ち上げて、小さく笑った。

「……なける、ように……なって……よか……」

か細い声。泣けるようになってよかった、と言い切らないうちにふっと彼女の体から力が抜けた。

開いたままの金色の瞳には光がなく、死んだのだ、と理解して茫然《ぼうぜん》とするノクスの目に信じられない光景が飛び込んでくる。

飛び散って地面を赤く濡らしていたララニカの血が、突然意思を持ったかのように動き出した。

……そう、動き出したのだ。それらはララニカの下へ素早く集まり、その体内へと潜っていく。

「な、ん……」

時間にして数十秒。流れたはずの血も、折れた骨も、ずたずたに裂けた肉も、すべてが元通りになった。いつも見ている、傷一つないララニカの姿。しかし今まで見たものが夢や幻の類でないことは、ボロボロになった彼女の服が証明している。

言葉を失ってその光景を眺めるだけのノクスの視界で、ララニカが瞬いた。そして小さく息を吸い、軽くため息を吐《つ》く。

「大丈夫だと言ったでしょう？……私は、死ねないのよ」

死ねない、とララニカは言った。朝ベッドで目覚めた時と変わらぬ様子で起き上がった彼女は、服の状態を確認し始める。

「これはもうだめね。直せる破け方じゃないわ」

まるで何事もなかったかのように、平然とそんな台詞《せりふ》を口にした。破れた服から覗《のぞ》く肌は真っ白で、傷一つ見当たらない。

（怪我も、治ってる。……あんなに、めちゃくちゃだったのに）

彼女は確実に死んでいた。致命傷を受けて、血を流しすぎて、その眼《め》の光が失われた瞬間をノクスはたしかに見たのだ。しかし今のラニカは無傷の上にどう見ても生きていて、自分の意思で動いている。……これはノクスの都合のいい幻覚なのだろうか。

いまだに目の前の光景を飲み込み切れず固まっているノクスを見た彼女が、心配そうに顔を覗き込んできた。

「……大丈夫？　私が突き飛ばしたせいで頭を打った？」

「え、いや……頭は、大丈夫」

「頭は？　じゃあ別のところ？……ああ、足を捻ったのね。固定するからちょっと待って」

そう言うとすでにただの布切れとなった自分の袖をナイフで裂き、その布でノクスの足首を固定していく。そんな応急処置を眺めながら、足に触れられる感覚で本当に彼女が生きているのだという実感が湧いて、そのありえない現実に頭がくらくらしてきた。

「ラニカは……死なない、の……？」

「そうよ。私は普通の人間とは違うの。だから私のことは心配しなくていいし、貴方は自分の安全を第一に行動しなさい」

そして彼女はいつも通りのすました顔で近場の太い枝を切り落として形を整え、ノクスの背丈に合わせた杖《つえ》を作り、それを手渡してくる。まだ混乱しながらも杖を受け取って彼女を見上げ、そしてその後方に見える横たわったままの熊を見る。

背中が上下しているのが見えるので、生きているのだろう。ララニカは一体どうやってあの熊を倒したのか。そんなノクスの視線に気づいたのか、彼女は答えをくれた。

「人間の力じゃ絶対に敵《かな》わないような動物もいるから、こういう時のために体のあちこちに昏倒《こんとう》させる薬を仕込んであるの。毒じゃないから食べられるわ。今日は熊鍋よ」

「……冗談じゃなかったんだ、あれ……」

いまわの際の冗談なんて面白くもないと思っていた台詞は、冗談ではなかったのか。どうやらララニカは本当に死なないらしい。ただ、彼女の不思議な雰囲気の理由がそれなのだと思えば納得できる部分もあった。

どんな人間とも違う、透き通ったような光を宿す金の瞳。近くにいるはずなのに、遠くにいるような人。それはひとえに、彼女が不死であるが故。普通の人間とは違う生き方をしているせいだ。

「さすがに熊一頭を運ぶのは無理だから……毛皮を剥いで、良い部分の肉を持ち帰りましょうか。

ノクスは足を痛めてるし、休んでていいわよ」

「足首だけだから膝ついて動けるし、手伝える」

「……そう？　無理はしないでね。人間はすぐ死ぬんだから」

ララニカは死なないが、ノクスは普通の人間なので簡単に死んでしまう。だから彼女は身を挺《てい》してノクスを庇ってくれたのだ。

（そっか、ララニカは死なないんだ。じゃあ、俺が今日みたいな危険な目に遭って死ななければずっと一緒に居られる……?)

この時のノクスは「死なない」ではなく「死ねない」と言ったラニカの言葉の意味を、まだ正確に理解できていなかった。ただ純粋に、彼女を失わなくて済んだことを喜んでしまった。

「そういえばノクス、さっきから言葉遣いが違うわね」

「……あ。ごめんなさい」

「叱ってないわよ? 無理をしてる感じもしないし、似合ってるわ。急に変わったから気になっただけ」

ラニカが死ぬと思って、その衝撃で本来の言葉遣いが出ていたのだろう。貴族の屋敷では丁寧な言葉で受け答えしなければならなかったのだが、ラニカはそんなものを求めていない。

これを境にノクスは丁寧な言葉を使わないことにした。そうするとまた少しラニカとの距離が近づいたように感じて、嬉《うれ》しくなる。

「さあ、熊の処理よ。大仕事だわ」

「うん。急がないとね」

「肉は余るでしょうし、もったいないから……指笛であの鷹も呼んでみて。食べられるだけ食べさせてやりましょう」

「うん、分かった」

昏倒している熊は血抜きしてから仕留め、内臓を抜いたら皮を剝ぐ。これは結構な重労働だ。しかしラランカは慣れているため手際よく、綺麗《きれい》に皮を剝がしてしまった。そこまでしたところで聞き慣れた鳴き声が上から降ってきたため、顔を上げる。アスが大きな翼を広げて傍へと降り立った。

「ああ、来たのね。今から持ち帰れるだけ持っていくけど、残った分は好きにしていいわよ。胃は薬が入ってるから食べないように。……ノクスは大丈夫よ。足を捻っただけだから、すぐ良くなるわ」

ララニカは動物とも話せるという。ノクスの心配をしているらしいアスと会話している姿を見ながら、その特異さを実感した。不死と、動物と話せる力。どちらも彼女に与えられた祝福なのだろう。本当に特別な人なのだ、と思う。

熊の内ももの肉を切り取ったら、残りはその場に残していくことになった。そうすればアスが食べきれない分は他の獣たちが処理してくれるという。

「帰って肉の処理をしたらすぐ泉に行きましょう」

「うん。……じゃあ、アス。またあとで」

元気な返事のあと熊に飛びついたアスに小さく笑いを零《こぼ》す。アスにとっても熊肉はご馳走《ちそう》なのだろう。そんな彼の食事を眺めることなく、背を向けて歩き出す。

「……重いわね……」

ノクスは杖をついて足を庇いながら歩くのが精いっぱいのため、肉と毛皮はララニカが運んでいる。重量のある毛皮と肉は、彼女にとっても重たいものであるらしく額に汗をかいていた。怪我で手伝えないことが申し訳ない。

「ごめんなさい。怪我なんてしなかったら俺も持てたし……もっと肉を持ち帰れたのに」

「いいわよ、これだけでも充分な収穫なんだから。何より貴方が死なくてよかったわ」

ラランカが庇ってくれたから捻挫程度で済んだのだ。熊に噛まれたのがノクスであったなら、きっと死んでいただろう。

(早く大きくなりたい。そうしたらもっとラランカを手伝える。……それに、何より強くなりたい。ラランカは死なないけど、痛みはあるんだ。俺がちゃんと周囲に気を配っていれば、熊に襲われなかったかもしれない)

鹿を見つけた瞬間、それを仕留めることしか頭になかった。そのせいで近くに潜んでいた熊の存在を見落とし、こんなことになったのだ。自分の失態である。……同じ過ちは絶対に繰り返さない。もう二度と、ラランカに苦痛を与えたくない。死なないとしても痛みを感じている彼女が、もう二度と痛い思いをしなくてもいいように、守れる存在になりたい。

また一つノクスには目標ができた。奴隷の十六番であった頃にはなかった目標は、すべてラランカに関係する。彼女に夢を与えられたも同然だ。

二人で何とか家にたどり着き、熊肉を防腐効果のある葉に包んだら毛皮と着替えの服を持って泉に向かう。ラランカはその毛皮を下流の方に一旦沈めると、ノクスに近づいてきた。

「足を挫いてるし溺れたら大変だから手伝うわ」

「え……いや、一人で大丈夫。浅いところで洗うし」

「浅くても人は溺れるわ。溺死は本当に苦しいんだから」

不死であることを知ったからか、ララニカの言葉は妙に説得力がある。一応抵抗を試みたが痛めた足では逃げられない。

「汚れてるんだから早く脱ぎなさい」

「で、でも……」

「小さな傷から悪いものが入ったらどうするのよ。……ああ、支えがないと難しいのね。じゃあ私が脱がせてあげるわ」

「ちょっと待……っ」

ろくな抵抗もできないまま裸にされてしまった。脱がされたのは久しぶりなせいか、何故《なぜ》かとても恥ずかしい。

しかもララニカまで服を脱いで裸体を露《あら》わにしたため、傷一つない白い肌があまりにも眩《まぶ》しくて全力で顔を背けた。初めて一緒に水浴びするわけでもないのに、なんだかおかしい。

「どうしたの？」

「ど、どうもしない……」

「そう。それなら、早く体を洗うわよ。土まみれの上に血まみれなんだから」

ララニカに抱きかかえられて泉の中に連れていかれた。この泉は冷たくない不思議な水がどこからか湧いてきていて、それが近くの川に向かって流れている。泉自体を汚さないように流れ出る泉の出口のような部分で体を洗うのだが、溺れないようにと抱えられて密着しているのが本当に恥ずかしい。

背中に感じる柔らかさが羞恥心を掻き立ててならない。そのまま体を綺麗にするまで抱えられていたので、二度と足を怪我してなるものかと心に固く誓った。

「洗濯と毛皮の処理をしていくから、貴方は先に戻っていいわよ」

「……うん……」

「……ノクス、貴方顔が赤いわね。熱が出てるんじゃない？」

「いや……大丈夫」

これはそういうのではない。顔に集まって引かない熱は、ラニカのせいだ。まともに彼女の方を見られないノクスを不思議そうに見つめる視線は感じるが、とてもそちらを見る気にはなれなかった。

「薬の作り方と使い方は教えたから、分かるわね？」

「……うん」

「捻挫に効く薬と解熱の薬を作って使いなさい。それが終わったらあとは休んでおくこと」

「……うん」

ラニカに背を向け、彼女に作ってもらった杖で体を支えながら家に帰った。薬を作るように、と言われたもののそれどころではない。ひとまずベッドに腰かけたノクスは、自分の顔を覆って小さく呻く。

濁流のような感情だ。それが何と呼ぶものなのかは分からない。けれどとにかく心臓がまだドキドキと鳴っていて、体中が熱い。

（ラランカでいっぱいになる……なんだこれ……）

彼女の言う通り、熱が出ているのだろうか。足首はじくじくと熱を持っているし、泉の湯で温まりすぎたのかもしれない。気が付くとそのまま寝てしまっていたようで、ハッと目が覚めた時にはラランカも戻っており、家の中には強いスパイスの香りが広がっていた。どうやら熊肉を森で採れる香辛料で煮込んでいるらしい。

「ああ、起きた？　やっぱり疲れてたのね。薬も作っておいたから……捻挫の薬は食事の前に塗っておきましょうか」

「あの……ラランカ、ごめんなさい。寝ちゃって……」

「それだけ体に負担だったのよ。死なないためにも休息は大事なんだから」

鍋を竈《かまど》から下ろし水瓶《みずがめ》の水で手を洗ったラランカは、すり鉢に練られた粘性の液体と新しい布切れを持ってきた。そして優しい手つきでノクスの足に触れ、一度固定してある布を解いて薬を塗ってくれる。熱を持った足首に触れるラランカの冷たい手が気持ちよくてくすぐったい。

「この足じゃしばらく森には入れないだろうから、明日からは……薬作りをもっと教えてあげるわ。

ただ、食料探しに私は森に入るから、その間はちゃんと休んでおくのよ」

「……うん。でも、できることはする。料理とか」

「そうね、まだ肉も余っているし……燻製《くんせい》づくりなんかもお願いしようかしら。分業ができると助かるわね」

ララニカが何気なく言った「助かる」という言葉が、ノクスはとても嬉しかった。今日は迷惑をかけてしまったというのに、彼女はノクスを疎ましいなんて思っていない。それどころか、その存在が居てよかったと思ってくれている。

（もっと、もっと……早く何でもできるようにならなきゃ。ララニカの役に立ちたい）

早く成長してララニカの役に立つ。そんなノクスの望みは、別れを早めることと同義だなんて考えもしなかった。

○

森では一瞬の油断が死を招く。ノクスは身をもってそれを知ることになった。

たとえ獲物を視界に捉えても、それだけに集中してはいけない。周囲の状況を冷静に把握する必要がある。これは何事にも通じることで、視野を広く持ち思考を止めないというのは生きるのに重要な能力だ。

（それでも一年でここまで成長したのはすごいことよね。熊が居なければ、あの鹿は仕留められていたはずだもの）

ノクスは非常に飲み込みが早く、森の歩き方も数ヶ月で覚えた。獲物に気配を悟られない、気配の殺し方も完璧だ。

ただ実際狩りに成功したことはなく（まあ、私が先に獲物を仕留めていたせいなのだが）、焦りがあったのだろう。……だから、自分と私以外の狩人の存在が頭から抜けていた。

（森には人間よりはるかに優れた力を持つ動物がいるから常に気を付けなさいと教えたつもりだったけれど……獲物を見つけて視野が狭くなったのね。でも、いい経験になったはず）

今回のことは勉強になったはずだ。これで彼はもう二度と、狩りの最中に油断や焦りを持ち込むことはない。代償もいくらでも取り戻せる私の命で済んだので、結果的には良かったと言える。

（まあただちょっと……ノクスの様子がおかしい気もするけれど。罪悪感のせいかしら？）

足を怪我した翌日。彼はまだまともに歩けないはずだと、朝の水浴びに連れていこうとしたら拒絶されて、驚いた。いままで彼に何かを断られたことはなかったからだ。

「俺は一人で洗えるから気にしなくていいし、あとで一人でやるから」

「でも溺れたら大変よ。こんな時くらいは甘えていいものだと思うけど」

「……いい。絶対に一人で洗う。気になるならラニカは近くに待機してて。昨日みたいな手伝いはいらない。足もだいぶ良くなったし、一人で大丈夫」

強い言葉ではないが、断固拒否するという強い意志を感じた。たしかに彼の足は昨日の腫れ具合から考えると驚くほど良くなっていて、多少庇ってはいるものの杖なしで歩けている。

それでも心配で入浴を見守ったが溺れることもなかった。……ただ、いつでも助けられるようにと泳ぐ際に邪魔な服を脱ごうとしたら嫌がられてしまったが。

「だから、大丈夫。ラランニカは服着てそこで待ってて」

「でも、危ないでしょう？」

「危ないことはしない。水に浸《つ》からないで洗えばいいんだから。俺だってちゃんと考えてるし、一人で大丈夫だよ」

泉の縁《ふち》に腰かけて、桶《おけ》で水を掬《すく》って体を洗い、泉の中には入ろうとしない。たしかにそれなら危険は少ないと、私も少し離れた場所でノクスを見守った。彼にあまり近くで見ないでほしいと頼まれたのもある。

（やっぱり様子がおかしい……というか、成長したのかしらね。一人立ちの準備のようなもの？）

今のノクスは私に頼らず、一人でなんでもやろうとしているように思えた。熊の一件以降、ノクスにはそういう節がよく見られるようになり、私に頼り切りだった子が急速に成長していくように感じる。

足の捻挫も三日もすれば完全回復し、走り回れる確認が取れた彼はまた森に入るようになったが、前回までのように私の先を行こうとはせず、私の隣か後ろについて、私がどのように視線を動かしているかなどを観察しているようだった。

(これはもう、放っておいても伸びるでしょう。……成長が早いわ)

今のノクスはやる気に満ち溢《あふ》れている。ここに来たばかりの頃の無気力さとは天地の差だ。きっと、彼には目標ができたのだろう。だから今まで以上に私の知識を吸収しようと真剣になっている。

このままいけば彼が一人前になる日も近い。それは同時に、彼がこの森を出ていくべき日が近いということでもある。そう考えた時、私の胸はすっと冷たい風が通ったように、熱が冷めた。

(……最初から決めていたじゃない。この子が一人立ちするまでの間だけ、面倒を見るのだと。むしろ早く出ていってほしいって、思ってたでしょ)

寿命のあるものに情を移したくなかったし、ある程度距離を置いていたつもりだった。しかしたった一年間、毎日を共に過ごしただけで、別れが見えた瞬間に——寂しさを覚えるなんて。

(……仕方ないわよね。だって、ノクスはこんなに……大きく変わった。それをずっと見ていたんだから)

出会ったばかりの頃を思い出す。無表情で、感情を心の奥底に隠してしまったような、人形にも見える姿のノクスは少しずつ人らしさを取り戻していった。

秋にしか採れない森の果実で作ったジュースを飲んだ時、初めて驚いたように表情が動いて「甘い」と言った。

冬の寒さを感じるようになった頃、彼用に作った毛皮のマントを着せてやると「温かい」とほんのりと安心したような顔を見せた。

春になる頃には随分と慣れたのか、笑顔を見せることが増えた。そうして夏がやってきて、彼を拾って一年が経《た》ち——今の彼は随分と、人間らしくなった。

(私に我儘を言ったのだって、初めてじゃない？……よかった)

反抗期でもやってきたのか、彼はこの数日で「嫌だ」という意思表示ができるようになったのだ。初めの頃は「はい」と「分かりません」と「ごめんなさい」くらいしか言わなかったのに。

その変化を、最初からずっと見守ってきた。情を移すなという方が無理な話である。そして今、彼は「戻れる」という確信を得た。それも遠くない未来に。

「ねぇ、ノクス。ご馳走が食べたいわよね」

「え……なんで？」

「怪我が治ったお祝いと、ノクスが成長したお祝いってところね。……そういえば貴方の好物を訊《き》いたことがなかったわ。何かある？」

ノクスはここに来る前は余程酷《ひど》い環境に居たのか、好き嫌いはあまりないように見えた。「腐ってないから美味《おい》しい」と言っていたこともあるので、ろくなものを口にしていなかったようである。

この森は恵みが豊かなので、食べる物の種類は豊富だ。その中に一つでも好物があればと思ったのだが、ノクスからは意外な答えが返ってきた。

「森の恵みのごった煮スープ。……その日に採ったもので味が変わって、いつも楽しい」

「……ふふ。そう。私も好きよ」

つい素直に笑ってしまった。同じものが好物だというのが、なんだか可笑《おか》しかったのだ。

あのスープはその日に採れたもので作るので出汁《だし》になる材料だけでもキノコであったり、魚であったり、肉であったりして、その日によって全く味が違うのだ。そこから森で採れるハーブや香辛料で食材に合わせて味を調えていくので、どんな味になるかは作ってみるまで分からない。

もちろん、鉄板の組み合わせというものはある。個人的には猪《いのしし》肉と根菜の組み合わせが好きなので、ノクスにもそういう好きな組み合わせや具材がないかと尋ねてみようと彼を見ると、顔が赤かった。

「……ノクス？　顔が赤いわ」

「い、いや、これは……」

「熱が出た？　体が回復したからって無茶しちゃだめよ」

赤く染まっている頬に手を添えればたしかに熱を感じる。ノクスはこちらを見ようとせずに目を逸《そ》らしていた。今日一日は元気に動き回っていたから、病み上がりの体はそのせいで疲れがでたのかもしれない。

「急に体が熱くなっただけ、すぐ元に戻るよ」

「……それこそ病気なんじゃない？　ちょっと服を脱いで、診せて」

「いらない！　大丈夫、今日は早く寝るから！」

人間らしく子供らしくなったのはいいことだが、そのせいなのかノクスの言動がいまいち分からない時がある。今も服を脱がせようとした私から距離をとって逃げようとするので、訳が分からない。……動きを見るに元気そうだから、大丈夫なのかもしれないけれど。

「……まあいいけど。それで、スープに入れるなら何がいい？」

「……猪と、噛み応えのある……ハスの根とか、芋とか」

「気が合うわね、私もそれが一番好きよ。じゃあ頑張って猪の罠《わな》を仕掛けないと。あとは……鷹が手伝ってくれたら野鳥が狩れるかしら。獲《と》れたら鳥の丸焼きでも作りましょう。そういう料理を祝いに食べる国もあるのよ」

「……アスにも分けてあげたい」

「もちろん、そのつもり。手伝ってもらうんだから当然よ。肉ならあの鷹も食べるでしょう」

怪我の回復を祝うご馳走としてそれらを作ると決め、作るのは猪が捕れた日になるが根菜はそれまでに採っておいて保存しておくと決めた。

今回は彼の快気の祝い。そして次に同じものを作るのはきっと、ノクスの旅立ちの祝いになるだろう。

（ノクスが出ていったらまた一人、ね。……でも、まだたった一年。せいぜい彼がいるのはもう一年くらいだろうから……二年なら、耐えられるわ）

共に過ごす時間が長ければ長いほど、心の奥深くにその人物が住み着いてしまう。私はノクスの最期を見送るなんてごめんだと、すでに思ってしまっている。

けれど最期でなければ見送れる。旅立つ背中を見送って、時々思い出すくらいなら――百年後でも、きっと耐えられる。最期を知らなければ、最後に見るのがまだ若く未来のある姿であれば。その未来を想像して、信じて、きっと幸せなのだと思い続けることができるはずだ。

――私は最初からノクスを森から送り出すつもりでいた。そしてノクスもそれが分かっているものだとばかり、思っていた。


ノクスを拾って、二度目の秋がやってきた。背丈が伸びたノクスは元から強かった力もさらに成長し、矢を射れば木の幹を貫通するような剛腕となっている。細身に見えるのに大した力だ。

先日はついに猪の頭を矢で砕いて仕留めるという離れ業を見せた。これは私にもできない芸当である。

(この森のことで私が教えられるものはもうないのよね)

ノクスは身体機能のみならず頭の出来もいいようで、私が教えた知識を貪欲に吸収していき、数年かかると思っていた内容は夏までの一年で学習し終えてしまったほどだ。森での生活は実体験をしながら復習するだけの段階に入っている。季節がもう一巡する頃には、森を出しても生きていけるだろう。

（ほんとに優秀な……弟子、よね）

私が教えてノクスが学ぶ。私たちの関係は師弟と呼ぶのがしっくりくるのかもしれない。私がノクスに抱きつつある感情は、師弟愛のようなものか。

（教えがいがあって困るわよ。……ここ一年は、私も楽しかったもの）

思い返せば、ノクスが来てからの日々は充実していた。ただ生きるだけの日々を繰り返す私にとって、久々の刺激のある生活だったのだ。ノクスに心を取り戻させる日々は、滞っていた私の心を動かす日々でもあった。……寿命の違うものに情を持ちたくない私にとって、この一年は良すぎて悪い。

夜、食事を終えたあとの勉強の時間。森の中の知識はすべて終わってしまったので、最近はこの森にない動植物の話をしている。森の外に出た後に必要になるかもしれない知識だ。そんな時間が終わった後に気になっていたことを軽く雑談として振ってみた。

「ノクスは本当に優秀よね。今の人間ってそんなに優れているの？」

私が不死であることをノクスは知っているため、こういった話も訊けるようになった。この森に住み始めて正確な年数は覚えていないが、百年以上は経っている。私の知識は古いもので、外の動植物の分布などは変わっているかもしれないし、人間の世界なんてどのような変化をしたか分からない。

「さあ……俺は祝福を受けているかもしれない、とは聞いたけど」

「……祝福？」

嫌な単語が聞こえて思わず眉を寄せた。私にとってそれは、不幸の象徴である。まさかノクスも神の遣いを助けたことがあるのだろうか。

しかし彼の回復力は私には到底及ばない。不老不死の祝福を受けているようには見えないのだが。

「うん。人より身体《からだ》が優れている、っていう祝福じゃないかって」

「……今の人間は誰でも祝福を受けているの？」

「ううん。千人に一人くらいだって言われてる。ララニカみたいに複数持ちだったり、不死みたいな強い祝福じゃないけどね」

神は気に入った人間に祝福を授ける。つまるところ特別扱い、贔屓《ひいき》するのだ。しかしそれをやりすぎてしまったと悲しんで、今ではあらゆる人間にあらゆるささやかな祝福を授けるようになった、と言われているらしい。

それを聞いてつい鼻で笑ってしまったのだが、そんな私をノクスは不思議そうに見ていた。

「ララニカは、もしかして神様が嫌い？」

「……常識が違う高位の存在に好きも嫌いもないわ」

人間が神をどう思おうと、神にとっては関係がないのだ。神は自身が望んだように行動し、世界に影響を与えている。自分たちに近い形をしている〝人間〟という種を気に入っているらしい、というのは祝福を与えられるのが人間だけであるという歴史が証明しているものの、その人間たちに起きた悲劇の数々を止めてくれたことはない。人間とは違う価値基準で動いている上位存在に、どんな感情を抱いても無意味である。

私からすれば神とは避けようのない自然災害と同レベルのものだ。神が与える影響を、人間は甘んじて受け入れるしかない。……神に関われば良くも悪くも人生が大きく変わってしまうから。

「そうなんだ。俺は祝福なんていらないって恨んだことがあるよ。……身体が丈夫だから終わらないんだって、ずっと痛くて苦しいんだってさ」

その気持ちは痛いほど理解できた。同時に、小さな子供がそんなことを考える環境に居たことに同情した。神は気まぐれで、人間のためを思って行動している訳ではない。救われたと思う者もいるかもしれないが、神の手で不幸に叩き落とされたと思う者もいるだろう。少なくとも私は後者である。

「でもそのおかげで俺は今生きてて、ララニカに会えたんだったら……悪いことばかりでもないなって思うようになった。アスっていう頼もしい相棒もいるし、今が楽しいんだ」

「……そう」

「もっとなんでもできるようになって、早くララニカの役に立てるようになるから」

恩返しのつもりなのだろうか。ここに来たばかりの頃では考えられない、はにかむような笑みを浮かべてそう言うノクスを微笑《ほほえ》ましく思う。

もう本当に、人間らしい表情だ。熊に襲われて私が死ぬと思った時に大きく感情が揺さぶられたのか、あの一件からノクスはとても感情豊かになった。彼は本当に戻れたのだ、と思う。ならばここに長居する必要はない。

「私のことは気にしなくていいわ。貴方が一人で生きていけるだけの力を手に入れたら、貴方は人間の社会に戻るべきよ」

「……え?」

ノクスは非常に驚いた顔をして私を見た。予想外の言葉を聞いたと言わんばかりだ。もしかすると彼は、今の生活がずっと続くと思っていたのだろうか。それならば、早いうちに訂正しておかなければならない。

「私は不老不死の魔女。人間とは生きていけないわ」

本来は関わるべきではなかったのだ。それでも私はノクスを助けてしまった。死にかけでぼろ雑巾のようだった子供が、少しずつ成長していく。直に私の与える知識を吸収し、よく話を聞いて、慕ってくる。可愛い弟子、と言っても過言ではない。すでに情も移ってしまっている。

だからこそ私は彼と共に過ごしたくない。たった一年でこれなのだ。それが一生を見守ればどうなるか。

……その最期を看取ることになったら、私はどれほど苦しいだろうか。

「いやだ」

「……ノクス？」

「いやだ。俺はララニカと居たい。ララニカと居るために、俺は……」

先ほどまで笑っていた顔が今は泣きそうだった。私を慕ってくれているのは分かるけれど、私たちは生きる時間の違う、別の生き物。深く関わればどちらかが、あるいは双方が不幸になる。

「ノクス。……私は貴方が一人で生きていけるように、知識を与える。けれど一緒に生きていくことはできない。私は貴方を愛したくないの。……いえ、誰も愛したくないわ。だってみんな私を置いて逝くか、私を嫌いになるもの」

長い人生を振り返れば憎んだ相手も愛した相手もいる。特に私を貴族の屋敷から逃がしてくれた男には、五百年以上の月日が過ぎた今も感謝が絶えない。……しかし私を逃がしたせいで殺されてしまったのだと時が経ってから知って、その罪悪感もいまだに消えていない。

（彼のおかげで屋敷を逃げ出せたのに……同族《みんな》はもういなかったし、帰る場所もなかった。でもあの人の命を無駄にしてはいけないと、懸命に生きてみたけれど……）

同族が滅んで新しい居場所を求め、とても温かい人たちの住む田舎に暮らしたこともある。しかし私が歳《とし》を取らないせいで、優しい彼らはだんだんと私を魔女と呼んで恐れ罵るようになり、最終的には火刑に処された。

『あら、若いのにそんなに痩せて。ほら、たくさん食べなさい！』

豪快に笑って、食料を分けてくれた世話焼きの女性は老人になり、姿の変わらない私を見ると顔を歪《ゆが》め『人ではない化け物め』と石を投げつけてくるようになった。

『俺が大人になったら結婚してよ。それまで待ってて！』

子供らしい初恋に頬を染めていた少年は、青年になると『魔女にたぶらかされた！』と言いながら木の槍《やり》で私を突き刺した。

本当に優しい人でも、長い時の中で変わらぬ私を見続けていると変わってしまうのだ。私は、人間とは違いすぎるから。

（……それでも優しい思い出も多すぎて、憎み切れない。でもただひたすらに悲しかった）

私の存在は優しい人ですらこのように変えてしまうのだと、長く同じ土地に留《とど》まるのをやめて旅人になった。しかし大怪我をしてすぐに治ってしまう体を見られて、また化け物と呼ばれる。もしくは理解してくれた人間と出会っても、その人間の最期を見送ることになる。

その繰り返しに疲れ、今度は自分を殺す研究を始めた。思いつく限りの自殺を実行してそれも不可能だと結論付け、穏やかに暮らせる場所を探して人のいない場所を転々とし、ここ百年ほどはこの森に住んでいるという訳だ。

「……俺は……ラニカを嫌いにならない」

「でも貴方は私より先に死ぬわよ。私は死なないから」

そう言うとノクスはハッとしたような、何かに気づいたような顔をした。そうしてじわりと目に涙を浮かべて、ゆるゆると首を振る。

「……ララニカが〝死なない〟じゃなくて〝死ねない〟って言う意味が、分かった」

「……そう」

ノクスはもの言いたげに黒い瞳で私を見つめている。何度か言葉を紡ごうと開かれた口は、結局声を発することなく閉じられた。しばらく俯《うつむ》いて無言のままだった彼はやがて「もう寝よう」と言って、一人でベッドに潜っていく。

（……分かってくれたかしら）

いつの間にか彼の願い、望みは「ララニカ《私》と暮らすこと」になっていたらしい。私は初めに彼が一人で生きていけるまでの手伝いをすると宣言していて、最初からいつか別れるつもりでいた。けれどノクスはそうではなかったようだ。

ろうそくの火を落として明かりを消し、ベッドに入る。ノクスはこちらに背中を向けて丸まっていた。

「……貴方はまだ、戻れるわ。私とは違うもの。……人間の社会に戻って、人間らしく生きて。誰かと結婚して、幸せに暮らしなさい」

「……けっこん……」

「そう。好きな人と結ばれて、同じ時間を生きるの。子供も生まれるかもしれないし、そうしたらその子の成長を見守る楽しみだってある。……私にはできないことよ」

肉体の時が止まっている天族は、妊娠しない。だから好きな人と家庭を作り、子供が欲しいと心底願った時は二人で祝福を返し、それからは普通の人間として暮らすというのが私たちの一族の「結婚」だった。

私には叶《かな》わなかったことだ。婚約者に裏切られたから、私はここにいる。

（私にはもうその幸せを手に入れることはできないけど、ノクスは違う。……普通の幸せを手に入れてほしい）

そう考える時点で私はもう、この子供に充分情を移してしまっている。くるりと反転してしがみつくように私の腰に腕を回したノクスの背中を、苦笑しながら叩いた。胸元に涙のしずくが染みていく。……ノクスは賢い。きっと分かってくれたのだろう。

そうして互いを抱きしめながら、やがて眠りにつく。いつか失うこの熱を、今だけでも大事に思いながら。


「おはよう、ラランニカ」

「ええ、おはよう。ノクス」

翌朝、涙で少し腫れた目で笑ったノクスが明るい声であいさつをしてくれた。やはり分かってくれたのだ、と思う反面何故だか奇妙な違和感を覚える笑顔である。

「俺、分かったんだ。俺がラランニカを殺せればいいって。それなら生きるのは同じ時間になるから、一緒に居られるでしょう？」

絶句した。一晩で彼はそのような結論を出したらしい。私は笑顔で「殺す」という言葉を使う彼に、悪意のかけらもなく好意から出たその言葉に、なんと返していいか分からなかった。

「だから……俺がラニカを殺してみせるから、俺と結婚して」

◆

「私は不老不死の魔女。人間とは生きていけないわ」

その言葉にノクスは雷に打たれるような衝撃を受けた。ラニカは死なない。だからずっと一緒に居られるのだ、と。そう思っていたのはノクスだけだったらしい。

（ラニカと別れて森の外で生きる……？　そんなの……）

ノクスにとっての幸せは、全部この森の中に、ラニカと共に暮らす家にある。外での暮らしは苦しいことしか覚えていない。ラニカの下を離れて、森の外で一人生きていくなんて想像ができなかった。

それに何より、ノクスはラニカの役に立ちたくて努力をしている。彼女のために、なんでもできるようになりたい。彼女の傍にいられないなら、それらの力は意味をなさない。

「ノクス。……私は貴方が一人で生きていけるように、知識を与える。けれど一緒に生きていくことはできない。私は貴方を愛したくないの。……いえ、誰も愛したくないわ。だってみんな私を置

いて逝くか、私を嫌いになるもの」

「……俺は……ララニカを嫌いにならない」

ノクスがララニカを嫌うはずがない。命を助けてくれて、名前をくれて、生きる力をくれて、死にかけていた心を取り戻してくれた。どうやって嫌いになるというのだろう。

彼女と共に暮らして、その優しさを知りながら彼女を嫌いになった人間が過去にいたのだろうか。

……信じられない。

「でも貴方は私より先に死ぬわよ。私は死ねないから」

その言葉でノクスはようやく理解した。ララニカが「死なない」ではなく「死ねない」と言っている、その理由を。

それに気付いて何も言えなくなり、彼女の顔を見ることもできなくなってベッドへと潜り込んだ。森の匂いのする、温かいベッド。けれどノクスの今の冷えた体を温めるには、ぬくもりが足りない。

（ララニカは不老不死だから……ずっと、このままで。誰かを好きになったら、その相手は必ず……）

熊に襲われてララニカが死んだと思った時の、胸の痛みはよく覚えている。彼女はすぐに生き返ったが、その一瞬だけでも心を襲った喪失感はすさまじいものだった。

（ララニカはあの思いを繰り返してきたのかな）

大事な相手を失うことは自分の一部を失うようなものだ。自分という人間を構成する存在が欠け落ちてしまう。ノクスにとってはそんな相手はラランカだけ。

しかしラランカは長い時を生きる中で、自分を構成する大事な関係をいくつも持ったことがあるのだろう。今までにそのすべてを失って、何度もあのような喪失感を覚えて、二度と何も持ちたくないと一人で生きるようになったのではないか。

（誰も愛したくないっていうのは……そういうことだ。それでもラランカは、俺を助けてくれたんだ）

ラランカはきっと、とても傷ついている。だからこれ以上傷つかないようにと人との関わりを絶った。それでも死にかけたノクスを見つけて、助けてくれたのだ。

彼女はとても優しい人だから、自分の感情よりもノクスの命を優先してくれた。傷が癒える間だけでもよかったはずなのに、ノクスが一人で生きていけるようにと考えていろんな知恵を与えてくれた。

（俺のことも愛したくないって、言ったけど……ラランカは、きっと……）

すでにラランカはノクスに対し、愛情を持ってくれている。森の外では誰にも愛されたことなどなかったが、だからこそラランカの優しさと愛情は疑っていない。「貴方を愛したくない」というのはノクスに何の情も持っていないから出た言葉ではなく、「これ以上愛したくない」という意味ではないか。……きっとそうだ。

明かりが消えて、静かにラランカがベッドへ入ってきた。背中にいつもの、彼女の温かい体温を感じる。

「……貴方はまだ、戻れるわ。私とは違うもの。……人間の社会に戻って、人間らしく生きて。誰かと結婚して、幸せに暮らしなさい」

落ち着いていて、どこか深みがあって、優しい声。彼女がノクスのことを何とも思っていなかったら、こんなことを言ってくれるはずがない。ラランカの優しさが身に染みて涙が出そうだった。

（……けっこん……って、夫婦になるやつ……？）

奴隷であったノクスには縁遠いことだったが、結婚式というものは遠目に見たことがある。永遠の愛を、一緒に生きることを誓って、他人が夫婦という家族になる儀式だったはずだ。

心の中で呟《つぶや》いたつもりが口から出ていたようで、ラランカからも返事があった。

「そう。好きな人と結ばれて、同じ時間を生きるの。子供も生まれるかもしれないし、そうしたらその子の成長を見守る楽しみだってある。……私にはできないことよ」

私にはできないこと。そこにはラランカの本当の願いが、諦めた望みが滲《にじ》んでいる気がして悲しくなった。好きな相手と同じ時間を生きて死ぬ。誰にでもあるはずの可能性が、不老不死である彼女にはない。

（ラランカが……可哀相《かわいそう》だ）

そう思うと堪《たま》らなくなって、体を反転させて彼女を抱きしめた。背中をいつものように優しいリズムであやされて、その度に目から涙が零れてしまう。

こんなに優しい人だ。普通の人間だったら、きっと彼女が望んだように誰かに愛されて、その誰かを愛して、普通に死ぬことができた。けれど彼女は不老不死だから、大事な相手が出来ても見送るばかりでずっと世界に取り残されてしまう。

（俺がこの森を出ていったら……アスとは俺以上に距離を置いてるんだから、ララニカはまた一人になる。でも俺がずっと一緒に居ても、いつか俺は死ぬから結局ララニカは一人になる……）

そんな残酷な話があるだろうか。彼女はノクスに外で誰か好きな人と結ばれて生きろと言うが、彼女を一人きりにしたままそんなことができるはずもなかった。

ララニカ以上に好きな相手なんて、できる気もしない。ララニカが幸せになっていないのに、ここでの暮らしを忘れて彼女以外の誰かと暮らせるはずがない。

（俺はララニカと居たい。これからもずっと……でも、それだけじゃだめだ。ララニカを一人残さないように…………ララニカが、死ねるように、しないと）

彼女は「死」を望んでいる。永遠に失ってしまったそれを、もう一度手に入れたいと思っている。けれどその方法を探すことを、彼女は諦めてしまった。

ならばノクスが探すべきではないか。ララニカに全部与えられて、生きられるようになったノクスが、彼女を死なせる方法を見つけるために自分の時間を使えばいいのではないだろうか。

（……俺が、ララニカを殺してあげるんだ。ララニカがこれ以上、誰も見送らなくていいように……俺が、ララニカを見送る人間になる）

天啓を受けたような気分だった。世界がぱっと明るくなったような、今までと全く違うものが見えるような気付きだった。それはノクスの新たな目標だ。

（ラランカを殺せるなら、生きる時間は一緒にできる。……それなら俺と、結婚してくれるかな？）

好きな人と結ばれて、同じ時間を生きろとラランカは言った。しかしノクスの好きな相手は――ラランカである。思考を埋め尽くすような、激しく心を揺さぶられて訳が分からなくなるようなあの感情は、ラランカに向けた恋心なのだと気づいた。この先も、ノクスが一緒に生きたいと思うのは彼女だけだ。

そっと顔を上げる。安らかに眠るララニカの顔が差し込む月明かりの中ではっきり見えた。彼女は表情が薄い。無表情ではないが、大きく感情を見せることはほとんどない。恐らく長く生きすぎて、そして人と関わらなすぎて、表情の動かし方を忘れてしまったのだと思う。

けれど、死ねると分かった時にはきっと、とても喜んで笑ってくれるだろう。自分がそんな表情をさせてあげられるかもしれない、と思うとノクスの中には何か、込み上げてくる喜びの感情があった。ぞくぞくと背中を駆け上がるような、そんな高揚感。

（明日、ララニカに言おう。喜んでくれるかな……ララニカの望みは、俺が叶えてあげるんだ。だって、俺しか……いないから）

この世で唯一、ララニカの不幸を知っているのは自分だけ。彼女を想《おも》っているからこそ、その不幸を解決したいと心の底から願っているのもノクスだけだ。

もし志半ばでノクスが死んだらララニカは救えない。この夢を叶えるまで、決して死ぬわけにはいかない。

（だから強くなる。もっと勉強する。……ララニカを殺す方法を探すなら森の外に出ることになるだろうから……寂しいけど、頑張る。ララニカのためだ）

抱きしめて、抱きしめられて伝わってくるこのぬくもりを忘れぬようにと、ノクスは少しだけ自分の腕に力を込める。そして目が覚めたら、大事な告白をしようと心に決めながら穏やかな眠りについた。

○

寿命が違う。生きる時間が違う。死ねない私は常に見送る側になる。そう伝えたら弟子はどういう考えの飛躍をしたのか「ラランカを殺すから結婚して」というかなり独特な愛の告白をしてきた。

彼はきっと、自分の感情を誤認している。自立してきたと思っていたのは気のせいで、どうやら私に依存しているようだ。離れたくないばかりにそのようなことを言い出したのだろう。

しかし、自立させなければならない。ノクスはまだ人間の世界に戻れるはずだから。

「あのね、ノクス。私は死ねないのよ」

「うん。だからそんなラニカを殺す方法を見つけるんだ。……ラランカは、死にたいと思ってる。

俺はラランカにいろんなものをもらったから、今度は俺がラランカの望みを叶える」

どうしてこうなってしまったのだろう。そんなありもしない方法を探すために、彼の時間を使わせる気などなかった。けれど一晩で決意を固めたらしいノクスの黒い目には、簡単には曲がらない意志が宿っている。

（どうにかして説き伏せないと……）

私は今まであらゆる方法で自分を殺せないか試してきたのだ。百年で無駄だと悟りやめたけれど、人の一生以上の時間である。その経験を語って聞かせればノクスは諦めるだろうか。

「あのね、ノクス……」

「じゃあ俺は朝食の準備をするから、ラランカは日課の水浴びに行っていいよ。時間は有限、のんびりしてたら人間の人生はすぐに終わる。……でしょ？」

それは私がノクスに伝えたことのある言葉だ。たしかにぐずぐずしていたら一日はあっという間に過ぎてしまうし、森の生活はやるべきことが多い。話すのは夜の勉強の時間にするべきだ、と納得してため息をついた。

食料庫からせっせと食材を運び出しているノクスの目は、なんだか昨日までとは違うように見える。今まで以上にやる気に満ち溢れているというか、なんというか。

（人間は本当に思い通りにいかない。……経験が少ないから、分からないのね。子供ならなおのこと）

その日もいつも通り一日が始まった。アスと軽く言い合いをして、彼が自分の獲物を捕りに行くのを見送り、ノクスと共に森に入って狩りをする。

今日のノクスはいつも以上の集中力を見せ、私が矢を構えるより先に野鳥と兎《うさぎ》をそれぞれ一矢で仕留めたのだから充分な成果だ。もう一人で狩りができるし、私がついていく必要もないだろう。なんならバラバラに森に入った方が効率も良さそうだ。

「俺は鳥の羽をむしるよ」

「……そう、お願い。じゃあ私は兎の処理をするわ」

私が何か指示を出そうとすると、それより先に行動に移っている。私が口を出さずとも自分で必要なことが分かるらしい。

(もう本当に何も教えることはない、わね。……なら説得のほうに集中しましょう)

このままでは何か、ノクスは間違った道に進んでしまいそうな危うい気配がして心配だ。私のため、なんて言って無茶をしそうでいけない。存在しない物を探すなんて無駄なことをさせないためにも彼を納得させなければ。

『何やら主の様子が変わったな。力強くて良いことだ』

「……良くないわよ」

何も分かっていない鷹はノクスの様子に肯定的である。ため息を吐く私を不思議そうに見上げて首を傾げていた。……野生生物は気楽なものだ。

その日の夜。一日のやるべきことをすべて終わらせた後。眠るまでの間には、しばし時間がある。

「ララニカ、勉強の時間だよ」

「……そうね。じゃあ、今日は……私が今までどれだけ死ぬ方法を試して、無駄だったかを教えるわ」

彼に教えることはもう何もない。だからこそ、私は説得に力を入れようとそれを提案した。

「うん、わかった」

そんなもの必要ない、と嫌がるかと思ったけれどノクスは真剣に私の話を聞いた。人間の死因となるものはすべて試してきたこと。人間にあらゆる方法で殺された時のこと。刺殺、絞殺、焼死、失血死、溺死、窒息死、服毒死――すべてを経験してもなお私は今ここに居ること。

「この世の毒も研究し尽くしたし、もう手がないわ。私は死ねないの、分かった？」

「うん、分かった。今ララニカが言った方法以外を見つけないといけない。でもララニカは天族でしょ？　天族は滅んだんだから、ララニカにもその方法が……」

「ノクス。……無理なのよ。祝福を返す方法ごと、一族は滅んだの」

一族が滅んだと知った、あの日の光景を忘れることはできない。忘れたくても忘れられない記憶。

……ノクスには、それも語った方がいいのかもしれない。

「私たち……天族と呼ばれた一族が、天の台地に住んでいたのは知ってる？」

「うん。人が見上げても見えないような、雲に届くような場所にある台地なんでしょ？」

「ええ。私たちだけが暮らせるように、神が作った場所よ」

地面から巨大な柱が天に向かって伸び、雲よりも高い場所にある人の住む台地。まるで柱の上に盃《さかずき》を載せたような形をしたそこが、私たちの住処《すみか》。もちろんそのような地形は自然には生まれない。祝福と同時に神より授けられた私たちだけの安息の地。人間の身体能力では登れるものではないから、誰にも侵されることのない聖地――のはずだった。

「私たちの一族は百人くらいしかいないけど、不老不死である限り減ることも増えることもない。あの場所では、すべてが完結していたの。……でも、何もかもあるって退屈なのよ」

「……なんで？」

「何の目標もできないから、かしらね。あそこにいたら毎日が同じなのよ」

死なず、老いない一族。しかし新しい命が芽吹くこともなく、停滞しているとも言える環境。そこでしか育たないたった一種類の野菜は、それさえ食べていれば体を損なうことはないという完璧な栄養食。味はいいが百年も同じものを食べ続けたらどうだろうか。……飽きがくるというものだ。

その植物からは服を作ることもできたし、家の材料にもなった。苦労することなく私たちは生きていけた。しかし何も変わらない、何の変化もない。そうなると人々は暇を持て余す。だからそんな私たちが生きることに飽きた時のために、祝福を返す方法が一つだけあった。

「最期の果実って呼んでたわ。それを食べると、祝福を返すことができるの。結婚したくなったら果実を持って地上に降りて、普通の人間として暮らす。私たちが地上に降りるのは、不老不死の祝福を返すと決めた時だけ。……そういう決まりがあったのよね」

「……じゃあ、ララニカは？」

「私もそうよ。結婚の決まった相手がいて、その人と地上に降りる予定だった」

今思い出しても腹立たしいことだ。神の遣いを助けてしまった私の結婚相手は、族長の息子しかいないとされていた。周囲が恋愛結婚を望む中で、私たちだけは立場の結婚だったわけだ。だがそれでも族長の息子は愛を口にしたし、私もそれに絆《ほだ》されて彼を愛するようになっていった。

「でもその人は私以外の人と結婚したかったみたいね。私を天の台地から突き落として、二人分の最期の果実を持って……きっと別の女性と、地上に降りたんでしょう。詳しくは知らないわ、私は落ちていたから」

「それって……」

「ええ。私は、それで初めて死んだのよ」

周辺の山よりも高い台地から無事に降りるため、結婚する二人は専用の気球を使って地上へ降りる。二人乗りであって、それ以上は乗ることができない。最期の果実を食べてしまえば人間になってしまうため、それを食べるのは無事に二人で地上に降り立ってからだ。

気球に乗る寸前で私は台地から突き飛ばされて、この身一つで地上に落ちた。……最後に見た、婚約者の顔は忘れない。私に対する情のかけらもない、落ちる私を見てほっと安堵《あんど》したようなあの表情。

体を襲う浮遊感ととてつもない恐怖。目も開けられないほどの圧迫感。一瞬で全身に走った衝撃と痛み。それが私の初めての死だった。忘れられるはずもない。

「落ちて死んだ私は、偶然その場に居合わせた奴隷商人に蘇《よみがえ》りを見られて捕まってね。そこから百年くらいは人間の玩具として飼われていたわ」

「………やっぱり」

「やっぱり?」

「俺、ララニカにそっくりの天族の肖像画を見たことがある。……あれはララニカだったんだ」

「そうでしょうね。絵を描かれた記憶はあるわ」

死にかけのノクスを拾って看病していた時、彼が私を見て「天族」と呟いたのはそのせいだろう。もう七百年は前に描かれたものが残っているとは思えないので、当時のものではなく絵を見た人間が模倣して受け継がれてきたものだとは思うが。そっくりだ、と言うからにはよほど正確に模写されているようだ。

「酷い目に遭ったし、もう死にたくて。どうにか故郷に戻って、最期の果実を食べようと思ったの。場所も分からなくてしばらく彷徨《さまよ》ったけど……それでどうにか故郷にたどり着いたら……全部、なくなってたわ」

故郷の場所を調べてようやくそこへたどり着いた時。私が見たのは崩れてただの土山となった天の台地と、燃やされたのか炭と化した最期の果実の木片だった。あれを見た瞬間の絶望を超える感情は、いまだに感じたことがない。

周囲の人間に何があったのか訊けば、事態は飲み込めた。人間は技術で空へと届く方法を編み出し、空を飛ぶ船によって天の台地へと到達した。そこで不老不死の人間を見つけ——欲望を満たそうとする者が現れるのは時間の問題だった。私の身に起きたことを考えれば、想像は難くない。

天族は抵抗し、やがて敵わないことを悟ると自分たちを弄ばれるくらいならば——とそこに残っていた一族全員が最期の果実を口にして、侵略者どもに何一つ渡すものかと自分たちの街に火を放った。……そういう話だけが、悲劇として語り残されていた。

「そうして不老不死の祝福を返す方法ごと、全員滅んだのよ。……地上に取り残された私を除いて、ね」

一族の中で私はどのような扱いだったのだろうか。私が地上に落とされたあの日、収穫した最期の果実は二人分で、消えた人間は三人のはずだ。一人は外で生き続けていると、考えてはくれなかったのだろうか。

私が死ぬ方法を失ったと知った時「許さない」と叫んだ。けれどその「許さない」相手も、この世にもういない。あの時の絶望も、もうずっと昔の話。……今はただ、死にたくても死ねないことを受け入れて生きている。

「だからどうしたって無理よ。ノクスも無理なことに時間を使う必要はないわ」

「いやだ。俺はラランカと結婚したい。ラランカが、好きだ」

真剣な表情でそう言う彼に、私は戸惑った。子供の恋というのは、強い感情を誤認している可能性が高い。彼は私に恩を感じていて、私に面倒を見られたことで親への親愛のようなものも持っているのだろう。それを恋だと勘違いしているのではないだろうか。

(子供の気持ちは大人になれば変わるもの。……だけど、否定をしたら傷つきそう)

私と結婚したいと慕っていてくれたけれど、大人になったら魔女だと罵った子供を思い出す。ノクスは私が不老不死であることをすでに知っているのであぁはならないだろうが、この感情は一時的なもののはずだ。外の世界に出て、多くの人間に関われば変わるだろう。

しかし今真剣に好意を伝えようとしている彼を否定すれば、傷つきなおさら意固地になるかもしれない。

何も言えないでいるとノクスは笑った。安心させようとするような、そんな笑顔で。

「ラランカが見ていない間に、外の世界はすごく変わってる。ラランカが死ねる方法だって、きっとあるはずだよ。……だから俺は、大きくなったらラランカを殺す方法を探しに外へ出る。必ず見つけてくるから、待っててね」

「……ノクス。殺すということが、どういうことか分かってる?」

「分かってるよ」

「……絶対分かってないわよ」

私がどれだけ語ってもノクスを説得することはできなかった。

不可能であることを説き続ける私と、それでも意志を覆さないノクス。そんな状態で何も変わらず、お互いの意見は平行線のまま一年が過ぎた。


「そろそろ森を出ようと思う」

私と身長の並んだノクスは、同じ目線の高さでしっかりと私の目を見つめて言った。この森で彼に教えることなど本当に何もないからそれは当然の帰結だ。狩りも上達して、弓の腕は私を超えた。投擲《とうてき》も、ナイフの扱いも、棒術だって敵わなくなった。……もう、私が師匠面するべきではないのかもしれない。

「……そう。それはいいのだけど……私のことは忘れて、元気でやるのよ」

「いやだ。俺は、ラランカを殺す方法を見つけるために外へ行くんだよ」

問題はこれなのだ。本当に頑固で困ったものである。

（……どうすればいいのかしら。もういっそのこと……強い言葉で、拒絶してみるとか）

わざと傷つけるようなことを言う。そんな方法を考えてみたものの、上手く私への執着を断ち切れそうな言葉は思いつかない。

ノクスが旅立つ日には、ご馳走でも作って送り出すつもりだったのに。そんな雰囲気ではなくて、彼が荷物をまとめて出ていく日もいつも通りに過ごしてしまった。

「じゃあ、ララニカ。行ってくるね。絶対に殺す方法を見つけてくるから待ってて」

どこか興奮気味にそう告げるノクスの肩にはアスが止まっている。肩に猛禽類《もうきんるい》の爪が食い込んでもいいように、しっかりと皮の防具をつけていて、それを作ったのはノクス自身だ。私はここしばらく、彼に何もしてやっていない。

「……いえ、待たないわ」

「……ララニカ……」

「私、貴方に期待なんてしてないわよ。私の言葉も聞けない弟子のことなんて、知らないわ。出ていって、もう二度と戻らないで」

「っ……」

目線の高さが同じだからこそ、傷ついた顔がはっきりと見える。アスから呆《あき》れたような声が聞こえてきたけれど無視した。

彼らに背を向けて扉を閉める。こんな別れ方をすれば、ノクスだって私のことを慕い続けはしないだろう。

(……これでいいの。これで、元通りよ)

頭の中では拾ったばかりのノクスが、だんだんと成長していく姿が浮かんでは消える。人と関わることをやめてから、四百年は経った。それなのにその四百年よりも、ノクスがいたたった二年の方が重い。

十分ほど経ってからそっと扉を開けた。そこにはもう、ノクスの姿はない。外に出て見上げた大木にも、不遜な鷹の姿は見えない。

こうして私はまた一人に戻った。

ノクスが私の下を去って、五年が経《た》った秋の頃。夜の食事を終えてくつろいでいると家の扉を軽くノックする音がした。この家を訪れる者がいることに驚きながらそちらに顔を向ける。鍵のかからない扉を開いて現れた顔は、成長していたが見覚えのあるものだった。

「……ノクス？」

驚いて瞬きながら立ち上がる。家には入ろうとせず、扉を開けたまま動かない彼の前に立った。

「久しぶり、ラランカ。この扉、ノックするだけで壊れそうだよ。まあ、ラランカからすれば誰かが来る想定はしてないのかもしれないけど」

聞き慣れない低い声。どうやら声変わりをしたようだ。その肩に止まっているのは見覚えのある鷹《たか》で、こちらも記憶の中より大きくなっている気がする。

『我は上で休んでいるぞ。では主《あるじ》を頼んだぞ、メスよ』

そう言い残してアスと呼ばれている鷹は飛んで行った。私を「メス」呼ばわりするところも変わりないようだ。どうやら奴《やつ》はこの家の上の巨木で、以前のように休むつもりらしい。

「……相変わらずね、あの鷹は」

「賢いし色々手伝ってくれるから、助かってるよ」

ニコニコと笑って私を見るノクスに何か異様な雰囲気を感じる。彼はもう十五歳となったはずで、背が随分と伸びて私よりもずっと目線が高くなっており、輪郭も子供らしい丸さがとれて大人に近づいていた。

「……とりあえず入ったら？　風が入ると寒いわ」

「うん、ごめんね」

彼を家の中に招き入れ、私は元々座っていた丸太の椅子へと戻った。ノクスも向かい側の椅子——一度腐って捨てた後も何故《なぜ》か新しく用意してしまった、誰も使っていない丸太椅子に座る。体も成長した今、子供用の大きさで作っている椅子は小さいかもしれない。

（大きくなったわね。……でも、なんだか……）

目の前に座る彼を見ていると、そういった体の成長とは何か違う変化があるように思う。以前のノクスにはない異様な空気を纏《まと》っているのだ。

「……貴方《あなた》、何してきたの？」

「言ったでしょ、俺はラニカを殺す方法を探すって。今は人を殺す技術を高めてるところだよ」

息を呑《の》む。私は彼に一人で生きていけるだけの知識と、技術を教えた。それは自分の身を守る方法であり生き抜く術《すべ》であると同時に、使い方によっては他者を害し、命を奪うことに応用できる力でもある。

「………人を殺したのね。私が教えた知識を使って」

低い声が出た。人の命は死ねるからこそ尊いもの。限りあるからこそ大事にするべきもの。それをいたずらに奪うなんて到底許せることではない。私の教えをそれに使ったなんて、あってはならないことだ。自分でもノクスを見る目が冷たくなるのが分かる。

私にとって生と死がどのようなものかを彼は知っているはずだ。私は死を羨んでいるが、だからこそ命を大事にするようにと彼に教えてきたつもりだった。

この五年で彼は私の教えを忘れたらしい。

(失望してしまうわ。……あんなに、いい子だったのに。人殺しになるなんて)

しかしそんな私の視線を受けたノクスはとても傷ついたような顔になった。まるで雨に打たれて震える弱弱しい子猫のような風情で、こちらがたじろぎそうになる。

「俺は悪いやつしか殺してない。そういう仕事をすることにした。俺やラニカみたいな目に遭って、死ぬ人間が減れば……人を簡単に死なせるような奴を殺すなら、助かる命だってあるでしょ……?」

「それは……」

ノクスの言葉を否定しきれなかった。たしかにいなくなった方が複数の命を救うことになる人間は存在する。何人も奴隷を甚振《いたぶ》って死なせる金持ち、罪のない人間を無差別に襲う殺人鬼、他人の資産を狙って時には命をも奪う強盗など、多くの人間から「いなくなればいい」と望まれるような生き方をする人間。

しかし、それは。殺しの依頼を請け負う暗殺者とて、同じようなものだ。たとえ悪人しか殺さないのだとしても、悪人から恨まれて死を望まれる。

そういう存在に彼はなってしまったというのだろうか。

「ラニカ、俺のこと嫌いになった？　俺は……ラニカの教えは忘れてないつもりだよ。嫌いにならないで」

今にも泣きそうな顔でそんなことを言われてはこれ以上叱ることもできない。一度は膨れ上がった嫌悪感も小さくしぼんでしまった。

人殺し、いや暗殺者へと育ってしまった弟子に失望した気持ちはまだあるのに、私の望みを叶《かな》えたいと言って私を殺す方法を一途《いちず》に探し続けているらしい彼を完全に拒絶する気にもなれない。

扱いに困るというか、接し方に迷う。どうしてこうも拗《こじ》れた成長をしたのか。

(私の育て方が悪かったのかしら……まあ、それもありそうね。不老不死だなんて真っ当な人間じゃないんだもの。……私の責任でもあるわ)

ため息をついて椅子から立ち上がり、彼に背を向けた。背中に突き刺さるような視線を感じる。

今振り返ったら泣いているかもしれないので、そちらは見ない。

「…………もういいわ。こんな時間に来て、食事は済んでるの？」

「いや……ちょっと迷って遅くなったから。森の仕掛け、増やしたでしょ」

私は人間がこの家に辿《たど》り着かないよう、森の中に仕掛けをしている。例えば熊のような危険動物のマーキングを模した傷を樹木につけたり、認識を阻害する幻覚キノコを栽培したり、倒木などで進行方向を狭めたりと色々だ。

ノクスが出ていってからそういう仕掛けを増やしたので、彼は久々に戻ってきたはいいものの、道に迷ったらしい。明確に家の位置を理解していなければここまで来られなかっただろう。

「二度と人間を拾わないようにと思ってね。……食事が少し残ってるから、分けてあげる。そのまま座って待ってなさい」

「……うん」

以前ノクスが使っていた器を取り出し、まだ熱の残るスープを注いだ。森の恵みのごった煮スープである。

ノクスは私の言葉に従って大人しく座っていたのでその目の前に器と匙《さじ》を置いた。戸惑うように私を見上げてくる彼に頷《うなず》き、食べるように促す。ゆっくりと一口を口に運んだノクスは、それを咀《そ》嚼《しゃく》すると私の知る少年の面影が残る顔で笑った。

「ララニカの味がする。懐かしくて、美味《おい》しい」

「……そう」

この家で、質素なテーブルを囲んで、定番のスープを飲んでいる姿を見れば五年前の姿を思い出す。けれど彼はもう、あの頃の少年ではない。

（……私は、普通の幸せを手に入れてほしかったのに）

不老不死の魔女のことなど忘れて、普通の暮らしをしてほしかった。だから突き放すようなことを言って、森から追い出した。

それが彼は今や不死の魔女を殺す方法を探して、人殺しの仕事を受ける暗殺者。何故こうなってしまったのだろうか。

……私の存在が、彼の歩む道を間違えさせたのだろうか。

「今日は君に渡したいものがあって来たんだ」

「……何？」

簡素な食事を終えるとノクスは自分の荷物から包みを取り出した。何やら可愛《かわい》らしい色の紙に包まれている。

「昔さ、俺が熊に襲われてララニカが庇《かば》ってくれた時のこと、覚えてる？」

「ええ、覚えてるわ」

「……その時、ララニカの服をだめにしたから。お詫《わ》びの品」

「そんな昔のこと……気にしなくていいのに」

しかしあの件はノクスの中に大きく刻まれているのだろう。私は彼の前で初めて死んで、彼は自分のせいで私が痛い思いをしたと罪悪感を抱いたようだし——おそらく、そのせいもあるのだ。ノクスが私の願いを叶えると、殺す方法を見つけるなどと無謀なことを言うのは。

とりあえずそれを受け取った。中身を見ると、見たことのない材質の服が入っている。手触りがよく、丈夫そうなのに引っ張ると少し伸びた。

「……え、今この服伸びたわよね。どうなってるの？」

「外の世界じゃ当たり前だよ。動きやすい素材ってやつ。ララニカは森で採れるもので作った服しか着てないけど、外にもいいのはあるからさ。……鍋だってすごく古い。というか土器だよねそれ。今度は新しい鍋でも持ってくるよ。他にも、色々……持ってきていい？」

おそらくこれは口実だ。彼がこの家を訪れるための理由。私は誰も愛したくないと彼に伝えてある。だから自分の好意を理由にこの家を訪れるのを、躊躇《ためら》ったのだろう。

数秒考えてため息を吐《つ》いた。そんな理由がなくても私は彼の訪問を断らない。いや、断れない。

（久々にノクスの顔を見て……嬉《うれ》しくないと言ったら嘘《うそ》になる。私にとって、可愛い弟子には違いないものね）

彼がこの家を出ていったあとは元気にやっているのかとか、私を殺す方法なんてありもしないものを探しているのかとか、ふとした瞬間に気になっていた。

ノクスはすでに、私の心の中に棲《す》んでしまっているのだ。今更拒絶したところで、もう遅い。

「分かったわ。好きにしなさい」

「……うん」

安心して嬉しそうに笑う顔は昔の面影と重なる。彼がこの家で過ごしたのは八歳から十歳までの約二年の間で、私の長い人生においてはほんの一瞬のような時間だけだったが、それでも毎日一緒だった。

　ここ最近でこんなに濃密な時間を過ごした相手は彼以外いないのだから、強く印象に残っていても仕方のないことだろう。

「もう外は暗いわ。今日は泊まっていきなさい」

「え、いいの……？」

「いいわよ。貴方は大きくなったけど……うん、まだ余裕があるわ。前みたいに貴方が壁際に寝なさい」

　私の家のベッドは広い。何なら彼が居ない間にもっと良い物にと作り替えて更に広くなっている。成長したノクスと一緒に眠っても余裕があるだろう。

　しかし私の言葉を聞いたノクスは固まって、何故かじわじわと顔が赤くなっていった。

「……ラニカ。俺はもう子供じゃないから、一緒に寝るのは……」

「十五歳は子供でしょう。何言ってるの？」

「い、いや……でも……俺は、床でいいから」

「だめよ。人間は弱いんだから、ちゃんとした場所で休みなさい。風邪をひいてこじらせて死んだらどうするの」

　反抗期が続いているのか妙な我儘《わがまま》を言うようになっている。前は私に抱き着いて眠っていたのに、何がそんなに不満なのかと考えてふと気づいた。人間の十五歳といえば思春期の多感な年頃だ。異性が気になる年齢でもある。

（……私に結婚して、と言っていたあれは子供の愛情の勘違いだとしても、そういう年頃だものね）

私は千年近い時を生きる年寄りとはいえ、見た目はまだ若い女だ。ノクスとしては一緒に寝るというのが落ち着かないのだろう。それならば私が取る選択は一つだ。

「分かったわ、じゃあ私が床で寝るから」

「いや、それはだめだ……!!」

「私はどうせ体調を崩したって問題ないもの」

「それなら俺は帰る。ラニカにそんなことさせたくないし」

「罠《わな》の配置も変わってるのに暗い中この森を出られるとでも？　死んだらどうするの」

そんなやり取りがしばらく続き、ノクスは髪をくしゃくしゃに掻《か》き乱してから机に突っ伏した。

かろうじて見える耳が赤く染まっている。

「……分かったよ、ララニカ……俺もベッドに寝るからララニカも寝て。次から寝袋でも持ってくるよ……」

「分かったならいいの。えらいわね」

顔を伏せたままのノクスの頭を撫《な》でる。子供の頃の柔らかい毛質のままで、さらりと流れて手触りがいい。そんな私を、ノクスは文句を言いたげな黒い目でじっと見上げてきた。

「……俺がララニカと結婚したいの、分かってる？」

「ええ、出ていくまでも何度も言ってたから」

「……今も変わらないからね。俺が君を殺す方法を見つけたら、結婚して」

「そんなものはないから諦めなさい」

その夜、以前のように抱きしめて背中を叩《たた》いてあげようかと提案したら全力で拒否された。ノクスは完全に自立してしまったらしい。……私はそれをちょっとだけ残念に思った。

やはり以前の彼ではない。私も、昔の素直な弟子として扱うべきではないだろう。間違った道に進んでしまった、元弟子だ。

（……実は……私の方が、人のぬくもりを求めているのかしら）

いつか失うと分かっているのに。私も馬鹿だ。……ノクスがまた会いに来たことを、喜んでしまっているのだから。

朝目覚めると、私の体はぬくもりに包まれていた。しばしぼんやりとした頭で何が起きているのか考えて、どうやら眠る時は背を向けていたノクスが寝ているうちに私を抱きしめる体勢になったのだと気づく。

（……やっぱり子供ね。無意識に甘えが出るなんて）

目を閉じて小さな寝息を立てている彼の顔はまだあどけなさが残っていて、やはり人を殺しているなんて信じたくなかった。

私や彼のような目に遭う人間を減らしているということは、奴隷を甚振る趣味の金持ちを殺しているのだろう。彼自身の恨みもあるのかもしれない。

……幼少期に負った心の傷は、そう簡単に癒えはしないものだ。

「ラニカ……」

「何？」

呼びかけられたので目覚めたのかと思ったが、ノクスの目はまだ瞼《まぶた》の中に隠されている。どうやらこれは寝言であるらしい。夢でも私を見ているのだろうか。

「……すきだよ……ずっと一緒にいて……」

目を開けていないまま彼はかすれた小さな声で呟《つぶや》く。これはノクスの、別れたあの日から変わっていない願いだ。しかし私はそれに応える気はない。私の考えもまた、五年前から変わらないのだ。

「……だめよ。私と貴方は、生きる時間が違うもの」

離れていた五年間、彼は何を思って、どう生きていたのだろうか。外の世界に出て、たくさんの人間と関わったはずだ。それでもなお、私に執着し続けている。森の外はそんなに酷《ひど》い世界になっているのだろうか。

そう思いながらノクスの顔を見ていると、目が合った。ようやく目を覚ましたらしい彼は数秒私の顔を見つめ、ばっと音がするほど勢いよく私から離れた。

「お、おはようラニカ。ごめん、俺……」

「別にいいわよ。昨日は寒かったし、貴方もまだぬくもりの欲しい年頃よね」

「いや、ちが……っ」

ノクスは恥ずかしいのか赤面して言葉を詰まらせていたが、深呼吸をひとつして自分を落ち着かせた。離れている間に一瞬で心をなだめる技術を身に付けたらしい。

森の外には、私以外の師もいるのかもしれない。……彼に人殺しを教えた、師が。

(余計なことを……って、私は何を考えてるのかしら。ノクスは森を出た。追い出したのは私。……そのあと、どうなっても私が口を出すことじゃない)

森の中の閉じた世界ではなく、森の外で他の人間と関わって、外の世界で生きるようにと彼を追い出したのは私だ。

外の世界で私の想像とは違うことが彼の身に起きたとしても、私が何か言えるような立場ではない。

「私は水浴びに行くけど、ノクスも行く?」

「……行くわけないでしょ」

「……前は一緒に水浴びしたじゃない。そんなに嫌がらなくてもいいのに……」

「出ていく頃にはしてなかったよ」

たしかに、熊に襲われた後に一緒に水浴びをしたのが最後だったような気がする。最初の頃は私が体を洗ってあげていたのに、その頃からは一人でできるようになったからと水浴びの時間までずらすようになっていたことを思い出した。同時に、自分の手の届きにくい背中などちゃんと洗えているのかと気になっていたことも思い出す。

「久々に背中でも洗ってあげようと思ったのよ。ちゃんと手は届く？」

「……あのね、ラランカ。俺はもう子供じゃないんだから子供扱いはやめてよ」

子供扱いはやめて、とベッドの上で胡坐《あぐら》をかきながら拗《す》ねたような顔をする彼がどうしても可愛い子供に見えてしまう。私からすれば十五歳は本当に子供なのだ。その年齢は私がまだ、普通の人間だった時と同じなのである。懐かしすぎて記憶が朧《おぼろ》げなほどであり、自分が何を思って日々を暮らしていたかも覚えていない。

「そうね、もう十五歳だものね」

「……ねえ、まだ子供扱いしてるよね」

「私からすれば人間なんてみんな子供みたいなものよ。じゃあ、水浴びに行ってくるけど……貴方は帰ってもいいし、残るなら朝食でも作ってもらえると助かるわ」

そうして日課の水浴びに出かけた。家を出たところで巨大な鳥が舞い降りてきて、その光景に懐かしさを覚える。

『主はどうした？』

五年前より立派な体躯《たいく》を持つようになった鷹、アス。五年の間、ノクスと別れることはなかったようだ。彼の恩返しはまだ終わっていないらしい。

「家の中にいるわよ。帰るならそのうち出てくるし、帰らないなら食事を用意するよう頼んだわ」

『ふむ……ならば我も己の獲物を探すとしよう。この時季は川の魚が美味《うま》いのだ』

アスはノクスがこの場に残ると考えたようで、自分の食事を探しに行った。私もそんな鷹を横目に泉へと向かう。

水浴び後に洗濯まで済ませてから帰ると家から空腹を誘う、いい匂いが漂ってきた。どうやらアスの予想通り、ノクスは帰らずに朝食の支度をすることにしたらしい。

しかし嗅ぎ慣れない香りがする。外から持ち込んだ食材を使ったのかもしれない。

「ただいま、いい匂いね」

「おかえり。……食べる?」

「ええ、頂くわ」

いい香りのスープと茶色く楕円形《だえんけい》の物体が出された。見慣れないその茶色の物体を手に取ってみる。硬いが香ばしくていい匂いだ。力を入れると音を立てて表面が割れ、表の色と違い中は白い。

それでこれが、何であるかを思い出した。

「これは……パン、かしら。久々に見たわ。こんな形はしてなかったと思うけど……色も違うし、中はとても柔らかそうね」

「……ラニカは世間から切り離されてるからね。スープは固形のコンソメを使ったよ」

「コンソメ……そう。人の世界は、変化が激しいものね。私が知らないものも増えてるでしょう」

コンソメのスープにも、変わった肉が刻まれて入っていた。それはベーコンと呼ばれる肉の加工品で、干し肉程ではないが味が良く、生肉よりも長持ちするという。

私が引きこもっている間に、外の世界は大きく変化しているのだろう。この森に引きこもって百年だが、それ以前もそもそもほとんど人間と関わらないように人里離れた場所に暮らしていた。人間は知恵のある生き物なので、文化や技術の変化が目覚ましいことは理解している。私は完全に、時代に取り残されているようだ。

「でもラニカしか知らない、古い知識もある。植物から作る薬の知識なんて大部分が失われてるみたいで、暗殺者の中でも俺が一番毒に詳しいくらいだ」

「そう。……人間の生は短いものね。受け継ぐのに失敗すると、失われるものも多いわ」

だから人は記録を残すわけだが、時代によって権力者にとって不都合な歴史が闇に葬られたり、知識を悪として燃やしたりするため、後世では分からなくなってしまったということがままある。

薬草術の知識はそうしてどこかで途切れたようだった。まあ人を殺すための毒の知識など受け継がれない方がいいのかもしれないが。

「……私たち……天族って、外ではどういう扱いなの？」

「御伽話《おとぎばなし》の存在かな。本当に存在したって信じている人間の方が少ない」

「そう。まあ……生き残っているのは私だけだし、私もずっと人前に出てないからそうなるのが自然ね」

ノクスによると天族の話には脚色が加えられ、翼が生えていて空を飛ぶだの、実は神の遣いだったのに人間が欲を出したからこの世から去ってしまっただのと言われているらしい。くだらない話だ。

天族は不老不死なだけで、それ以外の特別な力はない。身体能力は普通の人間と変わらないため、大勢で攻められたら敵《かな》わない。だから侵略に対し、自決という方法を取るしかなかったのだ。

「ラニカの存在が公になったら大変なことになる。……俺は絶対に誰にも言わないけど、俺以外が心配だよ」

「人に知られたらまたどこか、人のいない場所を探して暮らすだけよ。人間に捕まるなんて二度とごめんだわ」

「うん。……貴族がラニカを見つけたら大変だ。酷いことをするのは間違いない。……まあ、そうなったら貴族を殺してラニカを助け出すから安心して」

そう言って笑ったノクスは、何かを上手にできたからと褒めてほしそうにこちらを見る子供の時の様子によく似ていた。しかし私が、人殺し《そんなこと》を褒めるはずがない。軽く眉を寄せて、小さくため息をつく。

「貴方が死んだ後に捕まるかもしれないでしょ」

「俺が死ぬ前にラニカを殺すから大丈夫」

「……ノクス……貴方は……私のことに一生懸命になる必要はないわ。人の時間は短いの。死ねない魔女のために、有限な貴方の時間を使わなくていい」

私を殺す方法など存在するはずがない。しかし諦めるように諭す度に、彼の黒い瞳の中で熱のようなものがうごめいて、強くなるように感じるのは何故だろうか。

「俺は諦めないよ、ラニカ。……ララニカのために、ララニカを殺す。だから……待ってて。それと、俺以外と結婚しないでね」

「……するわけないでしょう」

「うん。じゃあ、安心した」

貴方とだって結婚できない。という言葉を続けるには、ノクスがあまりにも嬉しそうに笑っていて、それを壊すのが無粋に感じられた。私は言葉を呑み込んだ代わりに、一つため息をこぼした。

ノクスが外の世界から道具を持ってくるようになったため、私の生活が格段に楽になった。調理道具から狩猟の道具まで、私が知らないうちに随分と進化していたらしい。包丁やナイフの切れ味に驚いたし、一回指を落としてしまった。……まあすぐ治ったので問題はない。

他にも服やろうそくを作る必要がなくなり、時には保存食なども持ち帰ってくるため食事にも余裕ができて――数十年後、彼がいなくなった時。この便利さに慣れていたら不便な生活に戻れるかどうか心配になってくる。

（一度便利な生活に慣れるとあとが大変なのよね……）

ノクスが森を訪れるのは、月に二、三回程度だ。その度に新しい道具を持ってくるので、ここ一年で家の中が随分様変わりした。特に便利なのはどこでも簡単に火を起こすことができる〝ライター〟である。

そんなライターを使ってランプに火を灯《とも》していると、家の扉が開く音がした。

「こんばんは、ララニカ」

「また来たのね」

振り返った先の見慣れた顔にため息を吐く。ちょうど彼のことを考えていたので妙な気分だ。アスの姿は見えないのですでに上の木で休んでいるのだろう。あれはわざわざ私に挨拶をするような殊勝な鳥ではない。

ノクスは入る許可を出すまで扉を開けたまま待つので入るように言おうと思ったのだが、彼の後ろからもう一人の顔が覗《のぞ》いていることに気づく。

「……ノクス、その人は貴方の客かしら」

「え?……っ!?」

振り返って後ろにいた人物に絶句する姿から、彼にとっても予想外の出来事なのは察しがついた。

しかし問題の人物はノクスの反応を見ても笑顔でひらひらと手を振っている。

「なんでここにいる」

「いやぁ……お前の様子が変だったから、つけてきちゃった」

ノクスは険しい顔でへらへらと笑う男を睨《にら》んでいた。結構な殺気を飛ばしているようだが、相手は意にも介していない。会話や雰囲気からして見知らぬ他人という訳ではなさそうだが、一体何者なのだろうか。

「知り合いなのね？」

「……うん」

「初めまして森の魔女さん。僕は彼の友人みたいなもので、情報屋のニックといいます」

「誰が友人だ」

改めてその男を観察する。茶髪に茶色の目をした、どこにでもいそうな平凡な顔立ちの青年だ。歳《とし》の頃は二十代半ばというところか。特徴のない容姿なのに少し変わった気配をしていて、なんとなく存在感が薄い。視界に入っていないと見失いそうだと思った。

「友人がいたのね。よかったわ」

森で暮らしていた頃は、ノクスの中には私しかいなかった。私以外の人間の存在、森の外の世界なんて頭になかっただろう。外に出て友人が出来たなら良いことだ。

いつかは私のことなど忘れて、外の世界の関係だけを大事にして生きていけばいい。……そう思うと少し寂しいけれど、それが一番彼のためになる。

「友人じゃないよ」

「違うの？」

否定されて驚いた。私には見せないような態度で接しており、顔見知り以上の関係には見えるニックが友人でないと言うならば、ノクスの交友関係が気になってくる。

「……じゃあ、他にちゃんと友人はいるのかしら？」

彼が外で上手《うま》く人間関係を築いているのか、外の世界に馴染《なじ》めているのか。森を追い出した身として、やはり確認しておくべきだろう。

しかしそれを尋ねるとノクスは黙り込んでしまった。代わりにニックと名乗った青年が笑顔で答える。

「僕以外に親しいやつなんていやしませんよ。こいつはいつも他人と一歩引いて接するし、すぐ人と距離を取ろうとするから、僕くらい図々《ずうずう》しくないと仲良くなれないんです」

「そうなの？……私のせいかしら」

私は拾ったノクスに対し、常に一歩引いて接するようにしていた。彼も私からは壁を感じていただろう。そうやって師に育てられたせいで、外でも私の態度を真似《まね》するようになってしまったなら私の責任である。

「違うよ。親しくなる価値のないクズばっかりだからそうしてるだけ」

「まあたしかに、この業界はまともなやつなんていないよなぁ。お前も含めて」

「……黙ってろ、ニック」

ノクスはニックを睨んでいるがそこには憎悪や嫌悪はなさそうに見えた。憎まれ口を叩きつつ嫌いではないということは、それなりに親しいのは本当なのかもしれない。知人以上友人未満くらいだろうか。

「とりあえず二人とも入ったら？　扉、閉めないと風が入るのよ」

「ごめん」

「あ、これはすみません。ではお邪魔します」

家の中に招いたのはいいものの、この家はくつろげるような場所ではない。客人を迎えることなど想定していないのだ。ひとまず椅子は二つあるので、そこに座るように言おうとしたのだが。

「椅子が足りないから立ってれば？」

「酷い言い草だ。外にちょうど良さそうな丸太があったから取ってきますよーっと」

ノクスはいつも自分が座っている椅子に腰かけながらそう言って、ニックは首をすくめつつ外に出ていった。私もとりあえずいつもの席に腰を下ろすと、真剣な表情のノクスと目が合う。

「ごめん。誰も連れてくるつもりなんてなかった。……俺が、気配を読めない未熟者だから」

「貴方の能力不足ではないわね。……とても気配を探りにくい子だわ。本気で隠れたら私も見つけられないでしょう」

現に姿が見えなくなった途端、その気配を感じられなくなった。扉一枚向こう側に居て丸太を運んでいるはずなのに、分かっていても誰か居るとは思えない。森で狩りをして生きてきたのだから気配には敏《さと》いつもりだが、それでも分からないのだ。ノクスは私以上に五感が鋭く優れた察知能力を持っているはずなので、彼で見つけられないならそれは仕方がないだろう。

「たぶんそういう祝福だと思ってるんだけど……」

「なら人の力の及ぶものではないわ」

神の与える祝福は、人の力で抗《あらが》えるものでもない。私がいつまで経っても死ねないように、人間が祝福に逆らおうとしてもどうにもならないのである。

「私の存在が知られそうならそろそろこの場所も移動するべきかしらね。結構気に入ってたんだけど」

「ああ、そんなことしなくて大丈夫ですよ。信用してって言っても無理でしょうけど、僕はこの情報をどこにも漏らすつもりないので」

扉を開けて丸太を運び入れながら明るく言い放つ彼を、ノクスは暗い目で見つめていた。それに気づいているのかいないのか、ニックは重そうに運んだ丸太をテーブルの横まで転がし、向かい合う私たちの間に席を作るとそこにどかりと座る。

「貴女《あなた》の情報を漏らしたらこいつに殺されますからね。僕は自分の命も大事なんで」

「命を大事にしてるならここまで来るべきじゃなかったよ」

「いやぁ……人の秘密を暴く快感がたまらなくてやめられないんだなぁ」

恍惚《こうこつ》とした表情を浮かべる様子を見て、これはある種の変態だと理解した。彼は知識欲の塊なのだ。とりわけ他人の秘密という知識に囚《とら》われており、本人にもどうしようもない衝動によって動かされている。

「殺される可能性も高いのにようやく手に入れた情報を他人に渡すなんてありえる？　これは僕が握っておくとっておきの情報なんだから」

「……まあ、たぶん大丈夫でしょう」

ニックが言いふらさないというのは確信できた。そしておそらく、私が彼と親しくなることもない。彼は私という存在を知りたかっただけのようなので、これ以上は踏み込んでこないだろう。

「……いざとなったらちゃんと始末するから」

「ノクス、だめよ。それは許さないわ」

もしニックの口から私の存在が外へ漏れたとしても、私はまたどこかに移動して暮らせばいいだけだ。私の命は取返しがつく。けれど人間の命は取り戻せない。その重さは、比べるべくもない。

ノクスは不満そうな目をしていたが、納得したのか一度目を閉じるとニックに鋭い視線を浴びせた。

「……命拾いしたね。でも余計なことをしたら、分かってる？」

「分かってる分かってる。それで、ノク……」

「その名前で呼んだら殺す」

「おっと、これは本気だ。じゃあ十六番か」

私がつけた名前で呼ばれるのを嫌がっているということは、外では別の名前を使っているのだろう。しかしニックが呼んだのは「十六番」だったので少し混乱した。

番号より私がつけた名前の方が嫌だったのだろうか。何年も呼び続けていたのが少し申し訳なくなってきた。

「そんなにこの名前が嫌だったなんて知らなかったわ。……今からでも十六番って呼ぶ？」

「違うよ。……俺は君にもらった名前を気に入ってるから仕事関係者に呼ばせたくないだけ。暗殺者としては十六番を名乗ってる」

裏稼業をする人間が本名を隠すのは当然のことだ。ノクスは名前ですらない番号を、暗殺者としての名にしたらしい。

「十六番目の死神って通り名が最近知れてきましてね。善の殺し屋って民衆から人気で、暗殺依頼も増えてて」

「ニック」

名を呼んで情報屋の口を塞いだノクスを見つめる。彼は今まで、何人を殺したのだろう。私に仕事のことは多く語らないけれど、仕事として成り立つくらいには命を奪っているはずだ。

善の殺し屋。そう呼ばれていると他人が言うのだから本当に、悪党だけを殺しているのだと分かる。……それでも褒められた行為ではない。

「まあともかく、今日の出会いに感謝を。本当に面白い秘密を知ったので興奮して眠れそうにないですよ」

「…………やっぱり消しておいた方がいいんじゃないの」

「だめよ、貴方が殺すのは悪人で、この人は違うわ。……ただ変態なだけよ」

自分の体を抱きすくめている姿にどう反応していいか分からなくなった。彼がただの変態ではなく非常に優秀な情報屋で、だからこそノクスは関係を切らないのだと知るのはまだ少し先のこと。

この時の私はノクスの友人（？）がこれで大丈夫なのかと、弟子の行く末を心配していた。

◆

「お前、僕を殺す気だろう？」

ララニカの家を出て、振り返っても小さな家が見えなくなったところで先を歩いていた茶髪の男が振り返る。台詞《せりふ》の割には恐怖など微塵《みじん》もないような、いつも通りのにやけ面だ。

「君がここまで来たのが悪い。俺だって、便利な情報屋には死んでほしくなかった」

ニックはこう見えてとても優秀な情報屋だ。隠密《おんみつ》の祝福なのか気配を消されたらノクスでも見つけられない。だからどんな場所にも潜入できるし、無害そうな顔立ちなのでするりと人の輪に入ることもできて、平凡な容姿で人の記憶に深く残らない。

ノクスの前ではおちゃらけているが、彼は会話で他人の警戒心を解くのが上手く、それは見習いたい技術でもある。本当にもったいない人材だ。

「おいおい、お前が殺さなきゃ僕は死なないんだが」

「彼女のことを知られた。生かしておけない」

情報の売買を生業としている男にラニカの存在が知られたのだ。家の場所や容姿だけではない。彼が何に気づいてしまったか、分かったものではない。

もし不老不死の天族であることを知られたら——ラニカの平穏は終わってしまう。醜い欲望を持つ人間に追い回され、逃亡する生活が始まるだろう。

だからそうなる前に、火種を消す。それだけのことだ。

「それがあの魔女さんに知られたらまずいんじゃないの？」

「だから森を出てから殺すんだよ。ここでやったらバレそうだし、早く歩いてよ」

「……お前が本気なのは分かった。じゃあ森の中ならまだ殺せないってことだな？　よし、じゃあここで僕の話を聞いてくれ」

ニックは草の茂る地面に腰を下ろした。ここはラニカの家から然程《さほど》離れていないため、殺して何らかの証拠が残った場合、彼女に勘づかれる可能性が高い。

ノクスの中に殺しを厭《いと》う気持ちはない。ラニカが嫌がるから悪党だけを殺すようにしているだけで、善人悪人老若男女同じようなものであり、誰を殺すとしても大差ないのだ。ノクスにとって人間の分類はララニカと自分とその他の三種類だけであり、その他の人間は皆同じ。

ただ彼女に知られると嫌われるかもしれない。人殺しになったと知った時に向けられたあの怒りの目は、もう二度と向けられたくない。……だからここでは殺せない。それが分かっているから、ニックは強気に出られるのだろう。

仕方がなくノクスも近くの木に寄り掛かる。そうすると定位置である肩の上に乗っていたアスも地面へと降り立った。利口なこの鷹は、移動しないなら肩の上に乗ったままでいるのは邪魔だと判断したのかもしれない。

「魔女さんがお前の心臓だっていうのは分かったよ。どうせ名前も教えてくれないんだろ」

「うん」

「じゃあもし彼女の名前を知っても呼ばないように気を付けないとな。……で、本題だ。サンナンの森、つまりこの森に住む魔女の話は少なくとも八十年前から存在する」

最も近い村に住む老婆によると、彼女が子供の頃からこの森には魔女が住んでいるという話があった。そこから考えて八十年以上は昔からこの話はあるが、それは少なく見積もった場合であって、もっと古い可能性もあると彼は言う。

「そして実際に住んでる人間がいた。あんな家に住んでたら魔女とも呼ばれるだろうさ。でも、若すぎる」

「……で？」

「長寿の祝福を受けた人間だとしても、八十年以上生きて十代後半の姿っていうのはありえない。下手したら百年とか、それより前からいるってのに。それにあの金の髪と金の瞳……彼女、天族なんじゃないか？」

やはり殺そう。隠れられたらノクスでも見つけられない。ラニカに見つかるリスクはあるが、逃がすよりは今すぐにでも——。

「待て待て。その殺気やめてくれ。信じられないかもしれないが、僕はお前の敵にだけはならないつもりなんだ」

「……信じられるとでも？」

「だから聞いてくれってば。……お前は僕の恩人なんだよ」

「覚えがないね」

「そりゃそうだろう。お前からすればただ仕事をしただけで、殺した奴の顔も覚えてなけりゃ、依頼者の顔だって覚えてないだろうからな。六年も前の話だし」

ノクスが森を出てもう六年が経つ。すぐに裏の世界へと入り、仕事を探すようになった。……恨みを買った人間を殺す仕事だ。

十歳程度の子供はこの業界でも珍しくない。何故なら金も家もない孤児にできる仕事は限られているから。そしてそういう幼い暗殺者は大抵、仕事に見合わぬ安い金で依頼を受け、逆に殺されることになる。だから基本的には見向きもされない。

その中でノクスは生き残った。そんなノクスに興味を持つ人間がだんだんと増えて、その中には暗殺者としての正しい仕事の受け方を教えてくれた先達の殺し屋もいる。裏稼業の顔見知りが増えていく中でニックとも知り合ったというのがノクスの認識だった。

「一家皆殺しにしたつもりでも、隠れてる僕を見逃した間抜けがいるのさ。でも僕はただ隠れるのが上手いだけで、強くはない。自分で復讐《ふくしゅう》なんてできない。必死に情報集めて犯人見つけて、かき集めた少ない金で依頼を受けてくれたのは、僕より小さい子供だけ……でもそれで正解だった」

「……それが俺だって？」

「そう。お前は僕の恩人で、恩を返したい相手ってわけ」

ニックから仕事を受けた記憶はないが彼は元から覚えにくい顔をしているので、ラランカ以外に興味がないノクスの記憶に残らなかった可能性は充分にある。まだ暗殺者として間もない、仲介業者も通していないような初期の頃であれば、依頼主と直接会っていた。相手がノクスの顔を覚えていても不思議ではない。

「だから僕はお前の味方になりたかった。……まあ、お前は絶対に僕と親しくならないからどうしたら力になれるか考えてたんだよなぁ」

「で、その結果がこれなんだ。残念だったね、役に立つどころか不安要素だよ。役に立ちたいなら死んでくれ」

「最後まで聞いてくれよ。……お前は、あの魔女さんを助けたいんじゃないか？　不老不死の祝福を受けた天族の、最後の生き残り。彼女の不老不死を解く方法を探してる。違うか？」

半分は正解だ。ララニカは終わらぬ生に絶望しているから、安らかな死を与えたいと思っている。ララニカを殺すというのはつまり、不老不死を終わらせる方法を見つけることと同義だ。

（助けたいっていうか結婚したいんだけど）

もちろん彼女を救いたい気持ちはある。恩人に対する感謝だけだったら、そこまでだっただろう。子供の頃よりもはっきりと、今のノクスはララニカへの好意を自覚している。

しかし当のララニカはいまだにノクスを子供扱いだ。いつか必ず大人の男として認めてもらい、彼女を殺す方法を見つけて結婚してもらう。その決意は固くなるばかりだった。

「僕に手伝わせてくれ」

「……は？」

「祝福を解く方法を探す手伝いだよ。僕の情報力は、お前だって一目置いてくれてただろ。一人で探すより、二人で探した方がいい」

たしかに、一人で探し回るのは限界がある。ニックが優れた情報屋なのは間違いなく、彼が協力してくれるなら成功率は上がるだろう。

だがそう簡単に信じられるものではない。たしかにニックはノクスに有意義な情報を持ってきては手助けをするような節があったが、信用する理由には足りない。

「僕は情報屋だ、嘘は吐かない。僕が嘘を吐いた瞬間に信用が落ちるんだからな。誤魔化したり、隠したりすることはあっても嘘は吐かない。情報屋の信用をかけて誓う。僕は、お前の味方だ。お前に協力したい」

「……なんで？」

「なんでってお前……話聞いてなかったのか……？　恩人に恩を返したいっていうのは、当然の心理じゃないか」

その気持ちは分からないでもない。ノクスとてラニカに恩を返したいと思っている。彼女を殺すことが最大の恩返しになるからこそ、その方法を探している。

（…………一人でやりたかった）

彼女には自力で恩を返したかった。けれど限界を感じていたのも事実だ。

この世に存在しなかった新しい毒ならラニカを殺せるのではないかと思い、今は毒の研究をしている。しかしこれが失敗に終わった時、殺す方法に当てがなくなるのだ。

その次は祝福を解く方法を探すしかない。しかしそれを探してこの世のすべてを調べるには、人間の時間は短すぎる。一人では見つけられないかもしれない。……協力者がいた方がいい。

リスクとメリットを天秤《てんびん》にかける。もしニックが情報を漏らしてラニカに危機が迫った時は

――その情報を知る人間すべてを殺す。そうすればいいだけのこと。

「……分かった。じゃあ、協力してもらう。ただし彼女のことは秘匿するように。誰かに漏らしたらお前も相手も殺す」

「よし！　話はまとまったな！……話がまとまったところでな、十六番。こいつどうにかしてくれ」

座ったままのニックの横に立ったアスは、彼の服の裾をかじり取るように破いていた。実は話している間ずっとこのような様子だったが、殺すなら服などどうでもいいと思って放っておいたのだ。

「アス、行こう」

こちらを向いて一声鳴いたアスは、すぐに飛び上がってノクスの肩へと止まった。裾がボロボロになったニックも立ち上がって歩き出す。

「なあその鷹……僕に恨みでもあるのかな」

「さあ。アスは賢いから、俺が君を嫌ってるのを察したんじゃない」

「友人に対して酷い言い草だ」

「友人じゃない。……ただの協力者だ」

それでもララニカ以外に初めてできた、仕事以外の関係者なのは間違いない。ニックはいつも以上のにやけた顔で、ノクスを振り返った。……何故か少しイラッとした。

「今度は服じゃなくて髪でもむしられればいいのに」

「酷い言い草だ！」

雨の降る日は森へ出ない。昼食を終えてもやることがなく、気づけばぼうっと家の扉を眺めていた。前回ノクスが訪れたのは半月前のことなので、そろそろ来てもおかしくはない。

（珍しく間が空いてるから、今日あたり来るんじゃないかと思うんだけど……）

しかし外は雨が降っている。こんな天気の時に来るはずもないかと視線を外そうとしたところで、ゆっくりと扉が開いた。

「こんにちは、ララニカ」

「こんな雨の日に来たの？　体冷えるわよ、早く入りなさい」

水をはじく素材の雨具を着ていたようだが、それを脱ぐと紺色の髪がぐっしょりと濡《ぬ》れている。仕方がないのでノクスからもらった吸水性抜群のタオルを持って、水気を拭きとってあげようと近づく。

「……貴方、怪我《けが》してるじゃない」

「かすり傷だよ」

左目の横に切り傷がある。もう少し右にずれていれば目をやられていただろう。血は止まっているが、結構深い傷だ。ひとまず頭にタオルを被《かぶ》せて、椅子に座るように促した。

「小さな傷でも油断すると死ぬわよ。ほら、座りなさい。薬を塗ってあげるから。……傷薬は持ってる？」

「うん。……これ」

ノクスがいた頃は常備していた薬も今はない。私だけで暮らしていたら薬の類は必要がないからだ。彼が取り出した小瓶を受け取って、中の軟膏《なんこう》を指に取る。私が教えた通りに作ったもののようだ。それをそっと傷口に塗って、他に傷はないかとあちこち見てみる。服の下は分からないが見える範囲に傷はない。

「……他に怪我はしてないの？」

「うん、大丈夫」

「気を付けなさい。体を大事にするのよ」

ノクスの回復力なら傷痕も残らないような傷だ。しかし彼の仕事は危険が多い。私が知らないだけで、傷を負うことは珍しくもないのだろう。

傷口には触れないように、こめかみのあたりをそっと親指で撫でた。ただこれは無意識のうちにやってしまったことで、内心慌てながら手を引っ込める。……もう彼はこの家を出て、一人立ちしたのだ。弟子を可愛がるように撫でてはいけない。

「ララニ……」

耳を赤く染めたノクスが私の名を呼ぼうとした瞬間、家の戸が叩かれる音がした。この家に来訪者などノクス以外にいるはずがないと疑問に思いながら扉に目をやる。

「すみませーん。十六番は来てませんかー？」

「……ああ、情報屋の子ね。鍵はないから入っていいわよ」

開いた扉から笑顔で現れたニックはこちらを見た途端にびくりと肩を跳ねさせ、その反動で雨具からも雫《しずく》が滴り落ちた。

「怖い顔で睨むなよ。心配して様子見に来たんだぞ」

「心配って？」

「今回の仕事は危険だったから、さすがに無傷はないだろうって思ったんですけど……うーん、思ったより大丈夫そうでしたね」

「そんなに危ない仕事だったの？」

ノクスを振り返る。殺気すら籠っていた黒い瞳は、私と目が合うと柔らかく細められ、まるで笑って誤魔化そうとしているように見えた。

「俺にとってはなんてことない仕事だったよ」

「まあたしかに、お前は人間のレベル超えてるからなー……それでも危ないと思ってたんだけど。あれだけの規模の犯罪組織だぞ」

ニックの話によると、今回はとある犯罪組織を壊滅させる仕事であったという。暗殺者というのだから個人の暗殺をするイメージであったのに、まさか集団ごと消すような仕事をしているとは思わなかった。

（たくさんの人を殺したのね。……でも、多くの人を苦しめる集団……なのよね）

褒めることも叱ることもできない。何とも言えない表情でノクスを見ると、彼は私から目をそらしてしまった。

「ここで仕事の話をするな」

「ん、ああ、分かった。まあとにかく無事でよかったよ」

私が殺しを厭うので、彼は意図的に仕事の話をしないようにしているのだろう。ニックがいなければ、私はノクスがそれほど危険な仕事をしているなんて知ることもなかったはずだ。

「無茶ばかりしてるのね」

「そんなことないよ。できると思ってるからやってるだけで」

「自分を大事にしなさい。そして、できるだけ長生きするのよ」

「……うん」

彼が私の家を訪れるのは、あとどれほどの時間だろうか。知らぬ間に危険な仕事で命を落として、二度とあの扉が開かれない――そんなこともあるのかもしれないと思うと、私は……。

「いやぁ……なんか、僕お邪魔したかな」

「よく分かってるね。邪魔だから帰りなよ」

「外は本降りになってきてるんだぞ。こんな雨の中帰れって言うのか？」

「そうだよ。もし今日はここに泊まるなんて言い出したら消す」

「酷い言い草だ！」

二人の掛け合いに思考も吹き飛んで、呆《あき》れて小さくため息を吐いた。ノクスは否定していたが、ニックが友人なのは間違いないだろう。遠慮のない物言いが仲の良さを物語っている。まあ親しい友人というよりは悪友、腐れ縁のような関係の方が近そうだけれど。

「とりあえず二人とも、スープでも飲んで落ち着いたら？　少し残ってるから温め直してあげるわ」

「ありがとう」

「わあ、ありがたいです。雨に打たれて寒かったんですよー」

温め直したスープを二人が飲み終わる頃には雨も止《や》んで、外の天気を見たニックは曇り空を吹き飛ばしそうなくらい晴れやかな笑顔を見せた。

「よかった、雨が止んだ。土砂降りの中帰らずに済んだなぁ」

「帰れないなら一晩くらい泊まってもよかったわよ」

「いや、さすがにそれは殺されるんで」

泊まるだけで殺されるとはいかに。ノクスに視線を向けてみたが、彼は肯定も否定もせずににこりと笑うだけだった。……そんなことで殺すつもりは、さすがにないだろう。

「じゃあ僕はお先に。十六番の様子が気になっただけだったん、でッ！」

家から出てにこやかに手を振っていたニックは、何かに躓《つまず》いたのか体勢を崩し、ぬかるみにどしゃりと倒れこんだ。何事かと目を瞬いていると、脇の方からひょっこりと見覚えのある鷹が家の中を覗き込んでくる。

その嘴《くちばし》には布切れが咥《くわ》えられており、それはニックのズボンと同じ色をしていた。どうやらアスが彼のズボンを摑《つか》んで転ばせたようだ。

「アス、よくやった」

「こら、こんないたずら褒めるんじゃないわよ」

この鷹は態度が大きいものの、このようないたずらをしたことはなかったのだが、数年のうちに悪さを覚えたのだろうか。

『うむ、毎度主を困らせるオスだからな。懲らしめてやったぞ』

「やめてあげなさいよ」

『怪我はさせていない。多少、仕置きしただけだ』

妙に賢いこの鷹は、傷つけないように嫌がらせをすることを覚えたようだった。主人であるノクスの感情にも敏いため嘴や爪で怪我をさせるのではなく、こういう方法を使っているのだろう。

ノクスは私の存在を他人に知られたくないようなので、ニックがこの家を訪れるのが不本意なのだ。多少痛い目を見ればいい、という彼の気持ちがアスに伝わっているとみた。

「うう……この鷹は毎度毎度……僕に一体なんの恨みがあるんだ」

「大丈夫？　裏手を少し進むと温泉があるから、体を洗っていくといいわよ」

「ありがとうございます、魔女さん。……十六番。この鷹がこんなことしないように、ちゃんと躾《しつけ》てくれよ」

「これが躾の成果だよ」

「なんて酷い友人だ……」

とぼとぼと泉の方へ向かっていく小さな背中を見送った。あとに残った自慢げに胸をそらせる鷹とその頭を撫でる主人へ向けて、呆れを含んだため息を吐く。

「友人は大事にしないとだめよ」

「……友人じゃないよ」

「でも、仲いいでしょう？」

「……他よりは関係があるけど、俺にとって大事な人はラニカだけだよ」

ふいと顔をそらす様子があまりにも子供らしい。背丈は伸びてもやはり中身は変わらない。今は見上げる高さの顔が、見下ろしていた頃の幼い彼と重なって見える。

「あいつが来たから渡しそびれたけど、これお土産。砂糖だよ、保存食作りに使って」

「ありがとう。はちみつや樹液とはまた違う甘さで美味しいのよね、これ」

「……うん。また持ってくるからね」

私が喜ぶと、ノクスもまた嬉しそうに笑う。私を喜ばせようと一生懸命な姿は昔から変わらず、それを可愛いと思ってしまう自分が居て、困る。

私はもう、ノクスを突き放すことはできない。やがて彼が死ぬ日に覚える悲痛に怯《おび》えながら、短い残りの時間を共に過ごすしかないのだ。

ノクスと出会って十年が経った。彼は十八歳の青年となり、広くなった肩幅には大きな鷹が悠々と止まれるようになっている。私の肉体年齢はとっくに追い抜いただろう。栄養失調の子供だった頃の姿は見る影もなく、長身ですらりと引き締まる鍛えられた肉体と、綺麗《きれい》に整った顔立ちは集団の中にいても人の目を引きそうだ。

「ララニカを殺す方法はまだ見つからないよ。君を苦しめたくはないし、楽に死ねるような方法で探してるんだけどさ」

そんなノクスは新調した丸太の椅子に座り、頬杖《ほおづえ》をつきながら少し疲れたように呟いた。

外の世界で私を殺すための方法を探して色々とやっているようなので、その中で期待していた何かが徒労に終わったのかもしれない。

「だから無理よ」

「……俺、これでも一流の暗殺者なんだけどなぁ。君を殺せる日はまだまだ遠いね」

もう何人も人を殺して、人殺し特有の闇の空気を背負っている。外の世界での彼はそれなりに名の知れた暗殺者になっている、という。

ノクスはあまり話さないが、友人だという情報屋がちらほらとノクスの仕事の話を漏らしていくので知っていることも増えた。

(市民に好かれる善良な殺し屋……ねぇ……)

どんなに警備の堅い屋敷でも入り込んで必ずターゲットを暗殺する。しかしそのターゲットは悪人に限り、依頼料は依頼人とターゲットによってノクス自身が決めるらしい。

民衆からの支持を得ながらもお尋ね者という、奇異な存在。決して褒められた行為ではないし、私も称賛はできない。ただ彼の仕事を求めるほど苦しい人間も外の世界には溢《あふ》れており、彼を恐れる悪人もたくさんいるのだろう。

けれど私を不満げに見つめる黒い瞳にはやはり少年の頃の面影が残っていて、彼が暗殺者になったことがいまだに信じられない気持ちもあった。それでも彼の纏う闇の気配がそれを否定する。人を殺したことがあるかどうかは、見れば分かるものだ。殺された経験の多い私がそれを見間違えることはない。

「俺は君と結婚するために日々努力してるんだからね？」

「私は諦めなさいと常々言っているけどね。……あと、その話し方は何？　何か前と違わない？」

どことなく甘えたようにも感じる少し間延びした口調と、優しくて柔らかい声の調子。以前来た時はまだ子供らしい感じだったのに、今日はなんだか随分と様子が違う。子供のように甘えているように見えて、妙に色気を含んだような声色というか、なんというか。相手を誘惑するような響きと言えばいいだろうか。

暗殺者として、相手を油断させる技術の一つかもしれない。それについて尋ねると彼は少しばつの悪そうな顔をして、そっと目をそらした。

「こういう優しい感じの男が最近の流行《はや》りなんだよ。女の子に受けがいいってさ」

「へぇ」

「……興味なさそうだね。ラランカに通じないなら意味ないや」

ノクスはぱたりと力なく机の上に上半身を投げ出す。私は一度席を立ち、秋の果実で作るジュースをコップに注いで彼の前に置いた。これでも飲んで元気を出しなさい、という意味だったがそんなジュースの入った器を、ノクスは目を細めて見ている。

「ねぇ、まだ俺を子供扱いしてるのかな」

「そんなつもりはないけど。……でもこれ、貴方は喜んで飲んでたでしょう」

「やっぱり子供扱いしてるよね。……好きだけどさ、秋の果実のジュース」

体を起こした彼はジュースをちびちびと飲んでいる。美味しいものを少しずつ味わおうとするのは、彼の癖の一つだ。そんな姿を微笑《ほほえ》ましく思いながら丸太の椅子に横向きに腰かけて足を組み、上半身だけノクスの方を向き机に頬杖をつく。だらりと体の力を抜いた姿勢だが、ノクスの前なら構わないだろう。

(子供、と呼べる年齢ではないのかもしれないけれど……それでも私にとっては、一緒に暮らした二年間の印象が強いのよね)

度々訪れては物騒な愛の告白をしてくる彼だが、それは森を出ていく前と変わらぬ台詞でもある。背は伸びても私を慕ってくる様子は変わりなく見えて、やはり可愛い弟子には違いないのだ。

「ところでそのマント、まだ使ってるのね。もう小さくなってるじゃないの。……そろそろ新しいのにしたらどう？」

ノクスの体はすでに大人のそれとなっているのに、子供の頃に私が贈ったマントを繕い直して、片側の肩にかける形で使っている。マントというよりも装飾品のように見えるし、機能性はあまりなさそうだ。ここまできたらもう、自分のサイズに新調するべきだろう。

「自分でとった獲物で作るといいって言ったじゃないの」

彼はあれから何度も獲物を仕留めているはずだ。私と離れてからも獲物を狩る機会はあっただろうし、大きいもので作り直せただろうに何故か形を変えてまで子供の頃のマントを使っているのである。不思議でならない。

「これは……このままでいい。ずっと使う」

自分の肩に触れて軽くマントの裾を握るノクスの顔は、なんだか寂しげに見えた。どうやらそれを替える気はなさそうだ。

「……そう。貴方が納得してるならいいとは思うけど」

「うん。……捨てられないんだよね、これだけは」

たしかに彼はもう森の狩人《かりゅうど》ではないから新しくマントを作る必要はないのかもしれない。

そのマントには幼き日の思い出があるのか、思い入れがあるようだ。昔から使っている物を手放せないなんて、やはり子供らしい部分がある。

「それで、今日は泊まっていくの？　寝袋が見当たらないけど……くっつけばギリギリベッドには入るかしら」

「…………あのねぇ、ララニカ。俺は男なんだけど？」

「知ってるわ。裸を見たこともあるのに間違えるわけないでしょう」

一緒に水浴びをした仲だというのに何を言っているのか。何なら彼の身体《からだ》を洗ってあげたこともあるのだ。たしかにノクスは柔和で優しい顔つきであり、体格も男にしては細く見えるので女装でもすれば分からないかもしれないが、彼が男の子であることは見間違いようがない。

「ララニカは全然分かってないね」

椅子から立ち上がったノクスはこちら側に回ってくる。何をする気かと顔だけ彼の動きを追っていたら、私の体を両腕で挟むようにテーブルに手をついて、上から覗き込んできた。まるでテーブルと彼の間に閉じ込められたような状態だ。

「……俺は、君のことが好きな、大人の男だと言ってるんだけど」

彼の漆黒の瞳に、強い欲の色が見えた。熱に浮かされたようなその視線に、たじろぐ。……それがどういう欲求なのか、分からないほど経験がない訳でもない。

ただ、私を飼っていた人間のように淀《よど》んだ視線でもないので不思議と嫌悪感はなかった。私の意思を無視することはない、というのが分かるからだろうか。

「ララニカ。……まだ俺と同じベッドで寝るって言える？」

「……ごめんなさい。もう言わないわ」

「そう。分かってくれてよかったよ」

すっと離れて私を解放したノクスは気まずそうに視線をそらした。いつからなのだろう。彼が私に、そういう欲を持つようになったのは。

ずっと彼を子供だと思い込んでいたせいで、目が曇っていたのかもしれない。全く気付けていなかった。

「貴方の感情は、よくある子供の勘違いだと思うのよね。私への感謝とか信愛とか、そういう感情を恋だと誤認したの」

「っ……俺は、そんなんじゃ」

「最後まで聞きなさい。……私はそう思っていたし、今でも始まりはそれだと思ってる。けれど少なくとも今は違うんだっていうのは分かったわ」

始まりは誤認だったとしても、彼は外の世界へ出た後も私を求め続けた。子供から青年へと変わる中で、彼の好意は変化していったはずだ。だって、子供の頃の彼はこんな目をしていなかった。

今のノクスは本当に、心の底から私を求めている。それは恋というような可愛らしいものではない気がするが、その類の感情ではあるだろう。それは、理解した。……いや、させられたと言うべきか。

「でも私は、寿命の違うものと結ばれる気はないわよ」

ノクスが心底私を望んでいるとしても、私を本気で異性として愛して伴侶にしたいと願ったとしても、私がそれに応えることはない。弟子として愛しただけでもこれ以上傍《そば》に居たくないと思ったくらいだ。人間に恋愛感情など、絶対に持ちたくない。

「……分かってるよ。だから俺は、必死に君を殺す方法を探してるんだ」

「そんなものはないと言ってるじゃない」

力なくため息をついたノクスはその場にしゃがみ込み、甘えるように私の膝の上に腕と頭を載せてきた。そのまま私を上目遣いに見つめてくる。

「それでももし俺が君を殺せるって分かったら……俺と結婚してくれる？」

どこか悲壮にも感じられる、懇願の言葉。私をまっすぐに貫く黒い瞳の視線から、目をそらすこともできなかった。それ程に彼の意志は強く、私を捕えようとする。

「………………本当にそれができるのなら、ね」

「！　うん。……約束だよ」

おそらく、この時私は初めてノクスの求婚を肯定した。そしてノクスは心底嬉しそうに、屈託なく笑って約束だと口にする。

とんでもない約束をしてしまったものだ。……ただ、私はそう笑う彼にほんの少しだけ、期待もしてしまった。

（……本当に死ねるというなら……死にたい。ノクスが殺してくれるなら……私は……）

そんなことはありえないと否定する自分と、彼が目標を叶えてくれないかとかすかな期待をする自分。諦めたはずの死を、こうも何度も贈ると言われては心が揺さぶられてしまう。

（期待してはだめ。……ノクスをいつか、私が見送ることを……覚悟、しなくちゃ）

彼の努力が無駄に終わる可能性の方が遥《はる》かに高い。私は死ぬことが出来ず、彼が寿命を迎えてしまい、また一人に戻る。そうなるのだと思っておかないと、私はまた深い絶望を味わうことになるだろう。深呼吸をして、自分の心を整える。……大丈夫、期待などしない。

「それでノクス、今日はどこで寝るの？」

「外にテントを張るよ。この辺りは獣避《よ》けも虫避けも完璧だから安心して寝れる。アスもここに来るとのんびりしてるよ。まあ、来る時は空を飛ばないと嫌みたいだけど」

「……たしかに、地上付近だと鳥も嫌な香りがするでしょうからね」

この家を荒らされないように、獣が近づかない仕掛けや虫を寄せ付けない薬などの対策が周辺に施してあるので、家の近辺で寝るなら安全だろう。家を中心として半径一㎞くらいをぐるりと囲う仕掛けの傍は不快だろうが、飛び越えて一度中に入ってしまえば快適という訳だ。

それでも家の中の方が気温などは安定しているし快適に思えるが、彼はどうやら家の中に泊まる気はないらしかった。

「そう。……もうこの家では寝ないのね」

「好きな人と同じ部屋で一晩って、結構大変だからね？　ララニカは無防備すぎるんだよ」

「それは私が不老不死なせいでしょうね。……自分の身を大事にしよう、という気が起きないの。防衛本能が消えてるんだわ」

人間には防衛本能が備わっている。顔に何か飛んできたら反射的に手で庇ってしまうし、避けようともするだろう。しかし私はおそらく、庇いも避けもせずそのままぶつかってしまうはずだ。

きっと今まで死にすぎたのだ。そして、生き延びたいという気持ちもさらさらない。私には、自分を守るという感覚がないのである。

「道理でニックに対しても無防備なわけだ。すぐ家に入れるし警戒しないし……」

「だって、警戒する必要ないじゃない。何されたってどうせ死ねないんだから」

「じゃあ代わりに俺がララニカを守らないとね」

「……私を殺す予定なんじゃないの？」

「うん。……でもそれまでは、俺が君を守る。君に痛い思いなんて……もう二度と、させない」

彼の前で私が大怪我をしたのは、熊の一件くらいのものだ。どうやらそれはいまだに彼の中で尾を引いているようだった。

（どうせ死なないんだから、守る必要なんてないのに）

私には危機感が欠如していた。それが、いつか後悔を招くなど考えもせずに。

新しい毒を作り出し、「この毒なら絶対に君を殺せるから結婚しよう」なんて台詞《せりふ》と共に意気揚々と家を訪れたまではいいものの、それが過去に私自身が作り出し試したことのある毒だと知ったノクスは落ち込んでいる様子だ。食事を終えたあとのテーブルで、不貞腐《ふてくさ》れたように毒入りの小瓶を転がしている。

「今のままじゃラランニカを殺せない可能性が高いから、最近は他の方法も考えてみようと思ってるんだよね」

「……どういう意味？」

「永遠の眠りにつかせるとか、あるいは俺が不老不死になるとか」

人を冷凍することで冬眠させ、永遠に眠らせるという技術が最近研究されているらしい。常人が耐えられるようには出来ていないが、不老不死の私なら死なないのでただひたすら眠り続けるだけになるのではないか、という。

「……それ、私が不老不死であることが知られるうえに、誰かに起こされたら終わりよね」

「そうなんだよね。俺が永遠に生きて管理できればいいけど……でも俺も不老不死になったら、ラランニカと一緒の時間を生きられるって思ったりして」

「……なろうと思ってなれるものでもないし、望まない方がいいわよ、こんな体」

終わらない人生の何がいいのかが分からない。人は死ぬからこそ生きている間にやり遂げようと努力できる。不老不死を求める権力者の気持ちは全く理解できなかったし、死にたくないと願える人間が羨ましい。私は、死ねるなら今すぐにでも死にたい。

「ごめん。……無神経だったね。君の前で不老不死になりたい、なんて言うのは」

「……気にしてないわ。こんなことで怒るほど、若くもないもの」

今まで充分怒ったし、憎んだし、恨んだ。でもそれも全部過去のことだ。怒りを覚えてもすぐに霧散する。私の心はあまり物事に動じなくなった。それが寿命のない生き物の宿命なのかもしれない。

「君の祝福を解いて、苦しませずに殺すのが一番だと思ってる。でも……その方法がなかなか見つからなくて、さっきのはただの逃げの戯言《たわごと》。……今度は北方に遠出してみるよ。ニックが気になる話を見つけたみたいだから」

情報屋のニックとは付き合いが続いているようで、どうやら一緒に私の祝福を返す方法を探してくれているらしい。若者二人の時間を私のために使わせるのは忍びないという気持ちは嘘《うそ》ではないし、口では何度もやめるように言っているが、それでも諦めないでいてくれる彼らに実は感謝もしている。

……私は本当にどうしようもない魔女だと思う。

「……そう。じゃあまたしばらく来なくなるのね」

「うん。……ララニカに会えないと寂しい」

黒い瞳が熱の籠った視線を送ってきた。私のことを忘れるどころか、会う度にその熱量を大きくしているような彼に、応えられない私は首を振るしかない。

「君に会うのを我慢して研究した毒の結果がコレだから、ちょっとへこんでるんだよね」

「……私がその毒を作るまでには三十年かかったわ。貴方《あなた》は優秀よ」

「君を殺せないなら意味ないよ。……ああもう、ほんと……君と結婚したいのに」

今日の彼は随分と落ち込んでいるようだ。時間をかけて作り出した、自信作の毒が無意味だとつきつけられたせいかもしれない。全く新しい毒ならあるいは——そう考えたのに、これからどんなに新しい毒を作ろうとすでに私が作り出して試してしまっている可能性があると、無駄になってしまうと気づいたからだ。

「俺の時間ばっかり過ぎていく。……焦りもするよ」

「貴方はまだ若いんだから、諦めて別の道を生きてもいいと思うわ」

「俺の道は一つだよ。たとえおじいちゃんになってでも君を殺す方法を見つける。……君をこの世に残していかないって決めたんだ」

机から顔を上げたノクスはまっすぐに私を見つめて、そんなことを言うものだから私も落ち着かなくなる。……本当に期待してしまうから、やめてほしい。これ以上希望を持たせないでほしい。

それが叶《かな》わないと知った時に、絶望しなければならなくなる。

「あとね、最近この辺で病が流行《はや》ってるみたいだから気を付けて」

「……私、死病に罹《かか》っても死ねないわよ」

「そうだけど……君は死なないだけで苦痛がないわけじゃないから」

不老不死の私を心配する変わり者の暗殺者に「貴方こそ気を付けなさい」と返した。私と違って彼は体が丈夫なだけで、死なない体ではないのだ。彼の方が病に罹っては大変である。

「いろんな毒の耐性はつけてるんだけどね。病気は難しいなぁ」

「……そういうのは体に負担をかけるわよ。寿命が縮むわ。やめておきなさい」

毒の耐性をつけると言えば聞こえはいいが、弱い毒を取り込んで体にダメージを与えているのは間違いない。たしかに同じ毒を体内に入れた時には解毒が早くなるかもしれないけれど、総合的には寿命を削る行為である。

ただでさえ短い人間の寿命を、さらに削るなんてやめるべき行いだと思う。

「……心配してくれてる？」

「……なんで嬉《うれ》しそうにするのよ」

「ララニカが俺に愛情あるって気がして、嬉しいから」

そうしてニコニコ笑うノクスの顔を見て、思わず眉が寄った。たしかに私は彼に情がある。できるだけ長生きしてほしいし、幸せになってほしい。けれどそんな私の思いとは裏腹の行動をする彼に、苛立《いらだ》ちを覚えることもある。

こんなに感情が波立つことは、彼を拾うまでなかった。人と関わると心が揺れる。忘れていた希望も思い出してしまう。……だから、私はノクスが苦手だ。

「ねぇララニカ。写真撮らせてくれない？」

「……シャシン？」

「うん。絵みたいに描くんじゃなくて、そのままの姿を写せるものだよ」

何を言っているか分からずに首を傾《かし》げると、ノクスはくすくすと可笑《おか》しそうに笑った。外の世界では新しい技術が発展していて、目に見えるものをそのまま紙に写しとるという不思議なことができるようになっているらしい。

「……ちょっと意味が分からないわ」

「実際に見てみないと分からないかも。……実はカメラも持ってきたんだ。写真があればララニカと長く離れても寂しさがまぎれる気がするし。ね、一枚だけ」

「……好きにしなさい」

ノクスが何をしたいのかは分からないが、彼は私を殺す以外の危害を加える気がないので、特に危ないものでもないはずだ。

私が許可を出すと彼は嬉しそうに箱のようなものを取り出した。そうしてその箱を顔に当て、椅子に座る私に向けて、あちこち移動し始める。そんな奇妙な彼の姿に片眉が上がった。

「そんな顔しないでよ。綺麗《きれい》に撮りたいんだ」

「……その箱越しに見えるのね」

「うん。ここから見えるものを切り取ったみたいに写すんだよ。……この角度かな」

どうやら位置が定まったようだ。ただ奇妙に見えるノクスを眺めていると「じゃあ撮るよ」と声を掛けられ、眩《まぶ》しい光が辺りを包んだ。目が眩《くら》むほどの強い光に驚いて、何度か瞬く。まだ目の中に光が残っているような、妙な視界になった。

「……眩しいわよ」

「写真を撮る時に必要なんだよ。これでさっきのラニカの姿は写真に撮れたはず」

「へえ。それは見てみたいわね」

「現像しないといけないから時間かかるよ。でも、次に来る時は見せるね。綺麗に撮れてるといいなぁ」

ノクスはやけに嬉しそうだ。写真とはそんなにいいものなのだろうか。いまいち上手《うま》く想像できないが、彼がそこまで喜ぶならいいものなのだろう。

(……少し、楽しみ……かしら)

人間と完全に関わりを断ってノクスを拾うまで、百年以上。人間はその間に目覚ましい進歩を遂げたのかもしれない。彼が持ってきた品々も便利な道具が多いし、驚かされるばかりだ。

しかし二十歳を超えた彼がこの家を訪れるのは、せいぜいあと四十年。それを境に、私はまた外界とは隔離されるだろう。

（……そうなったら、引っ越そうかしら）

この家には——ノクスとの記憶が、多すぎる。どこを見ても、子供の時のノクスや今の彼の姿が思い浮かんでしまう。一人取り残された世界で、日々の生活のふとした瞬間にそれらを思い出すのは苦しいような気がした。

「ノクス。……貴方の写真は撮らないの？」

「俺の？　俺は別にいらないから」

「……私がもらうのよ」

ノクスがこの世を去って、私がこの家から出て、別の土地に移動したとしても。いつか心の整理がついた時に、彼を思い出したくなる日が来るかもしれない。その時になって顔も思い出せなくなっていたら嫌だった。

だからそのままの姿を残しておけるという、写真なるものがほんの少し欲しいと思ってしまった。

「……うん。いいよ、じゃあララニカが俺を撮って」

「使い方が分からないんだけど……」

「教えるからさ」

カメラの扱いを教わって、言われた通りにボタンを押す。カメラ越しに見たノクスは、それはもう嬉しそうに笑っていて、この瞬間を残せるならたしかにとても良いものだと思った。

しかし次に彼が訪れた時、その写真を見ることは叶わなかった。

◆

「よう、十六番。相変わらずの活躍だな」

湿気と陰気に満ちた薄暗い地下の一室でニタニタと笑う男がノクスに話しかけてきた。彼は闇の仕事を斡旋《あっせん》する業者の一人で、名をザラーム。どうせ本名ではないが、彼の素性に興味はない。ノクスとてここでは「十六番」と名乗っているしお互い様だ。

(ララニカにもらった名前を他人に気やすく呼ばせるものか)

この名を呼ぶのは彼女だけでいい。他の人間に呼ばれたら大事な名前を汚されるようで嫌だ。それに自分を「十六番」と呼ぶ相手には、何の情も持たずに済むということもある。いざとなったら始末することも躊躇《ため》わないだろう。

だからニックにも呼ばせない。いつか彼が敵になったら、殺すことを躊躇わずに済むように。

「新しい依頼が入ってるぜ。なんと、人外殺しだ」

「……何それ?」

「魔女だよ。魔女殺しさ」

ぴくりと眉が動いた。ノクスにとっては聞き捨てならない言葉が出たからだ。そんなノクスの反応を見たザラームは、意外そうに眼《め》を丸くしている。

「お前が驚くなんて珍しいな。何か思い当たることでも？」

「俺のことは詮索しなくていい。……依頼の内容を」

「ああ。サンナンの森を知ってるか？　魔女が住んでるって言われてる森さ」

知っているも何も、ノクスが今も通っている場所だ。何なら先日も行って来たばかりである。その時点で嫌な予感しかしなかったが、無言で顎をしゃくり、話の続きを促した。

「最近あのあたりで病が流行ってるだろう。魔女の呪いじゃないかって噂《うわさ》になってるってな」

「馬鹿らしい」

「ああ、馬鹿らしい。が、追い詰められた人間ってのは原因を求めて憎むもんだぜ」

その依頼は「呪いをまき散らす魔女の暗殺」だった。森の奥に潜む魔女が、自分を追い出した人間たちを呪って謎の病を流行らせたのだという。そんな魔女を正義の執行者である暗殺者に殺してもらいたい、と。

話を聞いたノクスは鼻で笑いそうになった。それは妄想力が逞《たくま》しすぎるというものだ。

（ラランニカは不老不死なだけで他は人間と変わらないし、あとは動物と話せるくらいで他に超常的な力はない。……それに、他人を呪えるような人じゃない）

ラランニカの壮絶な過去は聞かされている。自分を故郷から突き落として数百年続く彼女の苦しみの原因を作った元婚約者も、彼女を物として所有し弄んだ貴族も、彼女を魔女として拷問にかけ惨殺した民衆も、誰一人として恨んでいないのがラニカという人である。彼女はすべてを諦めて、ひたすら生き続けることを選択した――この世で最も、不幸な魔女だ。

「その魔女はいつか俺が殺す予定だけど、今は殺せない。そんなことより俺は北方に向かうつもりなんだけど、そっちの依頼はないの？」

「なんだ、請けないのか。こんな仕事やるのはお前くらいなんだがな……北方なら、一つお前向きのがある。人攫《ひとさら》い中心の盗賊団の討伐依頼だ」

「じゃあそれの詳細を」

ザラームから依頼書を受け取り懐にしまった。遠方の仕事を請けながらララニカを殺す方法を、彼女の祝福を解くためのカギを探す。そうしてもう何年も暗殺者をやってきた。まだ二十代の若造と言える年齢でも、こうも上手く行かないと焦りが出てくる。だから他人《ニック》の手を借りるようにもなったというのに、まだ何の成果も得られていない。

（世界中のすべてを探し回らないと……どこかにきっと、ララニカを……）

彼女を死なせてあげられるヒントがどこかにあるはずだ。しかし、もしも――どこを探してもその方法が見つからなかったら。そんなことを考えては頭からその思考を追い払う。それは、世界中くまなく探し終えてから考えればいい。

「一月後には戻る」

「おいおい、それじゃ準備期間が足りなくないか？　相手は集団だぞ？　いくらお前でも……」

「俺に殺せないのは不死者くらいのものだよ」

狩りなら得意だ。誰よりも経験豊富な師が、ノクスにはいた。人間には他の動物にはない知恵があるが、しかしそれを逆手に取ることもできる。人間単体で見れば、その身体能力はノクスに遠く及ばない。殺せない方がどうかしている。

ノクスが殺したくても殺せないのは不死の祝福を受けた人間、ただ一人だけだ。

地下室を後にしたノクスは拠点としている隠れ家へと戻った。その石造りの家は、人目につかぬように森の奥に隠してある。ノクスにとっては一番落ち着く家に近い造りだ。

「ただいま、アス」

家の前に着くと空から相棒であるアスが降りてくる。彼を腕に止まらせて、そのまま扉をくぐった。そうすればアスは室内に用意された止まり木へと移っていく。

（さて、そろそろ出来上がったかな）

拠点のさらに奥の部屋へと移動する。作業中だったものを確認し、出来上がっていることに安堵《あんど》してそれを手に取った。

（……本物には敵《かな》わないけど……綺麗に撮れてる）

彼女の美しい金色はさすがにモノクロの写真では表現できない。それでもこちらをじっと見つめる、少し呆《あき》れたような顔をしたラランカの姿があまりにも自分を見ている彼女そのままで、ノクスはその写真も持っていこうと決めた。

そしてもう一枚、少しブレた状態の写真。それでも分かるほどに嬉しそうな笑顔の自分が写った一枚も苦笑しながら確認する。

（ララニカの前だと俺ってこんなに笑ってるのか。うーん……恥ずかしいくらい好きが滲《にじ》み出てるなぁ……）

ララニカはこの写真が欲しいと言っていたので渡さなければならない。少々恥ずかしい気もするけれど、どうせこのような顔をいつも見せているのだと思い直した。出来上がった写真を二枚とも懐に収め、遠出の支度をする。

すべての準備を終えて腕にアスを止まらせ、外に出たところで彼の鋭い目をじっと見つめた。

「アス、今回は留守番を頼むよ。目的地が遠いからね」

返事をするように一声鳴いた彼を乗せた腕を振るい、空に向かって放つ。ララニカ程ではないが意思の疎通はかなりできていると思う。ノクスが戻るまで彼はこの森で自由に過ごすはずだ。

（アスなら放っておいても大丈夫だから……帰りは先にララニカのところに寄ろうかな）

帰って来たらここには戻らずにララニカの下へ向かう可能性が高い。一ヶ月も離れたら、写真があったとしても会いに行くのを我慢できない気がする。

拠点を離れ、森を出たところで声をかけてくる人間がいた。見覚えのある平凡な顔に足を止めて相手が傍《そば》に来るまで待つ。

「今度は北方のルーデンに行くんだって？」

「耳が早いね。……君が北方に気になる話があるって言ったんでしょ」

最近聞くようになった話。北方の辺鄙《へんぴ》な村に、この世に二つとない変わった木が存在する。それは人の願いを叶える神の木である——という、眉唾物の噂。あまりにも何の手掛かりも摑《つか》めないので、こんな噂にすら縋《すが》って確認に行くつもりだ。

「まあそうなんだけどな。……僕はちょっと西に行くぞ、何かあったら連絡する。暗号はいつものやつで」

「ああ、分かったよ」

ニックもまた情報収集に行くのだろう。彼が何らかの手掛かりを摑んでくることをどこかで期待しつつ別れ、ノクスは旅立った。

飛行船を使えば目的地のルーデンという町までは一週間程度で着く。依頼書によるとこの辺りで人攫いが頻発しており、それを行っている組織も周辺に根城を構えているはずとのことだ。

どこにでもいるような旅人の装いで、人に紛れながらノクスはルーデンへと足を踏み入れた。

(特産がない割には栄えてる。人の出入りが激しいな。飛行場があって、列車も走ってるなら当然か……しかも領地の境目で貴族の監視が届きにくい。条件がいいってわけだ)

この町には飛行船の発着場だけでなく、鉄道も敷かれている。ここから様々な場所へ旅立つ人間、中継地に使う人間など多くの者が立ち寄る町なのだろう。

人の出入りが激しい場所では住人以外が消えても発覚しにくい。それでも誘拐が浮き彫りになるということは、ターゲットはやりすぎたのである。

まずは情報を集めることが先決だ。大雑把な情報は賑《にぎ》わっている酒場などで集めるのがいい。そして酒場に来る人間の話をよく耳にしているのはマスターか給仕係なので、どちらかに話を聞くのが一番手っ取り早い。

大きくはないがかなり客入りの多い酒場を見つけたのでそこに入ることにした。店内はアルコールの匂いと笑い声で溢《あふ》れており、なかなか洒落《しゃれ》た装いで雰囲気がいい。

「こんばんは。店で一番いい酒をちょうだい」

「おう、新顔さんか。若いのに気前がいいな、ちょっと待ってな」

カウンターに座り、ニコニコと笑いながらマスターに話しかけた。酒や出される料理、店の内装などを褒めて相手の気分を持ち上げ、自分の印象を良くしてから訊《き》きたいことを尋ねるのがセオリーだ。狙い通り、マスターは上機嫌となってツマミを一つサービスだと出してきた。

「俺、今日この町についたんだけど……最近なんか物騒なんだって?」

「あーそうなんだよ。こっちも困っててな……若い娘が攫われるんだ。旅人だろうと、周辺の町の娘だろうとお構いなしだぜ」

マスターは愚痴を零《こぼ》すように現状を教えてくれた。若い娘たちは攫われてしまうため、暗くなると一人では出歩けないし出歩かせない。最近旅人含めてそう注意喚起がされるようになったからか、昼間でもかどわかしが起きて目撃されるようになり、人攫いの一味もなりふり構わないといった様子らしい。

「あんたくらい綺麗な男なら、女じゃなくても危ないかもなぁ」

「あはは。俺は腕には自信あるよ」

「そんな細腕で何言ってんだ。強がるのはこれくらい鍛えてからにしな！」

「うーん、マスターには敵わなそうだなぁ」

丸太のように太い腕で力こぶを作ってくる彼に愛想笑いを浮かべながら、ノクスは香り高い酒を口に運び「美味《おい》しい」と零す。正直、酒に酔ったこともなければ酒の美味しさとやらも分からない。魔女の家で飲む、ほんのり冷たい果実のジュースの方がよっぽど美味《うま》い。だが酒好きというステータスを掲げていると、酒を売り物にする店主には受けがいい。

「うちの看板娘もいつ攫われるかヒヤヒヤでな。明け方だしもう明るいから大丈夫っつって……最近は昼間でも危ないのによ」

「そっか、それは心配だね。早くその悪いやつらがいなくなればいいけど」

「おう。実はな……この町の人間で金を集めて、凄腕《すごうで》に依頼を出した。知ってるか？　正義の執行者、十六番目の死神の噂」

「ああ……聞いたことはあるよ」

自分の仕事ぶりを褒めるマスターに、何食わぬ顔で相槌《あいづち》を打つ。ララニカなら人殺しを褒めることはないが、外の人間にはノクスの仕事を喜ぶ者も多い。こういった差が目に付いて、常にララニ力と外の人間を比べては、やはり好きになれないと思ってしまう。

おおよそ必要な情報を集め終えたので酔ったフリをしながら店を出た。今回はちょうど良さそうな餌もあることだし、そう難しくはないだろう。

(さて……こっちはさっさと終わらせて、個人的な仕事の方を進めたいな)

盗賊団が拠点としているのは町を出て西に進んだ場所にある洞窟だ。天然の洞窟で、出入りできる穴が二つあり通り抜けができるようになっている。まずは見つからぬよう片方の穴に仕掛けをして、いつでも塞げるようにしておいた。

そのあとは拠点から離れた場所で組織の人間を捕まえて情報を吐かせる。これに役立ったのは酒場の看板娘だった。仕事終わり、明け方に人気《ひとけ》のない道を帰る彼女が攫われそうになってくれたため、その場に現れた四人の男のうち三人を殺し、一人を生かして捕える。看板娘の方は恐怖で気絶していたので放置した。盗賊団はこれから消滅するので、道に寝ていたとしてもそう危険はないだろう。

捕まえて逃げられぬよう拘束した男を町の外に連れ出し、人目につかない茂みへと連れ込む。何をされるのかと怯《おび》える男に見つめられながらノクスは懐から薬瓶を取り出した。

「俺、拷問苦手なんだよね。楽に死なせる方法をずっと研究してたからさ」

「ひっ……」

「君の仲間は一瞬で何が起きたか分かってない顔してたよね。俺、苦しませずに殺すの上手いでしょ？」

ノクスが人殺しの技を身に付けたのは、ただラランカに穏やかな死を与えるため。人間を甚振《いたぶ》る方法はそれに必要ないから、知識としてあっても実践したことはなかった。

聞きたい情報があれば拷問以外の方法を使えばいい。ノクスにその方法を教えてくれたのは、やはり師であるラランカだ。

（自他が曖昧になるくらい、強力な自白剤、催眠薬……現代じゃ禁止されて、作り方も記録から葬られてるような代物だ。ほんと、ラランカはすごい）

自分を指導した師の誇らしさで笑み崩れているだけなのに、捕えた男はガタガタと震えていた。

そんな薬を使って男から拠点の情報や構成人数などを聞き出す。一応販売ルートなども確認してみたが、こういった闇の市場へのルートはいくら潰しても無駄なので、依頼でもない限りは触れる気はない。

「正義の執行者」などと言われているノクスだが、売り飛ばされた先まで被害者を追って助けるような正義感はなかった。そんなことをして時間を使っていたらあっという間にノクスの人生が終わってしまう。――ララニカを殺せないまま終わる。それだけは避けなければならない。

（さて、仕事だ。これが終わったら祝福を解けそうな噂がないか調べないと）

明け方の、空が白み始めたこの時間帯はほとんどのメンバーが眠りについている。見張り交代のため数人が起きだすが、出入り口の穴に誰もいなくなる時間が数分ある。そして捕え役の四人以外は現在全員拠点に留《とど》まっているという。少なくとも自白した男はそう思っているのは間違いない。もし誰かに逃げられた時のために使い道がありそうなその男は、気絶させてきつく拘束した状態で放置し、拠点の洞窟に向かった。

あらかじめ仕掛けておいた火薬を爆発させ、まず洞窟の片方の逃げ道を塞ぐ。そうすれば出口は一つだけだ。あとは残った出入り口で待ち伏せ、外を確認しようと出てくる人間を一人ずつ始末していく。

「一体なんだってんっ……」

「あ？　おいどうしっ……」

頭を貫く一矢。常人を超えるノクスの筋力で扱うそれは、一般的な弓矢の威力とは隔絶したものだ。銃と違い音もほとんどしないため気づかれにくいのも優れた点だろう。しかししばらくすると洞窟の入り口に積み重なる頭部を貫かれた遺体を見た数人が洞窟内に逃げ込んで出てこなくなったため、これ以上は狩れないと判断し弓をしまった。

次は洞窟内に睡眠効果のある香を焚《た》いて、こちらの入り口は木の板で簡単に塞ぐ。効果時間を待ったら再び開けて、中に入った。

（んー……一応まだ被害者が残ってたか。運がいいね）

天然の洞窟の中を探索し、倒れている男たちの首を掻《か》き切っていく。眠ったままなので痛みもなく死ねるのだ、悪党の末路としては幸せな方だろう。

そうして外に捕えてある男が吐いただけの人数を殺した後、数人の女性が捕われている檻《おり》を発見した。そちらの女性たちも眠っていたので、ノクスに気づくことはない。檻の鍵だけ破壊して、自力で脱出できるようにしておく。死体の間を歩いて抜けることになるだろうが、生きるためならそれくらいできるだろう。

（あとは外の男を始末して、終わり）

洞窟を後にしたノクスは拘束した男も始末して、仲間の死体と同じ場所に置いていった。自分が仕事を完了した証《あかし》として、一人の死体の分かりやすい場所に十六の数字を刻んでおく。酒場のマスターも言っていたが、この完了の証から「十六番目の死神」と呼ばれることもあるようだ。……恥ずかしい二つ名が多すぎる。

（本当に殺してあげたい人はいつまでも殺せないのに）

一仕事終えたノクスは宿に帰って一旦睡眠をとった。そろそろ睡眠香から目を覚ました被害女性たちが洞窟を出て、助けを求めに来るだろう。あの犯罪組織が壊滅したことも知られ、町は騒がしくなるに違いない。

目を覚ました時には町の様子が変わっているはずだと思いながら壁に寄り掛かり、目を閉じる。

外出先で――いや、森の外では、熟睡できない。

（……森の匂いがすると……安心してしまうから、ちょうどいい）

暗殺者には危険が付きまとう。深く眠るのは危険なこと。普段のノクスは決して深い眠りには入らない。しかしそんな暗殺者の自分が唯一、どうしても深く眠ってしまうのはララニカの家だった。ロモコモヤギの毛布を被《かぶ》って、ララニカの体温と彼女から香る森の匂いを感じながら目を閉じると、驚くほど深く眠ってしまう。

暗殺者になって眠りをコントロールできるようになったはずのノクスは一度、彼女の家でそれを経験して驚いた。あの場所にはノクスの安心できる要素がすべて詰まっているのだろう。それ以降は決してあのベッドで眠らなくなったのだ。

――やがて窓の外から聞こえてくる喧騒《けんそう》で、ノクスは目を開けた。日はすでに高く昇っている。装備の点検や道具の手入れでもしようと壁から体を離し、ベッドを下りる。

これが終わったらまた情報収集だ。今度は個人的な仕事のために、日が暮れたら酒場へと向かう。

「おお、兄ちゃんまた来たな」

「やあマスター。なんだか……みんなすごく明るいね」

「ははーん。兄ちゃん、さてはまだ聞いてないんだな？」

「え、何？　俺が二日酔いで苦しんでる間に何かあったの？」

ノクスの言葉に大笑いしたマスターは、人攫いの一味が壊滅したことを嬉しそうに語った。十六番目の死神がやってくれたのだと、自慢げに話している。彼は依頼者のうちの一人なのだろうが、彼が誇らしげにする意味はいまいち分からない。

「せっかく盛り上がってるのにあまり長居出来ないのが残念だな」

「なんだ、どこか行くのか？」

「うん。実は世界中の不思議な話を集めててね。こっちの方に〝神の木〟っていうものがあるって聞いたんだけど……マスターは何か知らない？」

「ああ、それならこの前たしか……」

上機嫌のマスターは、この町を訪れた別の旅人から聞いた話だと言って教えてくれた。ここからさらに北へ、鉄道の終点から馬車で移動すること十日の村。そこには特別な〝神の木〟が存在するという。

明確な場所が分かるのはありがたい。その村へ行く方法を訊いたらそれも教えられたので、苦労せず確認に行けそうだ。

「なんでもその木の実を食べると願いが叶うんだと。実際、そこには不死の人間がいるとか――」

パキン。ノクスの手の内から甲高い音が響き、マスターはぎょっとしてその音の元を見た。ノクスが握っていたグラスに亀裂が走り、中の酒が漏れてしまっている。その液体がテーブルとノクスの手袋を濡《ぬ》らした。

「うわ、大丈夫か!?」

「ああ……酒がもったいないね」

「いやそういうことじゃねぇだろ。怪我《けが》してないか!?　古くなってたのか、急に割れちまって……」

「大丈夫。布越しだし」

ノクスの心臓が、落ち着かない速度で鳴っている。人を殺す瞬間にもこんな気分になったことはない。思わず力を込めすぎてグラスが割れてしまったが、常人の握力で分厚いグラスが割れることはないためマスターは何も疑わず、店側の過失だと謝ってくる始末だ。

「でもやっぱり酒がもったいないな……お詫《わ》びならさっきの話をツマミに、一杯美味しいのをおごってよ」

「まったく、お前さんはほんとに酒が好きだなぁ……」

追い求めていたものに、指先をかすめたような気分。ノクスは丁寧にその噂の情報を聞き出すと、彼に別れを告げて店を出た。

願いが叶う木というだけならただの眉唾な噂話。そこに不死者がセットで出てくるとなると、何か関係があるのではないかと思えてくる。

実際に一度その土地に足を運びそして——自分の目で確認してから、ララニカの下へ戻るべく帰路につく。今までにないほど高鳴る胸、高揚感。それらを抑えつけながらルーデンの町まで戻ってきた時、電報が届いていた。

ノクスがここを通過することを知っている数少ない人間からの知らせ。ニックから届いた、くだらない雑談の内容文の暗号を解いた時、高揚で弾んでいた心臓が嫌な鼓動に変わる。

——魔女ノ暗殺依頼ヲ請ケル者アリ。

運の悪いことに今日中に出発する飛行船はなく、ララニカの住むサンナンの森に辿《たど》りつくには、どれほど急いでも十日はかかる。砕けそうになるほど奥歯を強く噛《か》みしめて、ノクスは急げもしないのに堪《こら》え切れず走り出した。

○

ノクスが北方へ行くと告げてから一ヶ月程が経《た》った。次に来る時は写真というものを持ってくると言われたことを、私は楽しみにしてしまっている。

（人が訪ねてくるのを楽しみに待ってるなんてもうだめね、私も。……耐えられるのかしら）

ノクスが居なくなる日。やがて訪れる別れの日。それに私は、耐えられるのだろうか。……最近は、なんだかその自信がなくなってきた。

私の不老不死の体を知ってもなお、親しくしてくれた人間は今までにも何人かいた。そういった人間の最期を見送る時は、いつも胸を引き裂かれるような悲しみを感じたものだ。

ノクスの場合は私が子供の頃から面倒を見て、成長を見守ったという他にはない関わり方をしている。この関係の終着点が私には分からない。

……私の心は、彼との別れに耐えられるのだろうか。

ため息を吐《つ》きながら水浴びをするために家を出た。そこでここ最近感じるようになった気配に気づいて周囲を見回す。いつも通りの静かな森の朝なのに、はっきりとは分からない違和感があった。

これは私の勘でしかない。しかし長い時を生きた私の勘ならあながち間違いでもないだろう。何者かに私は見られている。野生動物であればいいが――人間の可能性もある。

（……そろそろ引っ越すべきね。でも……今すぐ居なくなると、ノクスが……）

彼は私に会うためにこの場所に戻ってくるはずだ。その時この家が無人になっていたら、きっと動揺する。そして私を捜し回るだろう。それを考えると、彼に何も告げずにこの場を去る気にはなれなかった。

だから彼が戻ってきたら家を移すことを告げてそのあと移動しようと思っている。必要最低限の荷物はすでにまとめてあるし、旅立とうと思えばいつでも出られるから、あとはノクスが一度戻ってくるのを待つばかりなのだ。

（ここ、気に入ってたのよね。特にこの泉が……また同じような場所があるかしら）

温かい水の湧く自然の泉で、人気のない場所にある。火山の近くになら極まれにこのような温泉が湧いているため、次の住処《すみか》を探すなら火山帯がいいだろう。

そう考えながら水浴びを始める。この体は垢《あか》などの汚れが出ることはないのだが、土や埃《ほこり》はつくし食べ物の匂いなども移る。だから狩りに行く前と森に入った後は必ずこうして体を洗うのが習慣だった。百年以上使い続けてすっかりこの温かい水に慣れてしまったため、冷水での行水に戻るのは苦労するだろう。

そんなことを考えながら体を洗っていると、またあの気配を感じた。何者かに見られている、という感覚。気づいてはいるがどうしようもないと思いながら放っておくと、その気配は動き出した。低木と高草の茂みが揺れ、何かが飛び出してくる。それは野生の動物ではなく、森の影に紛れるような色の服をまとった人間だった。

その手には刃物が握られており、相手の目は獲物を定めた狩人《かりゅうど》のようだ。私に対する恨みや恐怖がある訳ではなさそうである。

（……私を殺しに来たのね。捕獲じゃないならいいか）

どうせ殺されても生き返る。それにもしこれで死ねるならそれでもいい。そう思って暗殺者の刃物を受け入れようと目を閉じた。しかし切り裂かれたり、刺されたりした時の痛みはやってこない。空気の動く気配や、衣擦《きぬず》れの音はしたのに。不思議に思いながら目を開ける。

「……ノ、クス……？」

目の前に、黒い服の背中があった。予想外の光景に目を見開く。後ろ姿でも見慣れた人間なのだ、見間違えるはずがない。北方から戻ってきたのだろうか。

「や、ララニカ。……ただ、いま」

振り返ったノクスが、いつものように笑う。彼の前には先ほど私を殺そうとした男が倒れていて、眉間に一本のナイフが刺さっており、すでに絶命しているようだ。

ノクスがその男を殺したらしいというのは理解した。そうしてもう一度ノクスを見上げようとすると、彼の体がぐらりと揺れて膝をつく。

「ノクス！　貴方……ッ！」

「ちょっと、余裕なくて、さ……」

彼は全身黒い服を着ているので分かりにくいが、どうやら私を狙っていた刃物を自分の体で遮ったらしい。腹にナイフの柄が生えているのが見えて、言葉を失った。

私を庇《かば》ってノクスは刺された。不死の、死なない体を持った、庇う必要など微塵《みじん》もない私なんかを。

「ッなんで私を庇うのよ！」

「……だって……守るって、言った、し……」

「どうせ死ねないからいらないわよ！　貴方は……っこんなこと言い争ってる場合じゃないわ。手当てしないと」

頭に血が上りそうになったが冷静になれと自分に言い聞かせた。私と違ってノクスには死の可能性がある。ナイフを抜いたら血が溢れると思い、抜かずに家まで連れて行って治療すべきと判断して、彼の腕を肩にかけ体を起こそうとしたら止められた。

「ナイフ、抜いて……たぶん、毒、ある」

「っ……分かったわ」

いくつかの毒に耐性があるノクスであっても耐えられない種類のものらしい。すぐにナイフを抜いたが、そうすると血がごぼりと零れていく。毒混じりの血液は多少抜いた方がいいとはいえ、出血しすぎだ。どこか血管を傷つけたのだろう。このままでは――。

（……ノクスが、死んでしまう）

それを実感したとたん、指先が冷えて震え出した。体の中を焦燥が駆け巡る。どうすればいいか、どうすれば彼を救えるのか、頭の中を知識が巡っていく。

「血を……止めるわよ。何か持ってる？」

「……ん……これ……」

ノクスが懐から取り出した箱を受け取って確認する。止血剤、痛み止め、糸と針、そしてライターが入っていた。荒療治だがやるしかない。

家に戻る前にこの場で治療をする。ノクスに痛みを堪えるように伝え、痛み止めを口に入れて布を噛ませた。激痛だろうが切れた血管を探して縫い合わせ、傷口を焼いて血を止めるのだ。

「終わった、わよ……って、聞こえてないか……」

相当な苦痛を伴うその処置のせいか、毒のせいか、ノクスは途中で気を失った。しかしそのおかげで血管を縫い合わせて焼く時の痛みは感じなかっただろう。

治療を終えて血の気のない顔をするノクスと、血まみれの地面を見下ろした私は、唇を噛んで自分やノクスの体を軽く泉で洗い、彼を引きずりながら家に連れ帰った。

（重い……一人で運ぶのはかなり、しんどいわね。手伝いがほしいくらいよ）

そもそも人を寄せ付けないようにしていたのは私だ。手伝ってくれる誰かなんているはずもない。いつも一緒にいた賢い鷹《たか》も、今は姿が見えなかった。突然現れる情報屋もしばらく見ていない。

（もういっそあの鳥でもいいから手伝ってくれれば少しは速く運べるかもしれないのに）

ノクスは私よりもずっと背が高くなって、もう子供の時のようには簡単に運べない。息を切らして汗だくになりながら家まで戻り、できるだけ清潔な服に着替えさせてベッドに寝かせた。あの環境で治療したのだから、傷口から悪いものが入った可能性もある。そのあたりの対策となる薬や、症状に合った解毒剤、造血剤や――とにかく、彼を助けるための薬を作ろうと動き出す。

（ノクスは体が丈夫だもの。回復力も高い。……きっと助かるわ）

自分に言い聞かせながら、それでも体の奥から突き上げてくるような不安感が消えない。

助かるはずだ、常人なら死ぬような怪我でもノクスの回復力ならば助かる。だから、幼い頃のあの状態でも生き延びた。それなのに、世界が滲んで見えるのは何故《なぜ》だろう。

（なんで私を庇うのよ。……守るって言ったから？　でもそんな約束……）

私に二度と痛い思いをさせない、自分が殺すまでは守ると言われたことを思い出す。私は別に守られなくてもいいと思っていたし、大して気にも留めなかった。けれどノクスの中では重要な約束だったのだろう。……今更、軽く考えていたことを後悔しても遅い。

それからはずっとノクスに付きっ切りで看病を続けた。彼を家に残したまま外に出る気になれず、ベッドの横に椅子を置いて、薬を作ったり飲ませたりする以外は彼の手を取って弱い脈を確かめ、生きていることを指先に感じながら過ごす。そうしなければ、不安で仕方がなかったからだ。

「ノクス、聞こえるかしら。……私を殺すんでしょう。その私を庇って、貴方が死んでどうするの」

私を庇う必要なんて微塵もなかった。どうせ死ぬことのない、不死の魔女なのだから。

それでもノクスは咄嗟《とっさ》に私を庇ってしまったのだろう。彼が常々言っていたように、私に二度と苦痛を味わわせないという宣言の通りに。死なないと分かっているはずなのに、庇わずにはいられなかった。

（……私が……あの時、せめて……避けようとでも、していたら……何か違ったかしら）

私が何の抵抗もしなかったから、ノクスには私を救うだけの時間がなかったのかもしれない。だとすれば彼の怪我は私の責任でもある。長く生きる中で自分を傷つけることを、自分が傷つくことを厭《いと》わなくなった。自分一人だけで生きるならそれで問題なかっただろう。……不老不死の体ですら、傷つけたくないと思ってくれる相手がいないままなら、それでよかったのに。

「……死なないで。生きて……私まだ、貴方と……」

別れの覚悟などできていない。私はノクスを失いたくない。このまま失ってしまうくらいなら、遠ざけなどせずにもっと一緒に過ごせばよかったとすら思う。死ねない私の、痛みに慣れるほど死に慣れた私の命どころか、痛みのためだけに自分の命を使ってしまうような子に、私が育ててしまったのだ。

（……こんなことになるなら……貴方の願いを、叶えてあげれば……）

普段のぬくもりには程遠い、冷えた彼の手に自分の頰を寄せる。私は彼を大事に思いたくないからこそ遠ざけようとしていたのに、すでに自分で考えていた以上にノクスを大事に思っていたらしい。

このような形で死別するくらいなら、幸せに生きる彼の人生を最期まで見届ける方がよかったと考えてしまうくらいには。

（私の気持ちが恋かどうかなんて分からない。でも、ノクスを愛しているのは間違いない）

愛にも様々な形がある。恋愛、信愛、友愛、師弟愛。自分の愛を忘れるくらいには、私は一人で長く生きすぎた。ただ事実としてあるのは、彼に抱く愛情はいままで持ったどんな情よりも深いということ。

失いそうになってから気づくなんて遅い。このまま失ってしまうことが怖い。ただ静かに眠り続けるノクスの体温が失われないようにと願って、彼の手を握り続けた。

ノクスが倒れてから一週間。一度は脈が途絶えたために心肺蘇生《そせい》術まですることになり、私の心臓の方が止まりそうなくらいだったがそれでも彼は持ち直した。今は少し顔色が良くなってきて、体温も上がっている。このままなら近いうちに目を覚ますだろう。……回復の傾向が見られただけで泣きそうになるなんて、私も大概だ。

それで私も安心した部分があったのかもしれない。気が付くとベッドに頭を預ける形で眠ってしまっており、ぼんやり意識が覚醒したところで慌てて体を起こす。すぐにノクスの手首を摑んで脈を測るとちゃんと鼓動が伝わってきたので安心した。そして彼の顔色を見ようと視線を動かすと、黒い瞳としっかり目が合う。

「……起きたの？」

「……ん……ラ、らっ……ッ」

「眠りっぱなしだったんだから喋《しやべ》れないわよ。薬湯を持ってくるからそこの水でも口に含んで待ってて」

喋ろうとして咳《せ》き込むノクスに震えそうになる声を抑えつけながらそう言い、少量の湯を沸かして薬湯を作って持っていく。すると怪我人の癖にいつの間にか自力で起き上がってベッド脇の壁にもたれて座っていた。

「……ちょっと。無理して自分で起きなくてもいいでしょ」

ノクスはゆるゆると首を振って応える。無理はしてないという意味だろうか、それとも別の意味か。分からないがまだ声が出ないのだから会話は無理だろう。私はため息をついてベッドに上がり、匙《さじ》を使ってノクスの口元まで薬湯を運ぶ。

「不味《まず》いけど飲んで。傷の修復が早くなるし、栄養もあるから」

「っぅ……ま、ず」

「不味いだけの効果は保証するわよ」

水を口にしたからか、薬湯の味につい声を漏らせる程度には喉の潤いが戻ったようだ。それ以降は顔をしかめつつも私が運ぶ薬湯を無言で飲み切ったノクスは、一仕事終えたようにため息を吐いた。

「飲み終わったんだからもう寝て。次に起きた時には、消化に良い物を作っておくから」

「……ん……ララニカ、泣かないで」

「…………勝手に出てくるのよ」

実はノクスが目覚めた時から、勝手に目から溢れた雫《しずく》が頬を伝っている。泣き方も忘れるくらいだったのだから涙の止め方だって覚えていない。

ゆっくりと伸ばされたノクスの手が私の目元に触れ、親指で優しく涙をぬぐった。硬くて乾燥した指先の感覚が皮膚を擦《こす》って、熱い。……何故かそれで涙がぴたりと止まった。

「俺はまだ、死なないから。……ララニカを、殺すまで。安心、して」

「……私を安心させたいなら早く元気になることね」

「やっと、ララニカに、会えたのになぁ……寝なきゃだめ……？」

「だめよ。すぐにでも寝て」

駄々をこねていた割に、ノクスはベッドに横になって数分もするとすぐに寝息を立て始めた。体がそれだけ睡眠を欲しているのだ。眠っている彼の顔にかかる髪をそっと払って、死にかけの子供を拾った時のことを思い出す。あの時は、こんなに感情を揺さぶられることもなかった。

「……じゃあ、行ってくるから。ちゃんと寝て回復するのよ」

目を覚ましたなら大丈夫だと思っているはずなのに、それでも心配で何度か家を振り返りながら森へ出た。採集の目当てはモヌル芋である。すぐに見つかったのでついでに野鳥を一羽狩って帰宅した。

肉は食べられないとしてもその滋養が染み出たスープなら口にできるだろう。芋粥《いもがゆ》の出汁《だし》に鳥を使った。残った肉の部分は私が消費する。

(ノクスは……次はいつ起きるかしら。これはあの子が起きたらもう一度温めて……)

そう思いながら振り返るとノクスは私が気付かぬうちに目を覚ましていたようで、またベッド脇の壁に寄り掛かりながらこちらを眺めている。私と目が合うと嬉しそうに微笑《ほほえ》むので、心配している自分が馬鹿らしくなって肩の力が抜けた。

「ちょうどできたところだけど、食べられそう?」

「うん。食べられるだけ食べるよ」

「………それ、無理して食べるって意味じゃないわよね?」

死にかけの子供だったノクスが目覚めた時にも同じものを作った。その時は彼が加減もせずに食べてしまい、吐き気を訴えていたことを思い出して眉を顰《ひそ》める。するとノクスは少し不満そうに黒い目を私に向けてきた。

「もう子供じゃないんだからさ」

「……それもそうね」

あの時の子供はノクスに違いないが、彼は成長して大人になった。あれからもう十年以上経つのだから色々と変わって当然だ。ノクスも——そして、私の心も。

器に注いだ芋粥をベッドまで持っていき、ノクスに手渡そうとするが彼はちょっと困ったような顔をした。

「まだあんまり手に力が入らないかも。……食べさせてくれないかな」

「……そう。仕方ないわね」

湯気を立てる粥を一匙掬《すく》っては息を吹きかけて冷まし、ノクスの口元に運ぶ。器の中が残りもう少し、というところで「もう食べられない」と言われたため、片づけた。

ノクスは食べた直後なのでしばらくは横にならずに壁にもたれていたい、とそのままの姿勢でいる。私はひとまずやることもないので、看病のためにベッド脇に置いていた椅子に座った。

「食べさせてもらうのは嬉しいけど、やっぱり子供扱いされている気分になるよ」

「……私は貴方を子供だとは思っていないわ。馬鹿だと思ってるけど」

心外だと言わんばかりの顔をする彼をじとりと睨《にら》んだ。元から細いのに肉が落ちて、頬がこけてしまっている。それでもどこか、その弱った姿が色気に変わるような整った顔立ちをしていて、あまり具合が悪そうにも見えないのが腹立たしい。本当はまだ体がしんどいはずなのに、このような表情《かお》で誤魔化しているのだ。

「馬鹿でしょ。……死なない私を、庇うなんて。貴方の方が死にそうになって、私がどれだけ……」

それ以上の言葉は唇を噛んで呑《の》み込んだ。心配だった、不安だった、ノクスを受け入れればよかったと後悔もした。彼が目を覚ました驚きと安心で心の底に潜っていたそれらの感情が、再び顔を出そうとしてくる。

「ごめんね、ララニカ。あの時は……咄嗟でさ。ララニカが不老不死なのは分かってるはずなのに体が動いちゃった。……君を傷つけたくなかったのに、傷つけたかな」

「馬鹿ね、怪我をしたのは貴方なのよ」

「うん。でもそのせいでララニカも傷ついたみたい。……心配されるのは嬉しいけど、君の泣く顔なんて初めて見た。もう泣かせたくはないなぁ……」

しゅんと落ち込んだような顔で弱弱しく呟《つぶや》く彼に胸が苦しくなる。私とてノクスに傷ついてほしくないのだが、それはお互いにある感情なのだと理解した。

ノクスがこうして怪我をして私が堪《たま》らない気持ちになったように、私が自分を投げ捨てるとノクスはそれを見ていられない。だから私は彼のためにも自分を大事にするべきなのだろう。もうずっと、そんなことは忘れていたけれど。

「……貴方が傷つくのは私も嫌よ。自分を大事にして、できるだけ長生きして」

そうしてできる限り顔を見せに来てほしい。いや、むしろ一緒に居たいと思っている。私はもう、このような別れ方は嫌だとはっきり認識してしまったのだ。せめてノクスの生きている短い時間を一緒に過ごしたいと思ってしまった。しかしそれを——彼の好意を拒絶し続けた私が、どのような言葉で伝えればいいのか。まだ考えがまとまっていなかった。

「ラニカ……君、何か……」

「………何よ」

「……ん、やっぱりなんでもないよ。ああ、そうだ。君にお土産があったんだけど……」

「ああ、貴方の荷物ならまとめてあるから今持ってくるわ」

懐を漁《あさ》ろうとして、元の服を脱がされていることに気づいたノクスが私に視線を向けてきた。彼の血まみれの服は洗ったし、荷物や服の中に仕込まれていた道具などは分けてある。それらをまとめて入れてある籠を持ってきて渡すと、中身を確認したノクスは血で汚れた紙切れのようなものを見て肩を落とした。

「写真、だめになってるね。穴空いてるし」

「……ちょうど刺さったところにあったんでしょ。仕方ないわよ」

「ネガは残ってるからもう一回現像するよ。今度こそ見せるから」

「……もう一回って、同じものが出てくるの？」

写真というのは一度撮ればその時の風景を何度も取り出せるらしい。とても不可思議な技術で、私にはよく理解できないがすごいものである。特別な道具さえあれば一瞬ではなく動き自体が撮れると言われたがもっと意味が分からなかった。

「あとね、こっちの方が重要。……もしかしたら君の祝福が解けるかも」

「……え？」

「願いを叶える神の果実が北端の村にあるって噂を聞いてね。調べたらどうも本当に何かあるみたいだから……試してみる価値は、ありそうだったよ」

思いもよらない言葉に固まった。私の祝福が解けるかもしれない、神の果実。

心臓がどくどくと音を立てるのは期待なのか、不安なのか。知らず知らずのうちに私は、ぎゅっと己の手を握りしめていた。

「これくらいの小さな実が二つ付いて一房の果実。鮮やかな黄色で、人によっては黄金色って言うかもね。それを食べると願いが叶うんだってさ」

ノクスが人差し指と親指を使って輪を作り、大きさを伝えてくる。その果実の特徴が、私の記憶の中の〝最期の果実〟と一致して、心臓が期待に跳ね上がる。もしかして、本当に。……この地上に、同じものがあったのだろうか。

「それを食べて不死になった人間っていうのも見た」

彼は件《くだん》の村へと直接向かい、実際に不死の人間と言われている存在を確認したという。枯れ枝のように細く皺《しわ》だらけの枯れたミイラのような姿だが、たしかに浅く呼吸していて生きている様子だった。彼の子孫だという男によると、そのミイラはなんと五百年以上は確実に生きているらしい。

「その不死の人間の名前がユージン＝ミュラー。まあ本当だとすればミュラー家の子孫は先祖への感謝も情も忘れて、ミイラのようなユージンを見世物にしつつ神の果実で金儲《かねもう》けをしている訳だけど」

「………ユージン……？」

記憶の奥底にあったものが浮かび上がってくる。不死者とユージンという名前が結びついて、私を突き落として安堵する男の顔が思い浮かんだ。九百年近く昔の話なのにはっきりと覚えている。彼は自分の分と私の分の果実を持ち去って、別の女性と結ばれたはずだ。

（果実を食べたなら生きているのはおかしい。……それに、そのユージンという人は老いている様子だし……もしあのユージンだとしたら、結婚した相手は……？）

あらゆる疑問が浮かんでいきやがて一つの仮説を思いついたが、まさかそんなことがあるのだろうかと考え込む。そんな私の様子を不思議そうに見つめていたノクスが、視線でそれを問うてきた。

「ちょっと覚えのある名前だったから、気になって。偶然かもしれないし気にしないで」

「……そっか。あとはそのミュラー家の人間が言ってた話だけどもう一つ、祝福を返した人間がいるらしい。こっちは詳しく調べる時間がなかったん……」

ココン。突然聞こえたその音に、私もノクスも扉へと目を向ける。真剣な話をしていただけにかなり驚かされ、襲撃を受けたばかりでもあるため音の正体は何かと不信感と警戒が募っていく。

「すみませーん」

気の抜けたような声に肩の力が抜けた。この声はノクスの友人、情報屋ニックのものだ。

「開いてるわよ」

「あ、じゃあお邪魔します。すみません、十六番は……うわっ重傷じゃないか！」

「うるさいよ。それより早く扉閉めて」

後ろ手に扉を閉めたニックは、隅の方に置かれた丸太を持ってベッド脇までやってきた。時たま訪れる彼専用のその椅子は、普段は邪魔なので玄関の横に置いてあるのだ。

「傷の割には元気そうでよかった。……お前が調べに行った噂の裏を取ってきたけど聞く？」

「……聞く。ちょうどその話もしてたし」

「お、素直でいいな。魔女さんも一緒に聞いてください。長寿の祝福を返した、とある男の話ですよ」

不老不死ほど強力ではないが、ノクスのように強い肉体を与えられたり、歳《とし》の取り方が遅い体を与えられたりという祝福は存在する。

その長寿の祝福というのも、肉体が成長すると途端に歳を取るのが遅くなり、通常の人間に比べれば時間の速度は五分の一になるものだ。つまり五年で一歳だけ肉体の年齢が進む。十六歳で祝福の効果が発動したなら、五十年経って同世代の友人が死ぬ頃にもまだ二十代の姿でいる。子供は自分の見た目を追い抜き老い始め、いつかそれを見送ることになるのは必然だった。

「友人全員に置いて逝かれて、子供すら先に死ぬのが目に見える。それが辛《つら》くて寂しくて仕方なかったって言ってましたよ」

「……それは……」

私にも通じる気持ちだ。私の場合はその人のようにいつか死ぬこともできない訳だが、その辛さは理解できる。

しかし子供や孫という家族がいるのに自ら死ぬなんてこともできずに苦しんでいたその人は、藁《わら》にも縋る思いで神の果実を口にした。するとその頃から普通に老いるようになったのだという。自分より少し年上に見える子供がいるものの、孫には看取《みと》られて死ねるだろう、と。

「本人に直接聞いて家族や暮らしてる地域の人間の話も聞いた。僕の目にかけて、これは事実だと思う。……例の木に生《な》る果実に、特殊な力があるのは確かだ。それが不老不死の祝福を返せるかまでは、保証できないんですがね」

「それでも確かめるだけの価値はあるんじゃないかって思うんだけど……それらしい話が出てきたのは初めてだし」

二人は何年もの間、私の祝福を返す方法を探してくれていた。これはようやく見つけた手掛かりなのだろう。

「……そうね。私も……確かめに行きたい、と思うわ」

期待に胸が高鳴る。しかしもし外れだったらと不安になる自分もいる。期待しすぎないようにしなくてはと自分を落ち着かせるが、トクトクと速くなる心臓を思い通りにすることは不老不死の祝福を受けた魔女にも不可能だ。

（……もし本当に祝福が解けて、普通の人間になれるなら……私はようやく死ぬことが……）

そこでふと、思いつく。私はずっと普通の人間に戻れたならすぐにでも死にたいと思っていた。しかし私が今死ぬと――ノクスを一人、残してしまう。死にたがる私を殺すために暗殺者にまでなった、このたった一人の弟子を。

（……ノクスは、私を殺すことをどう考えているのかしら。〝君を殺してみせるから結婚して〟と言うけど……私を殺したら、もう一緒には居られない。それは、分かってるの？）

そっと目の前の青年を窺《うかが》い見る。彼は私と目が合うと、嬉しそうに、褒めてほしそうな顔で笑った。

私の望みと彼の望みは折り合いが悪い。彼の言う「結婚」はノクスを遠ざけようとする私から離れなくていい理由付け、つまり「一緒に居たい」という願いからきているはずなのだ。今はそれに恋愛感情も絡まっていて、私を失ったら彼は強い喪失感を覚えることになる。……それは、嫌だと思った。

「ねぇ、その神の果実というのはどこにあるの？」

「結構遠いですよ。北方の、最果てのような場所にある村ですからね」

「飛行船とか鉄道に乗るんだけど……君は切符の買い方も知らないよね」

「……それが何かも分からないわね。私はおそらくこの世で最も世間知らずでしょうから」

「だよね。だから……俺が一緒の方がいいと思う。案内しようか？」

旅なら私も経験はあるのだが、外の世界は大きく変わっているので頭の中の地理と一致しない可能性が高い。

それでも本来なら一人で行くべきだ。ノクスに頼らず、彼と距離を置いて別れの準備をするべきである。しかし今の私は、もう彼から離れることを考えられないでいる。

「お、二人で旅行か？　いいねぇ、僕もついていきたいなー」

「死にたいなら好きにすればいい」

「……それ本気のやつだな」

茶化すような口ぶりのニックに対し低い声でノクスが答えている。その黒い瞳が、窺うように私を見た。どこか不安そうにも見えて、彼自身は誘ってみたものの断られると思っているのかもしれない。

ノクスもまた長い間私を見てきたのだから、私の考えそうなことも思いつくだろう。……まあ、それは以前の私、なのだが。

「……そうね。じゃあ、案内をお願いするわ」

「！　うん。じゃあ、二人で旅行だね。色々準備しな……っぅ」

私の答えが意外だったのか、一瞬驚いた顔をしたノクスはすぐに嬉しそうな笑顔になって、妙な力の入れ方をしたのか刺された脇腹を押さえていた。

「ちょっと、大丈夫？」

「僕をのけ者にしてはしゃぐから罰が当たったんじゃないか？」

「……うるさい」

「いいから、とにかく大人しくしてなさい。重症なんだから」

怪我人が無理をするものではない。今は旅のことなど考えずにゆっくり休めばいい。私よりもノクスの体の方が大事だ。

「旅に行くならこの家留守にするんですよね。僕、留守番してましょうか？」

「別にいいわよ。ノクスが一度戻ってきたら引っ越そうと思ってたし……旅に出る準備もしてあるの」

刺客が送られるくらいなのだ。私はここに長く住みすぎたのだと思う。とても住みやすい森で気に入っていたのは事実だけれど、拘《こだわ》る程ではない。

「それならすぐにでも出発しようよ」

「ちょっと、馬鹿な事言ってるんじゃないわよ。いくら貴方でもまだ動ける状態じゃないわ」

「たしかに……お前にしては大分珍しい重症だ。動けるのか、それ」

ノクスの体は回復が早いとはいえ、生死の境を彷徨《さまよ》ったばかりなのだ。それに結構無茶な治療もしてしまった。まだ薬を飲んだり塗ったりしながら養生するべきである。

「君を殺そうとするやつが他にもいるかもしれないし、移動できるならした方がいい。あの暗殺者が依頼を失敗したことは……森の中のことだし、まだ知られてないだろうけど」

「まあ、暗殺依頼からすでに結構経ってるし、長期間連絡とれなきゃ失敗したって判断されるから悠長にはしてられないか。……外の雰囲気、かなり悪いし。絶対に魔女を殺すって意気込んでる」

ニックによると、私を殺したがっているのは付近の村の住人らしいのだ。私が魔術で呪いを振りまいていると本気で思い込んでいるという。こういった冤罪《えんざい》には慣れているが、それでも少し気持ちが沈む。

「君の安全を考えるならすぐにでも発《た》った方がいい」

「でも、わた……」

私なら死なないんだから大丈夫、と言いかけた口を閉じた。長年染みついた思考はそう簡単には消えない。しかしこの考えのままではまたノクスに怪我をさせるかもしれないのだ。私はもう、自分を損なうような提案をするべきではないと知った。……では、代わりに何を伝えるべきか。素直に心配していることを伝えれば、彼は思い留まるだろうか。

「でも、貴方の傷が心配よ。無理して悪化でもして……死んだらどうするの」

「………俺は本当に大丈夫だよ。あと一日寝れば全然、動けるから。俺は君に嘘なんてつかないでしょ?」

ノクスは驚いた顔をして私を見つめた後、少し慌てたように私を説得し始めた。肯定が返ってこない時は私の言うことを聞かない弟子なので、その意志は固いのだろう。とにかくこの場を移動したいようだから、別の場所に移動したら少しは休んでくれるかもしれない。

それでも私が悩んで口を閉ざしていると、ノクスの視線がニックへと向けられた。それを受けた彼はこめかみのあたりを掻きながら苦笑する。

「あー……まあ、十六番がこう言うなら大丈夫ですよ。自分の体のことは一番よく分かってるはずです。ほら、祝福者の感覚は本人にしか分からないですし」

二人がかりで説得されては仕方がない。私が折れなければ話は進まないのだろう。小さくため息をついて頷《うなず》いた。

「分かったわよ。……でも絶対に無理をしないで、休みながら移動しましょう。じゃあ、ノクスは回復のためにも横になって。私は旅に持っていく分の薬を作るから」

「……うん」

「貴方はノクスのことを見ててくれる？　放っておくとすぐ起き上がるのよ」

「はーい、任されました」

ニックにノクスのことを頼み、立ち上がって二人に背を向けた。背後ではもぞもぞと毛布を被ってベッドにもぐりこんでいるだろう音が聞こえてくる。……休んでくれるならそれでいい。

「なあ、魔女さんと何かあった？　雰囲気が違うんだけど」

「何もないよ」

「ふぅん？」

ここそと二人が話す声が聞こえてくる。私の心境の変化は言動に表れているのだろうか。関わりの薄いニックにもそれが伝わるほどに。

（でも上手く話せるほど考えはまとまってないのよね……）

ノクスが死にそうになって乱れた心は、ようやく落ち着いた。けれど突き付けられたばかりの自分の感情が何か、言語化できるほど理解できていない。

それでも一つだけ言えることがある。

「ねぇ、ノクス。伝え忘れてたわ。……私を、助けようとしてくれてありがとう」

誰に守られる必要もない、死ぬはずのない体。自分ですら自分を見捨てているのに、そんな私を守ろうとするただ一人の存在。何を無駄なことをと思ったし、私は死なないのだから自分を大事にしろという怒りも覚えた。

けれどそれでも、こうして彼が無事に意識を取り戻した今、安堵と苛立ちの次に出てきたのがくすぐったい感情だったのだ。……これはきっと、喜びに類するものである。

しかし誰かに感謝するのなんて何百年ぶりか分からない。なんだか顔が熱いような気がするし、突き刺さるように感じる二つの視線のせいで落ち着かない。

「俺の方こそ……迷惑をかけただけじゃないならよかったよ」

「しおらしいお前珍しいな……」

迷惑をかけたと思っているらしいノクスに振り返って「そんなことはない」と言おうと思った。

しかしニックのしみじみとした呟きで空気が変わり、半分呆れながら鍋に向かい直す。

「そう、じゃあこの姿を最後に見た風景にしてあげようか」

「酷《ひど》い言い草だ。あとやっぱりなんかあっただろ？　なぁ、教えてくれよ」

「うるさいよ」

「話しかけた私が言うのもなんだけど、喋らないで休んで。……明日出発できなくても知らないわよ」

「ああ、そうだよね。君のせいだよ、俺は休むんだから出ていけ」

「酷い言い草だな、友人に向かって」

「友人じゃない」

いい加減にしなさいと注意するつもりで今度こそ振り返ると、ノクスは壁にもたれたまま毛布を被っており、眠りそうもない様子でニックを睨んでいた。

「寝るように言ってるのに……」

「他人がいると寝れないんだ。神経が尖《とが》るから」

私がいても問題がなく眠っていたので知らなかった。ニックにはそこまで気を許していないということだろうか。

「そうなの？……じゃあ仕方ないわね。ノクスのために帰ってもらっていいかしら」

「ま、魔女さんまでそんな……二人とも酷いな……」

それでもノクスが休めないのは事実だと判断したのか、ニックはとぼとぼと帰っていった。少し悪い気もするが、重症者を休ませるのが最優先だ。

（……いえ。もしかしてノクスだから優先したのかしら……）

私の中で何かが変わったのは確実で、それに伴いノクスとの距離感もどこか変わったような気がする。しかしそれは悪いものではないと思えたので、気にしないことにした。

近いうちに彼と二人で旅に出る。その旅の終わりに――私は、望むものを得られるのだろうか。

◆

ノクスは同業者がララニカの暗殺依頼を請けたと聞き、休まず森まで駆け付けた。間に合うかどうかも分からない。すでに遅いのかもしれない。そんな不安がノクスを急《せ》かす。

ララニカが不死であると知られれば、彼女は今の生活すら奪われる。それだけは阻止しなければならない。

それにララニカを守ると約束もしている。ノクスを庇って熊に噛み殺されるという苦痛を味わった彼女に、もう二度と痛い思いをさせないと勝手ながら誓ったのだ。

ニックから知らせを受けて十日目の朝。息を切らせながらサンナンの森へと走りこむ。

（この時間は、泉……！）

ラランカは朝起きると必ず水浴びをする。一糸纏《まと》わぬ姿で武器も持っていないので完全に無防備だ。暗殺者ならその瞬間を狙う可能性が高い。迷わず泉に足を向け、目に飛び込んできたのはナイフを振りかざす暗殺者と、それを避けるでもなく眺めているラランカの姿。

彼女は死にたがっている。振り下ろされる刃を避ける理由がない。死ねるものなら死にたいから。

しかし、ノクスはもし本当にラランカが死んでしまったらと思った。……思ってしまった。

次の瞬間、強く地面を蹴って向かい合う二人の間に体をねじ込んだ。ラランカの細い首を裂こうとしていたナイフが、ノクスの脇腹に刺さって止まる。驚き目を見開く暗殺者の顔に、即座に自分のナイフを突き立てた。

（あー……やっちゃったな……冷静さを失うなって散々教えてくれたのに）

ラランカは死なない。分かっているはずなのに、もし何らかの理由で彼女が殺せるようになっていたらと考えて体が勝手に動いてしまった。……ラランカを殺すのは、ノクスだ。それは他の誰にも譲らない。

刺さったナイフには何かしらの即効性の毒が塗ってあったようで、すぐに意識がぼやけてくる。しかしそんな中でもラランカの怒った声ははっきり聞こえた。彼女が声を荒らげるのなんて、初めてだ。いつも淡々としていて、強い感情を表に出すことなんてない人なのに。

（俺のせいかな……起きてちゃんと、叱られないと）

あまり痛みを感じない。麻痺《まひ》効果のある毒だったのだろうか。いくつかラランカとやり取りしたあとは意識も落ちていき、しばらくは闇の中を彷徨っているようだった。しかし時々、ララニカが自分を呼ぶ声がして、消えそうになる意識がそれで引っ張られるように戻ってくる。

どれくらいそうしていたのか、視界が明るくなってきて目を覚ました。自分の手が熱を持っている気がして視線だけ動かすと、ララニカが傍の椅子に座ったままベッドに上半身を倒して眠っている。……そんな彼女はノクスの手をしっかり握っていた。どうやら感じた熱はララニカのものだったようだ。

（……よかった。……これで叱ってもらえる）

意識が戻ったならあとは回復するだけだろう。看病をしてくれていたらしいララニカに感謝をしなければならない。

それにしても、もしかしてずっと手を握っていてくれたのだろうか。なんだかとても嬉しい。

しばらく彼女を眺めていると、目覚めたようでがばりと体を起こした。すぐにノクスの手首を摑んでどうやら脈を測っている様子だ。

（……どうしよう。すごく心配してくれてる……喜んだら悪いかな……でも嬉しい）

ララニカにとって自分は必要な存在なのではないか。心配そうな顔をしている彼女に悪いと思いつつも、そんな気がして喜んでしまう。

脈があることに安堵した表情の彼女がこちらに視線を向けて、目が合った。それから数秒の間、彼女は驚いたようにノクスを見つめる。

「……起きたの？」

次の瞬間、信じられないことが起きた。ララニカの金色の瞳に涙が浮かんだかと思えば、それは次々に頬を伝って流れ落ちていったのだ。

想定外の状況に驚いて名前を呼ぼうとすると、喉が張り付いたように痛んで上手く声が出せずに咳き込んだ。

「眠りっぱなしだったんだから喋れないわよ。薬湯を持ってくるからそこの水でも口に含んで待ってて」

わずかに震える彼女の声は、その涙が幻覚でないことを伝えてくる。言われた通りに枕元に置かれていた杯の水を口に含み、少しずつ喉へ流しながら体を起こした。

（……ララニカが、泣いた……俺が泣かせた？）

先ほどまで心配されていると喜んでいた気持ちが一気に罪悪感へと傾く。あのララニカが泣くなんて、想像したこともなかった。

たしかに多少心配してくれたら嬉しいと思ってはいたのだ。ララニカの中で、その他の人間よりは自分が重要な位置に居ると思えるから。

彼女が自分に対して情を持っているだろうことは分かっていたけれど――泣くほど心配するような、深いものだとは思ってもみなかった。

無茶をするなと、不死ではないのだから自分を大事にしろと、いつものように叱られるくらいだとばかり思っていたのに。

（……まだ泣いてる。……俺、そんなに大事に思われてたんだ。知らなかった）

ララニカは寿命のあるものを好きになりたくないからこそ、ノクスをあしらうように扱う。しかしそれでも何だかんだと面倒を見てくれるので、もともとの彼女はとても他人を大事にする性格なのだろう。だからこそ死別を重く感じているし、繰り返されたそれに疲れてしまったのだと思う。

彼女の大事なものになれたことは嬉しい。しかしぽたぽたと透明な雫を落とし続けるララニカを見ていて喜べるはずもない。

「……ララニカ、泣かないで」

「…………勝手に出てくるのよ」

「俺はまだ、死なないから。……ララニカを、殺すまで。安心、して」

薬湯を作って持ってきてくれた彼女を下手な言葉で慰めてみる。なんとも思っていない外の人間ならいくらでも慰めの言葉は出てくるのに、ララニカを前にすれば何が正しいのかなんて分からない。それでも涙は止まったようだったが、それ以降もなんとなくララニカの様子がおかしいように感じた。

気のせいかと思ったけれど、その後また眠りについて目覚めたあともこの感覚は変わらない。なんとなく、ほんの少し、前よりもララニカを近くに感じるのだ。……一体何が違うのか。

（……あの、透き通ったような目じゃなくなってる……？）

不老不死であるが故か、人間とは思えないような、目の前に居ても遠くを見ているような透き通った視線を向けてくる。その不思議な目は彼女の特徴の一つだった。しかし目覚めてからのラランカは泣いている訳でもなく普段通りの顔をしていても、その黄金の瞳は遠くではなくノクスを見つめている気がする。

（……なんだろう。ララニカが俺を見てくれてる気がする、なんて変かな）

今までの彼女の視線はノクスに向けられていても、自分を見てもらえているという気はしなかった。まるで――獲物にならない動物を眺めている時の視線と、変わらない。いや、そこまで冷めてもいないがとにかく、別の生き物を見ている目だったのだ。

それがあの透明な視線の正体だと気づいてから、ノクスは彼女に少しでも特別に思われている証が欲しくなって、何度も告白しては適当にあしらわれていた。ララニカが少しでもノクスを心配するようなそぶりを見せてくれれば、他よりは愛されている気がして嬉しくて。

（ララニカにとって、今の俺はどんな存在なのかな……）

ノクスの看病をしながら何度も「馬鹿」と口にする。弟子として傍にいた間はもちろん、この家を出てからだってそんなことを言われたことはなかった。というかそもそも、他人に対して罵倒語を使ったのを聞いたことがない。

しかしその「馬鹿」という言葉に含まれているものが、どうしても悪いものには思えず、自分だけに気を許してくれている証ではないかとさえ思えてきた。

「……貴方が傷つくのは私も嫌よ。自分を大事にして、できるだけ長生きして」

そう言ってノクスを見つめる金の瞳には、今までに見たことのない感情が浮かんでいる。それが何なのか分からないのがもどかしい。

絶対に以前の彼女とは違う。彼女の中で何かがあったのだと思う。それを尋ねたいけれど、望む答えと違うものが返ってきたらと思うと怖くて尋ねられなかった。

「なあ、魔女さんと何かあった？　雰囲気が違うんだけど」

観察眼の鋭いニックがそう言うのだから、やはりララニカの様子が変わったのは間違いない。

旅の提案をした時もそうだ。以前の彼女なら、外の世界が大きく変わっていると言っても行き方を聞いて自力で行動しただろう。

それなら無理やりついて行こうと説得する材料をいくつも考えていた。しかし予想が外れて彼女がすんなりとノクスを頼ってくれたため、二人旅が決定して嬉しさのあまり傷口が開きそうになったくらいだ。

(ララニカにとって、俺は……少しくらい、特別だって自惚《うぬぼ》れてもいいのかな)

他人がいたら眠れない。そんなノクスのためにさっさとニックを帰らせようとするララニカを見て思う。怪我人だから優先されているのか、ノクスだから優先されているのか。

彼女が与えてくれた「ノクス」という名は呼ぶのに、ニックの名は一度も口にしていない。自分だけが彼女の中で違う存在なのではないか、そんな期待をしたくなる。……今のララニカには、そういう雰囲気があった。

「ノクス、起きてる？　包帯替えるわよ」

「うん。ありがとう」

「……明日、動けそうになかったら旅は延期するから」

「大丈夫。乗り物の移動も多いから、そんなに負担はないよ。……まずは町に行って、足りないものを買い足そうよ。馬車に乗れば大きい町に行けるし、そこで」

「旅のことは貴方に任せるから、今日はもうゆっくり寝て。少しでも休んで」

「うん、分かってるよ」

ラランカはノクスの傷の心配はするけれど、二人で旅することはすっかり受け入れてくれている様子だ。ベッドに横たわる体は傷のせいで重たいはずなのに、胸は弾んで心が軽い。

(夢みたいだな。ラランカと旅行だなんて……ラランカに見せたいもの、いっぱいある)

目的地にまっすぐ向かう旅だとしても、ラランカにとっては新鮮なもので溢れているはずだ。何を食べさせるか、どの宿をとるか。そんなことを考えながらノクスは眠りについた。

――その旅の目的が彼女の死だということを忘れて。

ノクスは宣言通り、目覚めた翌日には普通に歩き回って、普通の食事を摂《と》っていた。絶対にやせ我慢だと思い、薬を塗るという名目で包帯を解かせるとまだ治りかけの生々しい傷が現れる。どう考えても動き回れる状態ではないが、昨日よりはたしかに回復はしていた。やはり回復力は常人をはるかに上回っている。

「でも動けないでしょ、これ」

「これくらいなら動けるよ。見た目ほど悪くないから」

まだ普段よりも白い顔をしている癖にニコニコと笑っているノクスをじとりと睨みつける。いくら彼の回復力がすさまじいとはいっても、動き回ればそれだけ回復は遅れ、悪化する可能性だってあるはずだ。

「傷口をぐっと押してあげましょうか？」

「……それはちょっとずるくない？」

私もさすがに本気で触る気はないが、彼に無茶をさせたくないのは事実である。ノクスは苦笑しながらそんな私を見つめていたかと思えば、ふっと柔らかい顔で笑った。

「心配してくれて嬉しいよ。でも俺もラニカが心配だから、早く出発したい」

私は今も命を狙われている状態だ。死なないが痛い目に遭ったり、不老不死であることが知られて大変な逃亡生活になったりする可能性はある。ノクスはそれを避けさせたい、と思ってくれているのだ。……自分の傷よりも、私を優先して。

「……分かったわよ。じゃあ、そうね。せめて場所を移してもう少し休んで」

それが私の妥協点だった。ここから離れれば私の危険は減るだろうし、そうなればノクスも多少は休んでくれるだろう。

「うーん。……じゃあひとまず俺の拠点を目指そうかな。ここから二日くらいの距離だけど」

また暗殺者が襲ってきたらノクスは無茶をしかねない。それなら移動してから休ませた方がいいと、渋々だが己を納得させて今日中に森を発つことにした。百年ぶりの外に対しての不安よりもノクスへの心配の方が大きく、ずっと隣を歩く彼の様子を窺いながら歩く。

木々の数が減り、やがて開けた場所に出た。枝葉に遮られない日の光は目を焼くと錯覚させるほどに眩しく、思わず手でその光を遮る。

「……随分変わったわね」

「百年前の姿がどうかは分からないけど、最近開発が進んでるからね」

「……なんか、すごく道が……整ってるわね。歩きやすそう」

「車が走れるように舗装してるんだよ」

ノクスの話は全く理解できないが、外の世界は本当にとても変わっていた。目に入る建物ですら随分様子が違う。この先はノクスが案内すると言うので、彼の後ろに静かについていった。

そうすると彼は数分おきに振り返っては前を向く、ということを繰り返す。一体何なのか気になって仕方がない。

「ねぇ、さっきからどうしたの？」

「ん……いや、ララニカって気配を消すのが上手いよね。ほんとに後ろにいるか分からなくなって」

森で暮らしていたので気配を殺すのが癖になっているとはいえ、私の弟子で暗殺者にもなり、気配に敏《さと》いはずの彼が私の存在を感じ取れないのは本調子でないのもあるだろう。

しばしどうするべきか考える。そして妙案を思いついたのでノクスが羽織っているマントの端を摑んだ。

「これなら分かるでしょう？」

「………うん」

一瞬、驚愕《きょうがく》の表情で私を見ていたノクスは短く答えると前を向いて歩きだした。何やら非常に長いため息を吐いているのが聞こえてきて、何事かと彼の後頭部に視線をやると耳が赤い。

「ララニカはさぁ……魔女っていうか、魔性の女だよね」

「何よ、それ」

「んー……これ以上俺を惚《ほ》れさせてどうするのかなぁって」

意味が分からない。私は別に何かおかしなことをした訳でもないはずだ。ノクスが過敏に反応しすぎているだけだと思う。

「じゃあ放しましょうか？」

「いや、そのままで。そうしててもらえると居るのが分かるし」

「……じゃあ文句を言わないでよ」

「褒め言葉だよ。俺はやっぱりラニカが好きだって話」

急にそんなことを言い出すから、彼のマントを摑む指に力がこもった。それで呼ばれたと思ったのかノクスが振り返り、私を見て驚いた顔をする。

「……何よ」

「……いや。……やっぱり、ララニカ少し変わった？」

「……貴方が心配かけるからでしょ」

「それは……ごめん。もう同じことが起きないように気を付けるよ」

指先で軽く頰を搔いて、ノクスは再び前を向いて歩きだした。そうして彼に連れてこられた場所には乗合い馬車というものがあり、それに乗ってしばらく移動するという。行先で今度は鉄道に乗る、と言われて知らない単語に頭がついていけなかったが、とりあえず頷いた。

乗合いの馬車には私たち以外にも客がいて、家族連れや旅人風の人間など実に様々な人間が利用していた。しかしちらちらと視線を感じるのは何故だろう。

「おねえちゃん、おひめさま？」

「……え？」

「すごくきれいだねぇ」

私の向かいに座っている少女が話しかけてきた。目を輝かせて私を見つめている。人間からそのような目を向けられたのが久しぶりすぎて、どんな反応をしたらいいか分からずに困った顔をしてしまった。周囲からとても注目されているのが分かり、それもなんだか落ち着かない。

「分かる、すごく綺麗だよね」

「うん。だからおひめさまなのかなって」

「実はそうなんだ。お姫様の秘密の旅だから、君もどうか秘密にしてくれる？」

「うん！　わかった！」

周囲からくすくすとこぼれる笑い声。こんな大きな声で話していて秘密も何もないと思うが、少女は私を見て自分の口に人差し指を立て「ないしょにするね！」と自信満々に告げてきた。とりあえず曖昧に笑いながら頷いておく。

誰もが冗談だと思っているし、場の空気が一気に和んだ。そうして私への注目も薄らいだので、これが狙いだったのかと隣のノクスを見上げる。

（……普段からこうして周囲に溶け込んでるのね。誰もノクスを暗殺者だなんて思わないでしょう）

ただその顔に浮かぶ笑みが普段に比べると嘘くさい。他人と衝突することなくするりと周囲に溶け込めていることには感心したけれど、他者を見る黒い瞳は非常に冷め切っているのが気になる。

私が知っている彼の知人はニックだけだ。あの変わり者の青年の前ではノクスも素に近いように思うのだが――他に友人らしい友人はいるのだろうか。彼の交友関係が少し心配だ。

そうして乗合いの馬車に半日揺られてついた町には妙な鉄製の線が引かれていた。出発地点の村よりもずっと整然としていて、人も多い。ここで宿を取るというノクスに大人しくついていき、手続きなどをすべて任せて黙って待った。

「ではこちらがノートンさまのお部屋の鍵になります」

「ありがとう」

知らない名前に返事をして鍵を受け取ったノクスと共に貸し与えられた部屋に入る。ベッドが二つあり、他にはテーブルと椅子があるだけの簡素な部屋だが綺麗に掃除されているようだ。

その部屋をノクスはぐるぐると歩き回りあちこち確認している。最後に窓から外を確認した彼は、その窓側のベッドを指して「ララニカはこっちね」と言った。

「私はどっちでもいいけど……それより貴方は早く休むべきじゃない？　馬車は思ったより揺れなかったけど、傷に響いたでしょ？」

「あれくらい大丈夫だけどなぁ……」

マントを脱いだノクスは入り口側のベッドに腰を下ろした。私も自分のベッドに荷物を置き、中から薬などの道具を取り出しておく。

部屋の中に洗面台があったので、そこで手を洗った。蛇口をひねるだけで水が出るのは非常に便利だと思う。昔は手押しポンプ式だったのだけれど。

「包帯を巻き直すわよ。上着を脱いで」

「……うん」

薬を塗って包帯を取り替えた。傷口は悪化していないようだが、体は少し熱を持っているようで熱い。これから熱が出るなら解熱剤も必要だろうか。

ノクスの体は細くしなやかで、よく鍛えられている。しかし寝込んだことで筋肉が落ちただろうし、さらに痩せたように見えるので少し心配だった。

「ここで数日休みましょう？」

「いや、明日からは鉄道に乗る。馬車より揺れないし、座席も広くて寝れるから大丈夫だよ。移動しながら休めるし、その翌日には拠点に着く」

「……分かったわ。でも貴方が無茶をしていると判断したら、昏倒《こんとう》させてでも休ませるわよ」

「………それ本気のやつだね？」

「当たり前よ。私にこれ以上心配させないで」

道具類の片づけはあとでいいかとノクスの隣に座ると、ベッドがその重みでぎしりと軋《きし》んだ。ノクスが戸惑ったように私を見下ろしてくる。……座っていても私が見上げるほど彼の背は高い。見下ろせていた頃が懐かしいくらいだ。

「ノートンっていう名前にしたの？」

「……え、何が？」

「新しい名前よ。付け直したのなら私もそう呼ぼうと思って」

以前、彼は「ノクスという名を気に入ってる」と言っていた。だからそれを同業者には呼ばせないと。しかし先ほど名乗ったのは別の名前だ。もしかすると数年で考えが変わり、新しい名にしたくなったのかもしれない。……それなら少し寂しいが。

「ああ、いや……偽名だよ。俺の名前はノクス以外にない。でも……外では偽名を使おう。ララニカもそうしたほうがいいよ」

正体がばれたらやりにくくなるという理由でノクスはいつも様々な偽名を使うらしい。この旅の間は「ノートン」と名乗るつもりだと言われた。私も外では「ララ」という偽名を使い、互いにその名で呼ぶことになった。

「ある程度設定を作った方がいいね。一緒に旅をしている理由とか……まあ、夫婦で旅してるっていうのが一番妥当かなぁ」

「そう。じゃあそれでいいわ」

「……いいの？」

「設定なんでしょう？　構わないわ。私も旅をしている時は色々詐称したもの」

主に詐称したのは年齢と家族設定だったけれど。人に知られたくないことを隠すために嘘を吐くのはよくあることだ。若い男女の旅なら恋人や夫婦であるのが自然だろうと思う。容姿が似ていれば家族でもいいが、私とノクスの容姿に共通点はない。

「……そっか。じゃあ人前では夫婦のフリ、するね」

「ええ」

「……でも今は違うから、ララニカは自分のベッドに戻ってほしいかな」

見上げた先の漆黒に、私が映っている。このままの状態でいてはそういう気が起こりそうだと思っているらしいことを理解した。下手に動けば傷口が開くだろうにと思いつつ立ち上がり、薬類を片付けて自分のベッドへと向かう。

そうすると背後でどこか安心したような、少し残念そうなため息が聞こえてきた。

（……別に構わない、と思ったのは……変、かしら）

怪我をしていなければ、ノクスであれば別に構わないのにと一瞬思ってしまった。そんな自分や首筋を上がってくる熱に疑問を覚えながら窓を開け、風に当たる。

これから私たちは他人の前では夫婦として振る舞うのだ。しかしそれは演技でしかない。そして演技が始まる前から、その役に感情が引っ張られることなんてあるのだろうか。

◆

ララニカと旅をすることになったノクスだが、彼女の様子が以前と変わっているせいかどうにも調子が狂っている。

成人年齢に達しているというのにあまりにも子供扱いをされるものだから、一度だけ我慢ならずにラランカに迫ったことがあった。それ以降、彼女はノクスを大人の男として認めてくれたはずで、それからはある程度の距離を取られるようになったと思う。それは少し残念な気持ちもあったが、それよりも異性と思われるようになったことの方が嬉しかったので構わなかった。

（それなのに最近のラランカは距離が近い。……俺、何か試されてるのかな）

子供の頃は、というか大人になってからでも何かを「しなさい」と言われることが多かった。それは師が弟子に向ける言葉なのだろうが、最近はそんな言葉を使うことが少なくなった。代わりに心配だからと理由をつけて何かを「して」と願われることが多くなったのだ。

他にもノクスを頼り、甘えるような行動をとることがある。道案内をするノクスがラランカを見失いそうだと言ったら、以前なら「気配を悟る練習だと思って頑張りなさい」くらい言いそうなところを、なんとノクスのマントの端を摑んで「これなら分かるでしょう？」と上目遣いに尋ねてきたのである。……暗殺者として鍛えられたはずの心をガンガンと殴りつけられている気分だった。

（ほんと最近のラランカはなんなんだろう。綺麗だとは思ってたけど、可愛《かわい》いと思うことはそんなになかったのに……一ヶ月もこの調子で大丈夫かな）

ノクスの怪我の状態を見て休みを挟みつつ旅をする予定のため、目的地に着くまでは一ヶ月程かかると見積もっている。その間は二人で夫婦を演じることになった。自分で提案しておいてなんだが、それが通ったことにも驚いている。

ラララニカの反応が自分の予想を裏切るようになって、彼女の中で大きな変化があったのは確実だ。ただ、そうなってくると十年以上も育ち続けたノクスの恋心が暴走しかねない。

(周囲がラララニカに注目してるのも気に食わないし……服、変えた方がいいな)

金色の髪が珍しいということもあるが、何よりラララニカの美しい顔や傷どころか日焼けすらしてない白い肌が目立つのだろう。不老不死という彼女の特性故だが、そんな磨き上げられたような肌を持つのは本来屋敷の中で大事に育てられた貴族の娘くらいのものである。

幼子がその美しさに憧れの眼差《まなざ》しを向けるだけならともかく、男たちがちらちらと彼女に視線を送るのが本当に気に食わない。

「ラララニカ。今日は買い物をしてから鉄道に乗ろうと思うんだけど」

「必要な物があるなら私が買ってくるから貴方は部屋で休んでいたらどう?」

「いや……ラララニカじゃ買い物をするのも苦労すると思うよ。お金の感覚も昔と違うだろうし」

「……それもそうね。じゃあ荷物を持つから、貴方は無理をしないで」

少し困ったような顔で、ラララニカの黄金色がノクスを見つめている。彼女が自分にだけ向ける目だ。他人を見る時はまた、あの感情を映さない透き通った目をしているから違いが明確である。

……これに優越感を覚えるのは仕方がないことではないだろうか。十年以上、ノクスはラララニカの特別になりたいと願って生きていたのだから。

「ちょっとした消耗品の補充と……一番大事なのはラララニカの服だね」

「これがあれば充分だけど？」

「いや、ララニカは目立つからもうちょっと考えた服装にしよう。金髪って珍しいんだよ」

おそらく金色の髪は地上に降りて人間となった天族の子孫に引き継がれる髪色なのだ。美しいその髪色には誰しも目を惹《ひ》かれる。

どこからともなく現れた金髪金目の夫婦が住み始めたという始まりの昔話が各地に残っており、たちまち病を癒しただの、神聖な力があっただの、それらしい逸話がいくつもあった。そしてその逸話のある地方には時折金髪の子供が生まれることから、この仮説は間違いないと思う。

「そう、髪を隠した方がいいのね。……短くできればよかったんだけど」

ララニカの話では髪を切ったとしても翌日には戻っているらしい。短くなった髪が同じ長さまで伸びるのか、切った髪が戻ってくるのかは確かめていないが、その一度で髪を切るのは諦めたそうだ。

「俺はララニカの髪好きだから長いままでいいよ。祝福を返しても伸ばしてくれたら嬉しいな」

水面に揺蕩《たゆた》う美しい金色を、今でもよく思い出す。ついでに肢体まで思い出しそうになったのはどうにか抑え込んだ。あの頃にはそんな欲などなかったはずなのに、大人になってからなかった感情が付随してくるのは困りものである。

「……そう。貴方が好きならいいわ」

そう言って長い金の髪を掬いとり、指先で弄《いじ》りながら軽く俯《うつむ》く頬がほんのりと赤く染まって見えるのは気のせいだろうか。

ノクスの心臓がどくりと音を立てた。昔はこんな顔を見せることはなかったのに、最近のラランカは随分と知らない顔を見せてはノクスの心や欲を掻き立てる。

今なら、結婚してほしいと願えば応えてくれるのではないかとすら錯覚した。むしろだからこそ、それが口にできない。否定されたら、今感じているこの喜びはすべてまがい物なのだと知ることになる。

「……じゃあ、買い物に行こう」

「ええ」

自分の心をなだめる訓練はしている。ラランカから視線を外せばそれができるので、彼女を案内するという名目で視界から外した。まあ、それでもマントを引く後ろの存在が気になって、いつものように数秒で落ち着くなんてことはできなかったのだが。

外に出て、宿に最も近い旅人向けの店に向かった。店に入ったらまずは衣類品を扱っている棚を見る。そしてラランカの髪や顔をできるだけ隠せるよう、大きな帽子を選んだ。髪を中にしまえる構造で、広く長めのバイザーがあるものだ。もういっそ顔は丸ごと隠してほしいのだが、強盗でもないのにそんな恰好《かっこう》をしていたら逆に目立ってしまう。

服も袖が長く、首もしっかり隠せるもの。あとは長めの手袋も買ってできるだけ肌の露出を抑える。

「ねぇ。……私、お金持ってないんだけど」

「大丈夫。俺のお金は君に使うためにあるようなものだし」

「……なにそれ」

裏の仕事なのでノクスの稼ぎは大変良い。しかし金の使い道がラニカ以外にないため、かなり貯《た》まってしまっている。それをようやく使えるのだから、大きな町に着いたら高級なホテルに泊まらせたり、高級な料理店に連れて行ったり、贅沢《ぜいたく》をさせたい。

(……本当は今日だってもっと洒落た服屋に連れて行って、いろんな服を着てほしかった)

彼女が今着ている服や靴は森に入る時に使ってほしいとノクスが贈ったものであり、旅人の服装としても無難なものだ。それを買い替える必要はないが、しかし街中を歩く時用に愛らしい普段着の一つでも買うべきでは？　という考えが湧いてくる。

(これじゃ理由が弱いな。旅人が街を歩くのは不思議なことじゃないし)

そうして諦めて必要な物だけを買った。せっかく夫婦という演技をしているのだから、妻に贅沢をさせる夫の役でもやりたいと思ったが、それは旅には必要のないことだ。

(本物の夫婦だったら何を買ったってよかったんだろうな。……あ、そうだ)

夫婦の証として必要な物があるのを思い出した。この店で旅に必要な物を一通り揃《そろ》えて購入し、ラニカを連れて次の店に向かう。

「……この店に必要な物なんてある？」

「夫婦に必要な物があるんだよ」

訝《いぶか》し気《げ》な彼女を連れて装飾品店へ入った。店員はこちらを見た後、あまり金を持ってなさそうな旅人だと判断したのかすぐに視線を外す。

高級品を買うつもりはないため、一番安い商品の並ぶ棚に近づいた。ショーケースにも入っていないような、シンプルで宝石の一つもついていない金属製の装飾品を見る。ララニカは商品とノクスを何度か見比べていたが、ノクスのしたいことが分からず考えるのを諦めたのか、ため息を一つついただけで何も言わなかった。

「これをください」

「はい。三十シルバーです」

商品の中から、金のない旅人が少し背伸びをして買うようなペアリングを選んだ。店員も金にならない客には素っ気ないもので、すぐに会計を済ませて小さな紙袋に二つの指輪を入れて手渡してくる。

それを受け取って店を出たところで後ろからくいっとマントを引かれた。……そういう可愛いことをしないでほしい。

「ねぇ、なんでそんなものを買ったの？」

「うん。……一回宿に戻ってから話すよ」

「そう、分かったわ」

指輪以外の買った物はラランカが持っているため、荷物を持たせている罪悪感もあり一度宿に戻った。買った物を含めて荷物を整理し直し、大きなリュックにしっかり詰めてから装飾品店の袋を開ける。

逆さに振って手のひらに転がってきた大小の指輪のうち、小さい方をララニカに差し出した。

「夫婦は同じもので作った装飾品をつけるんだ。旅の間の演技だけど、こういう小道具があった方が信用しやすくなるし、指輪が最も一般的だから」

「……私たち、手袋をつけるから指輪は見えないんじゃない？」

「食事の時に外したりするでしょ。むしろ普段見えない所にある方が説得力あるよ」

そう言いながらもノクスの心臓は少し速く鼓動している。演技だと分かっていても、結婚指輪なのだ。どうせ偽物の夫婦だからとそれらしい安物を買ったし、ただの小道具でしかない。それでも何故か緊張していた。

「そう。じゃあつけるわ」

「……ねぇ、俺がつけてもいい？」

「……別に構わないけど……」

不思議そうに右手を差し出したララニカに「利き手じゃない方だよ」と言って左手を出してもらう。こういう安物はオーダーメイドと違い本人の指に合わせて作られておらず、平均的な指のサイズに合わせて作られているため合わない可能性がある。小指から順番に試してみて、ララニカの指では中指に合うようだった。

(……本当は結婚式で、結婚相手に装飾品をつけてあげるんだよ)

ラニカは不思議そうに中指にはまった指輪を眺めている。彼女の一族の結婚の文化は特殊なので装飾品は使わないし、彼女が森へと引きこもる前と今の儀式の内容が同じとも限らないから、知らない可能性は高い。彼女の表情を見るに知らないのは確実に思えたが、本当のことは言えなかった。

「じゃあ貴方のをつけるから、渡して」

「……え」

「?　そういう風につけるものじゃないの?」

「……うん。じゃあお願い」

鈍く輝く指輪がノクスの人差し指にはまった。本当なら相手と同じ指にはめるものだが、金のない旅人の夫婦は既製品を買うのでこういうことはままある。

(……これは演技。かりそめの夫婦なんだからこれでいい)

そう思いながらもその安物の指輪が、別々の指にはまっているのが寂しくなる。とても綺麗な指輪を作って、互いに同じ指につけられたらどれだけ幸せだろう。けれどそれは本物の夫婦にしか許されないことだ。

(旅の間は夫婦のフリをするだけ。でも……)

この旅が終わらなければいいのに。そうすればずっと夫婦でいられるのに。

ノクスはララニカがつけてくれた指輪をかざして、その鈍い光に目を細めた。

○

私たちは今、鉄道と呼ばれているものに乗っている。蒸気の力で動いているらしいのだが、仕組みはいまいち分からない。とんでもない速度で走り、見たこともない勢いで流れていく景色を飽きもせずに眺めていた。

その景色とて私の知っているものとは違うのだ。面白いと思ってしまっても仕方がないと思う。

「これ、すごいわね……人間の技術の進歩って本当に、素晴らしいわ」

「さっきからずっとそればっかりだね」

「仕方ないじゃない。……こんなに速く移動できるなんて、想像できないわよ。熊より速いのよ？」

人間の技術が進化し続けるのはきっと、人間の命に限りがあるからだ。天族の村では新しい技術など生まれなかった。生きることを急ぐ必要がなく、焦ることがないからだ。

短い生を工夫して面白く、楽しく過ごすためにあらゆる発想をして、世界を変えていく。それはとても人間らしい生き方で、かけがえのないものだろう。

「これで俺の拠点のある町まで移動する予定だけど……これなら傷にも響かないし、乗ってる間は休んでるようなものだよ」

「……馬車より揺れないものね、これ」

こんなにも速く走っているのに揺れは激しくない。専用の鉄の道を敷きその上を走っているかららしい。座席も馬車に比べれば広い、というか多い。私たち以外の客も乗っているが、二人掛けの椅子を一人ずつで使える程度には空《す》いている。その中でも向かい合わせに作られた席に、私とノクスはそれぞれ座っていた。

「でも貴方は背が高いから寝転がるには狭いわね。足を通路に投げ出すのは、通行の邪魔でしょうし」

「それはマナー違反だね。足は下におろしたまま上半身だけ倒せばなんとか寝れるよ」

そう言って半身を横たえてみせたノクスだが、脇腹の傷に触ったのか軽く眉を寄せた。硬い座席に横たわるのはあまりよくなさそうだ。頭の位置が低いのが悪いのかもしれない。

「私を枕にしたら楽なんじゃない？」

「……君を枕に？」

「頭の位置が悪いのかと思って。こっちに座って私の脚を枕にしてみたら？」

ぽんぽんと自分の腿《もも》を叩《たた》く。慌てたようにがばりと起き上がったノクスは脇腹を押さえて小さく呻《うめ》いた。怪我人なのに一体何をしているのか。

「何してるの。急に動いたら傷に響くのは当たり前でしょう」

「だって、ララニカが……」

「私は何も変なことはしてないわよ」

漆黒の瞳が何かを訴えかけるようにじっと私を見つめてくる。不満げでありつつも、それだけではないように思える目だった。こういうところは昔と変わらないので、やはり大きくなってもノクスはノクスだと少しおかしくなる。

「でも、それはさすがにさ」

「……やっぱりそれだとちょっと狭いかしら。じゃあ肩を枕にするのはどう？　寄りかかれば少しは楽じゃない？」

座席の背もたれがノクスの背丈に比べると低いため、頭をもたれさせることはできない。窓際の壁に寄りかかるという手もあるが、それなら私に寄りかかった方がまだ柔らかいので痛くないだろう。

「………じゃあ、そうする」

「ええ、どうぞ」

隣に座り直したノクスが私の肩にそっと頭を載せた。彼の髪が頬に当たってくすぐったい。

「うーん……夫婦っぽく見えそう」

「そうね。仲睦《むつ》まじく見えるでしょうね」

「……眠れるかなぁ」

すぐ近くから耳に響いてくるノクスの声が心地良いのでこうして話すのも悪くないかもしれない。

しかし眠れるかな、などと言っていたのに数分もすると寝息が聞こえてくるようになった。他人が居ると神経が尖るという話だったが、やはり体が休息を求めているのだろう。こんなに密着していてもあっさりと眠りについている。

さらに十分程すると、鉄道の軽い揺れで肩から頭がずり落ちて、ずるずると崩れていき結局私の太腿の上まで頭が落ちた。それでも目が覚めないため、深く眠ってしまっているらしい。

（……全く、無茶ばかりするから……）

彼は普通ならまだ動けるような状態じゃないのだ。明日には彼の拠点があるという町に着き、拠点で数日休む予定ではある。それまでの辛抱とはいえ心配だった。

毛皮のマントを毛布代わりに彼の体にかけてやり、時折その顔色や様子を窺いつつ窓の外を眺めて過ごした。そうして三つ目の駅に停《と》まった時、新たな客が乗ってきて私たちの通路の脇を通り過ぎていく。

「まあ、とても仲の良いご夫婦ねぇ……微笑ましいわ」

「私たちだって同じくらい仲が良いじゃないか？」

「まあ、貴方ったら」

そんな会話が遠くへと消えていく。傍《はた》から見ても私とノクスはしっかり夫婦に見えるらしい。設定通りに見られていることは、喜ぶべきだろう。

ただ私たちはそのような関係ではない。夫婦というのは怪しまれないための設定であって、あくまでも私は死を望む不死の魔女であり、彼は私を殺すと約束した優しい暗殺者だ。

(でもノクスは私のことが、好きなのよね。……そして私はそれに応えてもいいと、思ってる)

彼が死にかけた時、私は先の別れに苦しむ自分よりも、今生きている彼の幸福を優先したくなった。その気持ちは今も変わりない。

自分よりも優先したい、大事な相手。それを愛《いと》しい人と呼ぶのかもしれない。ノクスにとって私がそうであるように、私にとってはノクスがそうなのだろう。

(……それなら、この感情はきっと愛なのね。私もノクスのことが、好き)

しかしこの旅の先に、本当に〝最期の果実〟が見つかったなら、私はちゃんと死ぬことができるようになる。

(私がもし、本当に普通の人間になれるなら……もう少しくらい、生きてもいい。千年近い時間に比べれば、人間の寿命なんてあっという間だもの)

死にたいという気持ちは変わらないが、それは今すぐでなくてもいい。いつか死ねるならそれでいい、という考えに変わってきた。今一番望まないのは、意図せず、覚悟する間もなく、ノクスと別れることである。

(決めたわ。……噂の神の果実が本物であれ、偽物であれ……それが確かめられたら、ノクスにまだ結婚の意思があるかどうか、尋ねてみましょう)

不思議なことに、死の淵《ふち》から生還したノクスは「結婚」という言葉を使わなくなった。私を殺す意思や好意は口にするけれど、頻繁に口にしていたその単語だけは聞かないのである。

もしかしたらもう結婚を望んでいないのかもしれない。私のことは好きでも、私と共に生きようという考えが変わった可能性はある。私の祝福が解けたら私を殺し、別の生き方をしようと考えている可能性だって、ある。

そうだとしても構わない。それは、私が拒絶し続けた結果なのだから。

「ぅ……ん……？」

「あら、起きた？　結構眠ってたわよ」

「!?……いッ……！」

「急に動いたら傷に響くわよ。馬鹿ね」

慌てたように起き上がったノクスはまた脇腹を押さえていた。こんなに間抜けな暗殺者がいるのだろうか。呆れた目で見ていると、彼が下にしていた方の頬が赤くなって跡がくっきり残っているのに気づき、つい笑いがこみあげてくる。

「ふふ……跡がついてるわよ？　ぐっすり眠っていたものね。ほら、外ももう真っ赤よ」

彼が眠りについた時はまだ昼だったのに、窓の外では夕日が世界を赤く染めていた。今は町から遠く離れているようで、遮蔽物がなく広がる地平が良く見える。茜色《あかねいろ》の景色が、とても美しかった。

「……どうしたの？　黙り込んで」

「いや、ちょっと……驚いて」

「ああ、外の景色？　綺麗よね」

「…………そうだね。すごく綺麗で、驚いた」

私越しに窓の外を見ているノクスが、眩しそうに目を細めた。私が半分ほど窓を塞いでいるのにそんなに眩しいのだろうか。

彼につられるように、もう一度窓の外を眺める。夕日はだんだんとその光を弱め、夜の色へと変わろうとしていた。美しい茜色の時間はあっという間に終わる。

（ああ、でも……ノクスの色になるわね）

そのうち彼の髪色に似た、紺色の夜空になれば星や月が瞬いて、また別の美しさを見せてくれるだろう。私は沈んでいく夕日が見えなくなるまで窓の外を眺め、ノクスもまた同じようにこちらを見ているようだった。


鉄道は夜でも走り続けることができるらしく、翌朝には目的の町へと着いた。しかしすぐにその町を出てしばらく歩き、町が見えなくなったところで森に入っていく。その森の深い場所に、ノクスの拠点はあった。

「いい場所ね。静かで、緑が濃くて。この森も恵みが豊かそう」

「そうだね。ここで狩りをすることもあるよ」

そんな家の前には木の棒が立っている。いや、ただの棒ではなくこれは止まり木だ。実際、大きな影が横切ったと思ったら、その棒へと見覚えのある鷹が降り立った。

「アス、ただいま。長いこと留守にして悪かったね」

『帰ったか、主《あるじ》。……うむ、そのメスも一緒か』

「私が一緒だと嫌という意味かしら?」

『主が喜んでいるのに我が嫌がるはずもない』

この鷹も相変わらずの様子だ。ノクスの手に顔を寄せ、頭の裏側をカリカリと掻いてもらい満足そうにしている。

「家の中にアスも連れていきたいんだけど、いい?」

「貴方の家なんだから好きにすればいいわ」

私が自分の家にアスを入れなかったのは距離を置くためだ。同じ屋根の下で生活すると深い情が湧くし、それが嫌だった。動物を家に入れること自体に忌避感がある訳ではないので、他の人間の家なら好きにすればいい。

「それならおいで、アス。家に入ろう」

アスを腕に止まらせたノクスが家の扉を開く。私は彼の後について中に入った。森の中のその拠点の内装が、どことなく既視感のあるもので私まで安心してしまう。

(……ノクスにとっての家のイメージが、私の家なのね)

木製のテーブルや椅子、ロモコモヤギの毛布がかかった大きなベッド。玄関の脇にアス専用の止まり木があったり、奥に続く部屋があったりと全く同じではないのだが、自分の家を連想するくらいには似ている家具と雰囲気だ。

「ここで数日休んだら噂の村に向かおう。二、三日で大丈夫だと思う」

その止まり木にアスを移らせながらノクスが言う。もっと休んでもいいと思うが、ノクスの判断だ。ここにも長居しない方がいいと考えているのだろう。

「貴方の回復力は大したものだけど……まだ無茶しちゃだめよ」

「うん、分かってる」

自然と椅子に腰を下ろす。テーブルと椅子の配置が我が家とよく似ているので、いつも自分が座っている方の椅子に座ってしまった。ノクスも向かいに座ったため、初めて来た場所なのに見慣れたような光景で妙に落ち着いてしまう。

「貴方が休んでる間に私は狩りでもしてきましょうか。使い慣れた弓は置いてきてしまったんだけど、何かあるかしら?」

「んー……じゃあクロスボウを使ってみる?」

「……ああ、あの変わった形の弓ね」

自分で作れないので使ってはいないのだが、自力で弦を引きながら矢を定める弓と違い、あらかじめ弦を引いておくことができ、狙いを定めたら即座に放つことができるという弓だったはずだ。

　ノクスが奥の部屋からそれを持ってきた。随分小さい形をしていることに驚きつつ、それを観察する。

「俺は自分で弓を引いた方が強い矢が放てるからあんまり使わないけど、ララニカはそっちの方が強いと思うよ」

「……ちょっと試し打ちしてみるわ。使い方を教えてくれる？」

「うん。簡単だよ。ここに矢を載せて、こうやって引いて、ここを押せば矢が飛び出る」

　ノクスからクロスボウの扱いを学び、外で近くの木を的にして練習してみた。深々と木の幹に突き刺さるどころか貫通した矢の威力に驚く。これなら熊の分厚い頭蓋骨でも貫けるのではないだろうか。

「持ち運びも便利だしすごいわね……私の知ってるものとは全く別だわ。こんなに小さくなかったし、威力も無かったと思うけど……」

「技術の進歩だよ。……ここは熊は出ないけど、猪《いのしし》はいるから気を付けて。なんならアスも連れていく？　ララニカなら話ができるし、道案内にもなるでしょ」

　ちらり。傍で羽繕いをしながらもこちらの様子を窺っているアスを見る。彼はノクスの頼みなら聞くだろうけれど、私は彼を頼る気はない。

「私が一体何年狩人をやってると思ってるのよ。森で油断はしない、大丈夫。それより貴方は薬を飲んで休んでるのよ？」

「うん、分かってる」

「そこの鷹も、ノクスが休むように見張ってて」

『我は主の命に従う』

私には全く懐いていないアスは見張りとして役に立ちそうにない。本当に休んでいてくれるか少々心配だが、食料の調達も重要な仕事だ。備蓄ばかりを消費するわけにもいかないだろう。

「じゃあ行ってらっしゃい」

ノクスに送り出されて森に入った。戻れるように目印をつけつつ進み、見つけた兎《うさぎ》を狩って戻る。戻りながら目印の紐《ひも》を回収し、滋養のある薬草や山菜も集めた。この森は私の暮らしていた森に近い生態のようで、見慣れた植物を多く見かける。

(……ノクスがここを選んだ理由はそれなのかしら。よく知っているものが多い方が、暮らしやすいし……)

しかしきっと、それだけが理由では無い。森を出た彼が、私と暮らしていた森とよく似た場所を選び、似たような家を作っているのだ。

まるで代わりを求めるようだと思った。空いた穴を埋めるために、似たものを探してそこに詰めているような印象を受ける。……そうだとすれば、穴を空けたのは私だろう。

無事に拠点に戻ると拠点の前にテントが張られていた。どう考えても休めと言い含めたはずの人間が行動したとしか思えない。犯人はもう外にはおらず、室内にいるようなので足早に扉へと向かう。

「ちょっと、休むように言ったでしょう」

「おかえり。ちゃんと休んでたよ」

「私の基準でこれを休んでるとは言わないわ。傷口開いてないでしょうね」

家の中でも何かしていたようで、窓が開けられていても独特のにおいがする。このにおいを嫌ってか、アスの姿は見えなかった。見張っていろという私の命令はやはり無視したらしい。

何があったのかと思って周囲を確認したが、奥の部屋で奇妙なものが干されていた。そちらを見ているとノクスが「それは写真になるんだよ」と笑って言う。

「ほら、この前のはだめになったから。ここに居るうちにやっとこうと思って。時間もかかるから早くしたかったし」

そんなのまた今度でいい、と言いそうになったけれど彼がこの旅を終えてここに戻ってくる時には、私がいない可能性を考えているのではないかと気づいた。ノクスの写真を欲しがったのは私なので、文句を言うのは諦める。

私のために間に合わせようとしてくれていたのだろう。それを責める気にはなれなかった。

「……じゃあ外のテントは何？」

「ラランカと同じベッドに寝るわけにはいかないから、俺は外で寝るよ」

「怪我人はベッドで寝なさい。私が外を使うわよ」

「それじゃ俺が気になって休めないよ」

しばし押し問答が続いたが、ノクスは折れなかった。埒《らち》が明かないと一旦話を切り上げ、どうにかノクスをベッドで寝かせるための案を考える。時間がもったいないので兎を捌《さば》いて食事を作りながら、だ。

何だかんだ使ったのは普段の食材と変わらないせいか、出来あがったのは馴染《なじ》み深い森の恵みのごった煮スープである。煮込まれた兎肉が柔らかくて美味しい。

「ララニカが作ると美味しいんだよね。……何が違うんだろう」

「年季が入ってるからじゃない？」

二人でそのスープと、期限が近いからといってノクスが棚から出した保存食で食事を摂った。缶詰の保存食は私の家にも時々持ち込まれていたため、本当にいつも通りの食事である。

「それで、さっきの話の続きだけど」

「……俺は外で寝るからね」

「貴方を薬で眠らせてから私もベッドに入るわ。それならいいでしょう？」

ノクスがぴたりと固まった。彼が私と同じベッドで寝たくないのは、恋愛感情に付随する欲が抑え切れなくなったら困るという理由である。それなら意識のない状態にしてしまえばいいのだ。眠っていれば感情が揺さぶられることも欲を覚えることもない。

「いや、でも……起きた時とか」

「私が薬の作用時間を間違うと思う？」

「……思わないけどさ。でもラニカ……俺のことなんだと思ってるの」

「貴方を薬で昏倒させてテントを使ってもいいのよ。これでも貴方の意思を尊重してるつもりだけど」

悶々《もんもん》と悩んでいるらしいノクスを眺める。ノクスのことをなんだと思っているのか、尋ねられて少し考えた。

（……馬鹿だと思ってるわよ）

不老不死の魔女に惚れて、その魔女の願いである死を与えるために殺す方法を十年以上も探し続けた。死にもしない不死の体を庇って自分が死にかけるような馬鹿である。……そして私は、そんな彼に心惹かれる馬鹿な魔女といったところだ。

（一緒に眠れるのはこれが最後かもしれないんだから……少しくらい、いいでしょう）

彼を子供だとは思っていないし、なんでもない相手とも思っていない。変なことをするつもりはないし、ただもう少し近くに居たいと願っただけだ。旅の結末が分からないのだから、このような気分になったとしても仕方がないだろう。

「………仕方ない。それなら、なんとか」

「よかったわ。無理に薬を盛ることにならなくて」

「……ララニカも曲がらないよね」

「貴方も同じでしょう。誰に似たのかしら」

「目の前の師匠かなぁ」

ノクスは苦笑しながら私を見ていた。そして漆黒の瞳に映る私も同じように苦笑していた。私たちは案外似ているのかもしれない。いや、だとすれば彼が私に似て育ったのだろうか。ノクスを育てたのは、私なのだから。


三日後、私たちはこの拠点を発つことにした。ノクスの傷は一応、表面上は塞がっている。しかし素人である私が無理やり縫った血管や、失った血まで補えているとは思えない。まだまだ安静が必要だと思うが、本人の主張で移動することになった。……私が住んでいた森からもっと離れた方がいいらしい。

「……絶対に無理はしないのよ」

「分かってる。大丈夫だよ」

ノクスはニコニコと笑っている。まだ痛みがあるだろうに、心底嬉しそうだ。そしてそんなノクスの肩の上には当然のような顔をしてアスが乗っている。

「……貴方も行くの？」

『もうそろそろ恩も返せたであろうし、我も番《つがい》を探す頃合いだと思っているのだ。この森には良き出会いはなさそうなので、ついていこう』

「……そう。嫁探しついでなのね」

「え、そんなこと言ってるの？」

「ええ。まあ野生の動物としては当たり前の行動よね」

私たちは乗り物を使う予定なのだが、アスがそこへ乗り込むのか、飛んでついてくるつもりなのかは定かではない。ただ嫁探しのためにも共に旅立つつもりらしい。

そんな鷹を加えた二人と一羽で森を出たあと、ちらりと拠点の方角へ目を向ける。

出来上がった互いの写真は、拠点に置いてきた。次にここを訪れる時は何かしらの結果を得ているだろう。その結果、私とノクスが共に生きる選択ができたなら——今度は二人で撮ろうと、言ってみるつもりだ。

三日間鉄道に乗ってやってきたのは、大変賑やかな都市だった。鉄道に乗って遠目から見ても背の高い建物が多く、私からすると未知の領域である。駅に降り立ち、街の方から聞こえてくる騒がしい気配に少し腰が引けた。

「アスは……ああ、居た。ちゃんとついて来てたね」

鉄道の後ろの方にでも隠れていたのか、客室には入らなかったアスもここまでしっかりついてきていたようだ。しかし街の中に連れて行っていいものなのかと列車の上に立つその姿を眺めていると、私たちが見ていることに気づいたのか身軽に飛んできてノクスの腕に止まる。

『ここは人間が多い。我は離れて過ごそう』

「……鳥の癖に分かってるのね」

『普段からそのようにしているからな。それに、近場に良さそうな山があったのでそちらを見てきたい。我の勘が行くべきだと告げている』

「じゃあここでお別れ？」

『分からぬが、どちらにせよ一度は戻ってくる』

そう言って飛び立ったアスは街とは別の方向へと向かっていった。その山とやらで嫁が見つかったら、ノクスとは別れるつもりだろうか。

「アス、何か言ってた？」

「ええ。山に行くらしいわ」

「そっか、じゃあアスのご飯は用意しなくていいかな」

普段こういう街に来るとアスは目立つので離れてもらい、餌も獲《と》りにくいので肉を買うらしい。

今回アスは山に向かったので、自分で食事をするだろうとのことだ。

「戻ってくるつもりはあるみたいだけど……出発までに間に合うかしら」

「五日はこの街にいるつもりだから大丈夫だと思うよ」

「そう、五日もいるのね」

拠点で休んだ日数よりも長い。鉄道列車の移動だったとはいえ、座席は快適に休める空間ではないから、数日はノクスの体を休めることができると安堵した。

「乗りたい飛行船が出るのが五日後の予定なんだ」

「……飛行船」

その存在は知っている。見たことはないが、私たちの故郷を滅ぼした元凶ともいえる乗り物だ。人間が空を求めた結果手に入れた、技術の結晶。人の進歩によって、神秘は壊されてゆく。不老不死の天族も破壊された神秘の一つと言えるだろう。

「……飛行船に乗るの、やめとく？　移動速度は遅れるけど、地上からでも行けるよ」

「いえ、構わないわ。……ちょっと反感の気持ちが先に立っただけよ」

楽園に残っていた同族たちは、飛行船に乗ってやってきた人間に襲われた。その光景を見ていれば飛行船に対してもっと、憎悪や嫌悪の感情があったかもしれない。

けれど私は伝聞でしかそれを知らないのだ。その頃の私は、金持ちの奴隷だった。そちらの方が余程深く刻まれている。

「それに空を飛ぶこと自体は興味深いと思ってるわよ」

「そっか、それならよかった。じゃあ宿を取って、五日はのんびり観光でもしようか」

「……観光はやめましょう。貴方はゆっくり休んだ方がいいもの」

「せっかく大きな街に来たんだから楽しんだ方がいいよ。俺の傷だって随分よくなってきたし、何より時間は有限なんだから」

人間の時間は有限。そんなノクスの時間を、私のために使わせている罪悪感が顔を出した。だからこそ彼の望みはできるだけ叶えたい、と思っている私は小さくため息を吐く。

「無理をしないことが条件よ。傷が悪化したら絶対に宿に戻るから」

「……うん！」

嬉しそうな顔で頷くノクスの案内で駅を出て、街の中へと入った。途端に視界に入る、人の数のなんと多いことか。

「……人間がいっぱいいね」

「ここは大都市だからね。せっかくだからいい宿に泊まろうよ」

「休めれば充分じゃないの？」

「そんなことないよ。これくらい発展した場所の高級宿は一味違うから」

宿は宿。休めれば充分だ。そもそも前の町で泊まった宿だって悪くはなかった。捻《ひね》るだけで水が出る蛇口があって、技術の進歩に驚いたくらいだ。私からすれば安宿であっても快適だろう。

「私たちは旅人のフリをしているんでしょう？　高級宿に泊まったら変じゃないの？」

「………それはそうなんだけど……君にいい宿を体験させたかったなぁ」

「そんなの……」

そんなのまた次の機会にすればいいじゃない。そう言いかけた口を閉じる。私はまだ、ノクスに自分の想《おも》いを告げていないのだ。それはこの旅の終わりにすると、決めている。

「じゃあ旅人が背伸びして泊まれそうなところにしよう。ちょっといい宿だね」

「……そう。分かったわ」

「そのあとは街に出かけようね」

「休憩が先よ」

そんな会話をしながら街を歩く。何かの行事でもあるのか、やたらと人が多い。下手をしたらはぐれそうだと思ったのでノクスの手を摑んだ。

「っ……どうしたの？」

「はぐれそうなんだもの。……こうすれば離れないでしょ？　それに夫婦ならこういうもの……なんじゃないの？」

周囲に目を向ければ若い男女は手を繫《つな》いだり、腕を組んだりしている者が多い。やはり人が多いのではぐれないようにしているのだろう。仲が良ければそのようにして歩くのは、現代の常識のように見受けられる。

「…………そうだね」

ノクスは耳を赤く染めながら前を向いた。その口が「本当に魔性なんだから」と声なく動いたのは見たけれど、言葉の意味はよく分からない。

その後ノクスが選んだ宿は、たしかに前回の宿よりも良い場所だった。紐を引っ張ると明かりがつく。しかもこの明かりは、火ではない。電力という別の力で作られた明かりらしい。何度か紐を引いてその不思議を体験してしまい、微笑まし気に見られてしまった。

(これで高級宿じゃないって……高級宿って一体、どこまで凄《すご》いのかしら)

明かりにも驚かされたが何より驚いたのは、客室に入浴できる部屋がついていることだ。蛇口を捻るだけで湯が出て、いつでも温かい湯を浴びられるのである。これ以上の宿がある、ということが信じられない。

「これは画期的ね。今はこんなに便利なものがあるなんて、驚いたわ」

「君がこんなものでそれだけ喜ぶなら、やっぱりもっといい宿に泊まりたかったなぁ」

「私は充分楽しいわよ。早速使ってもいいかしら?」

「……いいんじゃない」

列車に泊まっている間は体を洗うこともできなかった。垢の出ない体とはいえ、やはり砂や埃は気になるものである。

「貴方は横になってたら?　休んでいた方がいいわ」

「うん。ゆっくりしてるから気にしないで」

ノクスはベッドに座りながらこちらに背を向けた。浴室の前で服を脱ぎながら、この姿を見ないためだろうと一人で納得する。

私を好きだと言いながら無理やり服をはぎ取って欲望をぶつけるような男なら知っているが、ノクスのように気を遣われるのは新鮮だ。

（……やっぱり、根がいい子なのよね。きっと奴隷にならず、私に出会わなければ……暗殺者になんてならなかったわ）

しかし彼は私に出会ってしまったのだ。その人生を変えたのは私と言っても過言ではないだろう。

……私には責任があると思う。彼が幸せになれるよう努力する、責任が。

体を綺麗に洗い流し、用意されていたタオルで水気を取りながら浴室を後にした。ノクスはこちらに背を向けた状態でベッドに横になっている。どうやらちゃんと休んでいたらしい。

眠っているなら起こさないように待っていようと思い、服を身に着けてからそっと覗《のぞ》き込んでみると目が合った。

「眠っていたわけではないのね」

「寝れるはずがないよ」

「ああ、水音がうるさかったかしら。壁、薄いものね」

黒い瞳がさらに闇を深くしたように、じとりと私を見つめている。睨むというほど攻撃的ではないが不満の詰まった目だ。

「君はなんでそんなに無防備なの」

「何があっても死なないからよ。でも、最近は気を付けてるのよ？　貴方を傷つけないためにも」

私が身を投げ出すとノクスは身を挺《てい》して庇うし、私が怪我をすれば治ったとしても彼の心が傷つく。それを理解した今、私はそこまで無防備ではないはずだ。

「それよりノクスはどうする？　表面の傷は塞がってるから、軽く流すくらいならよさそうだけど」

「……そうする」

ゆっくりと起き上がり、着替えなどを用意して浴室に向かっていくノクスに背を向けた。彼がそうしてくれたように。

壁の薄い浴室からは、水音が聞こえてくる。ノクスはこの音で眠れなかったのだろう。

（私も少し休もうかしら。……自分で歩いている訳じゃないのに、鉄道って案外疲れるのね）

軽く休むつもりでベッドに横になった。しかし思いの外疲れていたのか、水音が聞こえていても眠ってしまっていたようで、ノクスに起こされて目を覚ます。

窓の外を見ると日は傾いており、そろそろ夕方になろうかという時間である。……熟睡だったようだ。

「寝すぎたわ……ノクス、貴方も休めた？」

「……まあまあかな」

何やら歯切れの悪い返事だ。言葉の意味を探るように彼を見つめていると、にこりと笑って返してくる。……はぐらかすつもりらしい。

「それより出かけようよ。夕食、美味しいお店を探しに行こう」

「……傷は痛まないの？」

「全然。だから行こう」

熱意に負けて仕方なく、貴重品を持って宿を出る。部屋には鍵をかけることができるが、それでも盗《と》られて困るようなものは置いていかないのが鉄則らしい。

もし盗られても全部買い直せばいいだけ、とはノクスの弁であるがそれはもったいないと思う。できる対策はするべきだ。……人間は善人ばかりではないのだから。

「もう夕方なのに賑やかね。……というか、明るいわ」

「うん、街灯があるからね」

私の知っている町とは、日暮れと共に暗くなるもの。しかしどうやら、人間は暗闇を克服したようだ。鉄道の時も思ったのだが、火よりも強い光で夜の暗闇を照らすことにより、夜でも活動できるようになったらしい。

「お祭りをやってるみたいだね」

「そうね。……お店が露店を出しているのかしら」

商店の立ち並ぶ通りで、それぞれの店が商品を店頭に出しているようだ。飲食店も参加しているので、辺りには食べ物のにおいも漂っている。

「買い食いする？」

「そうしましょう」

歩き出したノクスは自然と私の手を握った。握られた途端に一瞬どきりとして、彼の横顔を見上げると、いつも通りの柔らかい笑みが返ってきた。

「はぐれないように、ね」

「……そうね。人込みだものね」

お互いに手袋をつけているから、感触などあってないようなもの。それでも何故か手のひらが熱く感じて落ち着かない。

私が突然手を握った時のノクスもこのような気持ちだったのだろうか。なるほど、自分からするのはいいけれど、他人《ひと》にされると驚くらしい。

そのまま賑わいの中に二人で入っていく。気になったものを食べたり、小物を覗いたり。私にとって、こういう祭りは初めてで、とても新鮮に感じられた。

「あの店も覗いてみましょう」

「楽しそうだね」

「楽しいわ。……こんなに楽しいのは、何百年ぶりかしらね。貴方のおかげよ、ありがとう」

死ねないから生きているだけ。そんな日々を送っていた私の生活はノクスに出会って大きく変わった。子供の彼の面倒を見る日々も充実していたけれど——おそらく、今が一番楽しい。

(貴方と居ると楽しいの。大事な人と過ごす時間は、こんなにも素敵で……四十年なんて、あっという間でしょうね)

人間の寿命は六十から七十歳程度。この旅の果てに私の祝福を返せなかったら、残る時間はそれだけだ。その間、私を殺す方法などもう探さなくていいから一緒に居たいと言えば、彼はなんと答えるだろうか。

「それにしても羽の飾りが多いわね。鳥に関連する祭りなのかしら」

装飾品を扱う露店を見ながら、どの露店も羽の飾りをつけ、通行人も羽の装飾品をつけている者が多いことに気がついた。現在覗いているこの店も羽や翼をモチーフにした飾りを多く扱っている。

「違うよお嬢さん。今日は天の追悼祭だ」

「天の追悼祭？」

偶然隣で商品を眺めていた男が答えた。ノクスに話しかけたつもりだったのだが、教えてくれるなら彼でも構わないかと尋ね返す。

「今日は天が落ちた日、天族が滅んだ日だろう？」

心臓が嫌な音を立てる。男は酔っている風で、私の様子が変わったことに気づくことなく続けた。

「非業の死を遂げた天族の追悼祭だからなぁ。ほら、背中には羽があったって言うじゃないか。だから羽を飾るんだよ」

「……そう。教えてくれてありがとう」

「いやいや。それじゃ、天に祈りを」

祭りと酔いで気分が大きくなって、見知らぬ人間でもつい話しかけたのだろう。私は妙な気分で、酔っ払いの男の背中を見送る。

「ララ。……大丈夫？」

「大丈夫よ。でも、少し静かなところに行きたいわ」

波立った心を鎮めたい、そんな気分だ。ノクスは無言で私の手を引いて、人の少ない方へと歩き出した。

しばらくそうして歩き、喧噪《けんそう》から離れた場所にちょうどベンチがあったので腰を下ろす。近くには街頭があり、ほんのりと明るい。

夜の冷えた風に当たるとだんだんと落ち着いてくる。ノクスはただ、無言で隣に居てくれた。その気遣いがありがたい。……おかげで心の整理ができた。

「天族を滅ぼしたのは人間なのに、暢気《のんき》なものね……って、思ったのよ」

「……ごめんね」

「いいえ、貴方は悪くない。もちろんさっきの彼もね。……だって、貴方たちは生まれてないんだから」

人間は欲望のために天族を滅ぼした。しかし楽園への侵入者はもう、誰も生きていない。子孫は居るかもしれないが、先祖の罪を子孫に押し付けるべきではないはずだ。

犯した罪は本人のもの。生まれてすらいなかった子孫に先祖の罪を償わせ続けるなら、この世は咎人《とがにん》だらけになってしまう。

「何があったのか忘れないように、こういう行事を残すのはいいことだと思うわ。何百年も経っているのに、もう実際に見た人間は誰もいないのに、それでも忘れていないもの」

天族の存在が今や伝承のものとなっているとしても、その姿が別のものに変わっていても、同じことを繰り返さぬための戒めにはなっている。

「私自身は侵略を経験してないのもあるだろうけど……怒るようなことじゃないのよね。ちょっと、動揺しただけ。もう落ち着いたわ」

「そっか」

「じゃあそろそろ戻る？　まだお腹空《なか》いてるでしょう？」

「そうだね。……でもその前に、これあげる」

小さな包みを渡された。露店で購入したものだろうか、簡素な紙の袋に入っている。

中を見てみると髪飾りが入っていた。手元では暗くてよく見えなかったため、手に取って街灯の明かりにかざしてみる。

「これは……ラルーナの花ね」

月下草とも呼ばれる匍匐性《ほふくせい》の植物で、月の明るい晩にだけ白い花が咲く。ラルーナの絨毯《じゆうたん》が広がる草地は、月の下で小さな花たちが淡く光を纏うように見え、幻想的な美しさを見せる。

そんなラルーナを模《かたど》った銀細工の髪飾りだ。羽モチーフの装飾品が多い中よく見つけたものである。

「君に似合うと思って買っちゃった。……安物だけど」

「でも綺麗な細工ね。気に入ったわ」

しかし今、髪飾りは使えない。金髪は目立つという理由で旅の間ずっと帽子の中に髪をしまっているからだ。今だって夜だというのに帽子を被っている。

ならばいっそ旅の間は帽子につけるのもいいかもしれない。そう思って耳の上あたりにつけてみた。

「うん、君によく似合う」

「……ありがとう」

眩しいものでも見るように目を細めて嬉しそうに笑う顔を見ていると、なんだか体に熱が籠るようだ。帽子のつばを摑んで、少しだけ深く被り直す。

「貴方に似合う物も探してみましょう。食事をしつつ、ね」

「うん。じゃあ戻ろうか」

自然と手を取り合って、再び喧噪の中へと繰り出した。ノクスに似合うような装飾品は見つからなかったが、それでも宿に帰る頃にはとても満足そうな顔をしていたので、充分楽しめたようだ。

（……どこかでいい物が見つかればいいけど）

旅はまだ終わらないのだ。それまでに、彼に贈れるものが見つかればいいと思った。

飛行船の出発まで残すところあと一日。祭りの余韻はすっかり消えているが、栄えている都市なだけあって人の多さは相変わらずだ。

ノクスの傷はこの四日で大分良くなった。大きな動きをしなければ痛むこともないようで、連日出かけようと誘ってくる。

「今日は劇を見に行こう。評判良いらしいから」

「……ずっと一緒に居るのにいつ調べてるのよ」

「耳に入ってくるんだ。俺は感覚鋭いから」

街を歩くだけであらゆる情報が入ってくるらしい。今まで森に引きこもっていた私に、楽しい体験をたくさんさせたいと思っている様子のノクスは、こうして私を外に連れ出すのである。

昼食を済ませてから、相変わらず人の多い道を歩く。ここ数日で人込みを行く時は手を繋ぐのが自然なことになってしまい、今日も私はノクスの左手を握っている。

「劇なんて見たことない、わっ!?」

二人で劇場に向かって歩いていると、突然何かが風切り音と共に頭へとぶつかってきた。何が起こったのか理解できないまま顔を上げる。視界に映る金色で、帽子がなくなっていることに気が付いた。

「ララ、大丈夫……!?」

「ええ、大丈夫。……帽子は？」

「ハヤブサに盗られたんだ。待ってて」

ノクスが向かった先には鳥と帽子が落ちている。その体に小さな暗器が刺さっているように見えるので、ノクスが仕留めたのだろう。彼は帽子を拾うと駆け足で戻ってきた。……私の髪色のせいか、いくつもの視線を感じる。

「……やっぱり目立つのね」

「あんまり見られたくないな」

「そうね、私も大勢の視線は嫌いよ」

じろじろと無遠慮に向けられる視線は、あのオークションを思い出す。渡された帽子をすぐに被って髪を仕舞った。

「髪飾りも、無事ね。……よかったわ」

帽子につけている髪飾りに触れた。おそらくハヤブサはキラキラと光るこの銀の飾りに釣られたのだろう。

しかしそれにしても、動きの速いハヤブサをよく仕留められたものだ。ノクスの投擲《とうてき》の腕は私が知る頃よりもずっと上達している。

「ごめんね、盗られる前に仕留めたかったんだけど……本調子じゃなくて」

「これだけできれば充分よ。貴方は本当に立派な狩人になったわよね」

突発的なことだったとはいえ、仕留めたハヤブサも放置するわけにはいかない。処理をするために持ち帰るかともう一度視線を向けると、猫がハヤブサを咥《くわ》えて引きずりながら走り去っていくところだった。

「……猫って強《したた》かよね」

「そうだね、度胸あるよね」

ハヤブサが落ちてから大した時間は経っていないのだが、どこかで見ていたのだろうか。追いかけて取り返す必要もないので、再び劇場に向かうことにした。

舞台の上で着飾った人間が誰かの人生を演じて物語を見せる。それが劇というものだった。

物語を聞くのとはまた違って、感情の込められた演技には心を打つものがある。場面に合わせて演奏される音楽も素晴らしかったし、物語自体も私の知らない騎士の冒険譚《ぼうけんたん》で、波乱の連続で飽きさせることなく、最後までとても面白かった。

休憩を挟みながら三時間も鑑賞し、満足しながら劇場を後にする。物語の余韻に浸っているのは私だけではなく、他の客も同じようだ。誰もが満足げな顔で建物を出ていく。

「劇って面白いのね……人気なのも分かるわ」

「君は娯楽を知らなすぎるしね。なんでも新鮮に感じるでしょ？」

「そうね。……毎日がとても鮮やかよ」

一人で森に引きこもって生きていた頃は、本当に何もなかった。同じことを坦々と繰り返して生命活動を続けているだけ。娯楽などなく、声すら発する機会もほとんどない。

(元の暮らしに戻ったら、味気なくて……しんどそうね)

一度楽しみを知ってしまうと知らない頃には戻れないものである。私はまた、劇を見に来たいと思ってしまっていた。

もしノクスがいなくなったら、私はどう生きていけばいいのだろう。そんな考えが浮かんでしまい、軽く首を振ってその考えを追い出した。……私が人間に戻れる可能性だってある。悲観するのは、まだ早い。

「少し散歩して帰りましょうか。長く座っていたから体が固まってるでしょう?」

「そうだね」

二人で人込みを避けるように歩き出す。人の気配の少ない方へと向かっていくと、周囲のおかしな気配が分かりやすくなった。

「……つけられてるわよね」

「うん。……多いな。十人か」

強盗だろうか。今から人の多い方へ行こうとしても、きっと道を塞がれるのだろう。ならばいっそ目撃者のいない場所へ行くべきだと思うのだが、どうやらノクスも同じ考えのようだ。人気のない方へ向かって自然と足が進む。

古い建物が多く、まだ明るい時間だというのに人の気配が感じられない地区。そんなところまでやってくると、追跡者はついに姿を見せた。

前に五人、後ろに五人。現代のファッションに疎い私でも分かる、人相の悪さと着崩れた服装から漂うごろつき感。華やかに見える栄えた街でもこういった人間は居るらしい。

「そっちの女を渡してもらおうか」

「……私?」

「あんた、随分綺麗だな。一目で気に入ったぜ」

中でも一番大柄な、筋骨隆々の男がにやにやと笑いながら私を指さした。この笑い方は知っている。相手を対等な存在として見ていない者が浮かべる、下卑た笑みだ。

「殺す」

「やめなさい。ただの小悪党でしょう?」

「……でも、罪は犯してると思うよ」

「それならしかるべき場所に突き出すくらいが妥当ね」

現代には犯罪者を取り締まる組織があるらしい。警察と呼ばれる彼らの詰所に捕えて連れて行けば、正しく裁いてくれることだろう。

腰にぶら下げていたホルダーから三本の棒を取り出して繋げる。これは持ち運びができるように加工された武器だ。棒術なら命を奪わず戦うことは容易である。……もちろん、注意は必要だが。

「私一人でもたぶん大丈夫。貴方はどこかに隠れて……」

「何言ってるの。これくらい平気だよ」

「怪我人の癖に貴方こそ何言ってるのよ」

せっかく塞がった傷口が開いたらどうするつもりなのか。私とノクスが言い争っていると、痺《しび》れを切らしたごろつきが怒鳴り声をあげた。

「ぐちぐちうるせぇぞ！　抵抗する気なら殴って大人しくさせてやる！　いけ、お前ら！」

私を捕まえようと向かってきた男の足元を棒で払い、転ばせる。背後に迫る気配を感じれば、そちらに突きを繰り出してみぞおちを打つ。対人戦の経験は浅い私だが、伊達《だて》に長く生きてはいない。自分の体の使い方は熟知しているし、気配を読むのも、相手の動きを予想するのも慣れている。森の動物の方が人間より動きも速いので、この程度なら問題ない。

そうして三人ほど地面に転がしたところで、突然横からノクスが飛びついてきた。間を空けずに響いた、大きな音。空気を震わせるような破裂音がした。

「動くんじゃねぇ！　撃つぞ！」

ごろつきの親玉が、黒くて小さな塊を持っている。

私はソレを知らないが、長年培った狩人の勘が危険だと告げていた。庇うように私を覆うノクスの下で、動けないままじっと親玉の動きを観察する。

何かあれば私がノクスを庇うべきだ。私の命は取り戻せるが、彼の命は取り戻せない。緊張でじとりと汗が滲む。

「死にたくないなら抵抗はやめるんだな」

勝ち誇ったような顔。勝利を確信した人間は、気を緩める。油断したその男の腕に空から突如奇襲をする者があった。

「ぐあ!?」

再びの破裂音。離れた場所の壁に何かがめり込む。私から即座に離れたノクスが、鷹に襲われている男へと迫った。下から顎を突き上げ、浮き上がった体を今度は上から肘を叩きこんで地面へと落とす。

かなり派手な音がしていたので心配になり男の状態を目で確認した。泡を吹いて気を失ってはいるが、呼吸はあるようなので生きてはいるらしい。顎の骨は砕けているものの命に別状はないようで安心した。

「……少しだけ寿命が延びたことを、優しい彼女に感謝しなよ」

低く吐き捨てるように呟いたノクスの肩に、当然と言わんばかりの顔で鷹が舞い降りた。そんな彼の姿に恐れをなしたのか、親玉の様子に怯えたのか、残っていたごろつきたちは脱兎《だっと》のごとく逃げ出していく。

「ララ、無事?」

「ええ、貴方と……その鷹のおかげね」

「うん。ありがとう、アス。助かったよ」

『ふふん。これくらい大したことではない』

胸を膨らませるように反ってみせる偉そうなアスの姿はいつも通りだが、今日ばかりは褒めてやりたい。……私は見知らぬ武器を前に、固まってしまったから。

「あの武器は……何？」

「あれはピストル、銃だよ」

銃なら知っている。火薬を爆発させて鉛玉を飛ばすものだ。けれどあんなに小さい物は見たことがない。

人間の技術の進化なのだろうか。軽量化に成功し持ち運びやすくなっただけではなく、きっと昔より扱いやすくなって、兵士や戦士でもないごろつきが持っているくらいだからそう高価なものでもないのだろう。

『おい、メス。主に伝えてほしい。我は番を見つけたのだ。この地で子を生し育てようと思っている』

「そう、よかったわね。……この鷹、お嫁さんを見つけたから子育てをするって言ってるわよ」

「そっか。アスもずっと一緒に居てくれたけど、ついにお別れだね」

子供の頃から十年以上を共に過ごしたのだから、人と鳥という種族の違いはあれど友人に近い存在だったのではないだろうか。ノクスの声には珍しく惜しむような響きがある。

「子育てが落ち着いたころにまた会いに来るよ」

『ううむ……こうして主に撫《な》でられることがなくなるのは惜しいな……』

ノクスとアスはしばし別れを惜しむように触れ合っていた。触れ合っていたというか、ノクスがアスの頭を撫でてやっていただけだが。

鷹の繁殖期は秋、つまり今頃から始まって、子育ては冬から春にかけての時期だ。巣立ちは夏の終わり頃のため、会いに来るなら一年近く先になる。

その時にはもう、この旅は終わっているだろう。私がもし〝不死〟を克服していて、まだノクスと共に居られたなら――次に会う時は、この鷹の名前を呼べるかもしれない。恩人、いや恩鳥をいつまでも「鷹」「この鳥」扱いという訳にもいかない。

「それにしても貴方、いいタイミングで助けに来たわね」

『ちょうど通りかかってな。その光物が目立っていたから見つかったのだ』

「……この髪飾り、鳥はよほど気になるのね」

『うむ。くれるなら貰《もら》おうではないか』

「あげないわよ、私の宝物なんだから」

ノクスが買ってくれた、ラルーナの髪飾り。自分で見つけても「綺麗だ」と思うばかりで買おうとは考えなかっただろう。けれどノクスがこれを贈ってくれたのだ。

（大事な人からの贈り物なんだから……大事な物になるのは当然よ）

私は今まで物に執着したことはなかった。使い慣れた道具はあっても、壊れたら新しく作り直すだけだし、森の生活には装飾品など必要ない。だからこの髪飾りが私にとって初めて、心を豊かにするためだけの物。生活には必要ないし、無くても困らない物なのに、失《な》くしたくないと思える物なのだ。

「……どうしたの？」

肩に止まるアスから顔をそむけるようにあらぬ方向を向いたノクスは、腹と口元を押さえた。なんだか様子がおかしい。

「いや……傷口が開いただけ」

「大ごとじゃないの！　宿に戻ってすぐ治療するわよ、薬も何も持ってきてないんだからっ」

「でも、そこに転がしたのを捕まえないと」

「そんなのどうでもいいわ、貴方の体の方が大事よ」

唇を堪えるように歪《ゆが》めているのだから相当に痛いはずだ。気絶しているごろつきを気にしている場合ではないだろう。一刻も早く手当てをするべきなのに、本人はあまり自分の傷を気にしてない様子で、私の方が落ち着かない。

『火急の事態のようだな。慌ただしい別れになったが、さらば。互いに生きてまた会える日が来るように祈るばかりだ』

「ええ、じゃあまたいつかね」

「……じゃあね、アス」

飛び去るアスとの別れに浸る余韻もなく、ノクスを支えながら急いで宿に戻った。

せっかく治りかけていた傷口から血が滲んで服を汚していたため、薬を塗ってきつめに包帯を巻いて固定する。

これではこの街に来る前に逆戻りだ。いくら彼に誘われたとしても、宿に留まるべきだった。そうしていればごろつきに目を付けられ、戦闘になることもなかっただろう。

「……私を守るために跳んだ時？」

「んー……あいつを殴った時かも」

「そう。……どちらにせよ、無茶しないで。明日また出発でしょう？　それまで休んで」

「分かった、無茶はしないよ」

明日にはこの街も発つ。ノクスの体を休める意味もあって早めに就寝することにしたのだが、私も予期せぬ事態に疲れていたのか、その日はすぐに眠りについて朝までぐっすり眠ってしまった。

翌朝にノクスの包帯を替えようとすると、何故か包帯の結び目が昨日と変わっていることに気づく。

「……きつく締めたはずなのに」

「ああ、昨日の夜にちょっと……動きづらくて巻き直したから」

「何やってるのよ。固定してるんだから緩めてはだめ」

私が眠っている間にやったらしい。余程深く眠っていたのか、彼が起きたことにも気づかなかった。ため息を吐きながらまたきっちり包帯を巻く。

「今日こそこのままでいるのよ」

「うん。もう大丈夫だから」

「大丈夫じゃないでしょ」

怪我人が何を言っているのか。私の咎《とが》めるような視線も、ノクスは笑って受け止めた。そうして何事もなく、私たちは無事に飛行船へと乗り込んだ。

（……そういえばノクスに骨を折られたあの人、大丈夫だったかしら）

これに懲りて悪さをしなくなればいい。

生きていれば、人はやり直すことができるのだから。

北方の村、ドガル。そこが私たちの目的の村であり、神の果実があるという場所だった。

ノクスの拠点から馬車や鉄道で移動し、飛行船というもので空を飛び、また鉄道に乗って最後には馬車で移動して、なんだかんだ森を出てから一月《ひとつき》近く経っている。北方の地は一足早い冬の訪れを迎え、空からちらちらと雪が舞っていた。

「寒いわね」

「うん。ちゃんと着こまないとだめだよ、ララニカ」

「私よりも貴方でしょ。傷、まだ治ってないじゃない」

しっかり休んでいれば今頃完治しているだろうノクスの傷は、まだ治りきっていない。やはり旅をすればそれだけ体に負担がかかるものだ。ごろつきと諍《いさか》いになって傷口が開いたのも大きい。

しかし休ませようとしても師の言葉に耳を傾けない頑固な弟子は「俺の時間は有限だから」と言って聞かなかった。

もしこの噂の果実が全く役に立たなければ、また新たな手掛かりを探しに行かなければならない。無駄足に終わる可能性を考えれば、休んでいる時間がもったいないと。

（時間の大切さを教えたのは私だけど……身体《からだ》も大事にするように言ったはずなのに。都合のいいように解釈するんだから……）

じとりと弟子を睨んでみるが、そんな私の視線を受けたノクスは何故か嬉しそうにするので効果はないらしい。

「心配してくれてありがとう。でもほら、ようやく目的地だ。村の中でも小高い丘にある家が見える？　あそこに例の木があるよ」

ドガルは辺鄙な村である。ここに来るまでにあちこち見たおかげで、都会と田舎の発展の違いというものを理解した。その中でもここはかなり発展の遅れた、地方の村であるはずなのだが――その割には人が多い。

ノクスが指した丘の上の家。そこに向かっているのは私たちだけではなく、乗合いの馬車に居た十人程度の客も同じである。他にも丘の上の家の周囲には十数人集まっているように見えるし、その服装もまた旅人風だ。この村の人間ではないだろう。

「皆目的は同じ、という訳ね」

「そうだろうね」

丘を登り辿り着いた先で、人だかりができている。私たちもそちらへ向かえば、高らかに話す男の声がした。

「私こそは不死者ユージンの子孫、ヴァン＝ミュラー。神の果実は天族がユージンへともたらした、奇跡の果実なのであります」

聞こえてきた話に驚いて一度足が止まった。しかしすぐ何かに急かされるように、私は人込みをかき分けて前に出る。この話をしているヴァンという男の顔を確認した。

その顔は全く見覚えのないものであったし、ユージンの面影などありはしない。しかし彼の金色の髪は、たしかに私たちの一族の特徴の一つだった。……ユージンと別れたのは九百年近く前だ。その長い期間の子孫であれば別の血が混じって、顔立ちが似ていなくてもおかしくはない。

（本当にユージンの子孫？　でも、私たちは不老不死である限り、子供は生せないはず……）

じっとヴァンの顔を見つめる。年齢は三十代半ばといったところだろうか。少なくとも彼自身が不老不死であることはない。そのまま彼が得意げに話す内容を聞く。

「この果実の力でユージンは不死の力を得て、八百年以上経つ今もたしかに生きています。こちらが、我が祖ユージン＝ミュラー。老齢のため会話ができませんが、皆さまにご挨拶を」

家の中から老女が乳母車を押して現れた。しかしその乳母車に乗せられていたのは赤子ではなく、干からびたミイラのような老人である。誰かが息を呑む音が聞こえた。

「どうぞ近くに寄って挨拶をしてあげてください」

そんなことを言うヴァンの言葉に周囲がざわつく中、私は前に出た。後ろからついてくる静かな気配はノクスのものだ。

「私がご挨拶しても？」

「ええ……もうほとんど耳も聞こえていないでしょうが、我が祖たるユージン様も喜びます……」

老女はヴァンの母親なのだろうか。彼女もまたユージンの子孫であるという。私は一つ深呼吸をしてからその乳母車を覗き込んだ。私が知っている、私を突き落とした男の顔は、そこにはない。そこに居るのはもう人の形を保つのがやっとであるような、干からびた老人である。

（……でも、貴方なのね。ユージン……）

私の記憶によればユージンの顔には特徴的な部分がある。彼は口元に二つの連なるようなほくろがあったはずだ。一つが大きく、隣にもう一つ小さなほくろが並んでいたのをよく覚えている。

その特徴が、このミイラのような老人にはあった。金の髪はすっかり白くなって、目も開けられないようだから瞳の色も分からない。それでも彼はユージンなのだろう。名前とその身体的特徴が偶然一致するとは思えない。

（……私以外にも、生きている天族が残っていたなんて）

私に続いてこのミイラの生死を確認しようという人々が寄ってきたため、彼から離れた。ついでに少し集団からも距離を取る。私についてくるのはノクスだけだ。

（何故、ユージンはあんなに老いたのかしら。それでも生きているということは、不死であるのは間違いないけれど……不老ではなくなっている）

故郷に住んでいた時はユージンも歳を取っていなかったし、百年ほどの何も変わらない時間に飽きたから、私たちも結婚して外に出ようという話になった。

しかし今の彼は今にも死にそうな状態で生き続けるミイラのような老人だ。一体何があったのだろうか。私たちの祝福は不老不死という力だったはずなのに。

（……私たちに与えられた祝福は、元々二つだった？　不老と不死は別々の祝福で……ユージンは何故か、不老の祝福だけを返した。でもなんでそんなことを？）

無言で考え込んでみるが情報が足りない。そもそもユージンは私を裏切って突き落とした後、別の女性と結婚したのだと思っていた。しかしその相手の女性はどこへ行ったのだろうか。……やはりもっと情報が欲しい。

「ユージンのことは皆さま信じていただけたでしょうか。実はここに、彼が書き残した八百年前の手記があります。あまりにも古い言葉なのでほとんど解読はできませんが、彼が願いを叶えるために育て続けた木のことだけは、理解できました。それがあちらです」

柵で厳重に覆われた、ノクスの背丈と同じくらいの若木。槍《やり》を持った見張りで囲われて見えなかったのだが、ヴァンの合図で彼らが退いたことでその姿が見えるようになった。

私の知る木と比べればとても小さい。しかしそこに実る黄色の果実は、たしかに私が欲しいと願い続けた〝最期の果実〟だった。

思わず飛び出しそうになった私の肩をノクスが押さえる。おかげで冷静になった。……ここで飛び出して、あれを手に入れるのは難しい。何か方法を考えなければならない。

「あの果実は大変貴重なため、千ゴールドからお譲りします。お求めの際はこのヴァンへとお話しください。ああ、そうそう。盗もうとしても無駄ですよ。今まで何人もそのような輩《やから》はおりましたが、すべて〝赤槍〟の皆さまの贄《にえ》となりましたのでね」

赤槍が何かは知らないが、あの果実を守っている槍を持った集団のことだろう。腕の立つ傭兵《ようへい》団か何かなのかもしれない。

金銭感覚がずれている私にはゴールドという単位ですらいまいち分からないが、千ゴールドが大変に高価な値段だということは周囲の反応で分かった。きっと普通の人間が払える額ではないのだろう。

一人ずつ仕留めて奪う、ということはできなくもないがその選択肢はなかった。私は、自分が死ぬために誰かを殺す気はない。それに、もう少しこのミュラー家について知りたい。

「どうするの？」

「その前にちょっと訊きたいのだけど……千ゴールドってどれくらいの価値？」

「うーん……平民なら一生お目にかからないかな。お金持った貴族なら高いけど手を出せるくらい？　俺なら払えるよ。あれ、欲しいんでしょう？」

お金の単位はブロンズから始まり、百ブロンズで一シルバーへ、百シルバーで一ゴールドへと変わっていくらしい。三十シルバーあれば大人一人の一ヶ月分の生活費になるという。そう考えれば千ゴールドというのは大変な価格であり、それが払えるというノクスにも驚きだがそんな資金を彼に出させるというのはさすがに考えられない。

そもそもは私が奪われた〝私の〟最期の果実だ。……それを返してもらうだけである。こちらから何か出す必要はない。隙を見て盗むか、快く譲ってもらうかのどちらかだ。

しかしそうなると、ミュラー家に近づく理由が欲しい。

「説得できないか、ちょっと話してみるわ。あの手記、私なら読めると思うのよね」

「そっか。危なくなったら守るから」

「……怪我人は無理しちゃだめよ」

周囲の人間はしばらくざわついていたが、やがて解散していく。ヴァンに価格交渉をしていた者もいたがすげなく追い返され、この場に残るのは私とノクスだけとなった。

「貴方たちも何かお話が？」

「ええ。私、実は古い文字が読めるのよ。ユージンの手記を見せてもらえないかしら」

「……ほう？　しかし、顔も見せない相手に大事な手記を渡すというのは少し……」

「あら、ごめんなさい。たしかに失礼だったわ」

ノクスが買ってくれた帽子を被ると、私より背の高い人間からすればこの顔はほとんど見えなくなるようだ。髪も中にしまえるようになっているので、目立つ金髪も常に隠している。ヴァンが私を不審そうに見るのも当然だろう。

帽子を取って流れ出た髪を軽く背中に流し、もう一度彼に向き直る。

「私はララ。こちらは夫のノートン。私たちは各地の伝承なんかを調べて回ってるんだけど……その手記にも興味があって。もしよかったら見せてもらえないかしら」

「妻は好奇心が抑えられない人で、すみません。無理だったら断ってもらって構わないですよ。ただ、もしユージンのことを知りたいなら力になれるかも」

隣ではノクスが人好きのする無害そうな笑みを浮かべているはずである。しかしヴァンは彼に見向きもせず私に視線が釘付《くぎづ》けになり、その鳶色《とびいろ》の瞳にはまるで私をおもちゃにした貴族のような、欲深く濁った光を宿していた。

（嫌な視線ね。……でも都合がいいわ。私に興味を持ってくれたみたいだし）

私を品定めでもするような目。それを隠すように、彼は大袈裟《おおげさ》な笑顔を見せる。

「おお、それはありがたい。この手記に何が書かれているのか、我々もとても気になっていたのですよ。なんとか読めるのはせいぜい日付くらいのものでして……」

目論見通《もくろみ》りヴァンは私たちを家へと招き入れた。大きな家ではあるが、その外観や構造自体は村の中にある家とあまり変わらない。しかし室内は随分と豪華だった。現代の装飾に詳しくない私でも分かるくらい、高価そうな物に溢れている。

私たちが通された部屋には大きい窓があり、そこからは例の神の木が見えるようになっていた。室内に居ても大事な木を見張れるようにしているのかもしれない。

この部屋は来客用なのだろうか。向かい合わせのソファの間に、低いテーブルが挟まれている。そこに私とノクス、向かい側にヴァンという形で座った。

辺鄙な村には珍しく使用人を雇っているようで、若い女性がお茶を運んでくるとすぐに下がった。赤いお茶の入ったカップも緻密な絵の描かれた、高価そうな品だ。

「まさかこの手記の内容が分かるかもしれないなんて、嬉しい限りです。解読できるまでは是非、お二人とも我が家にお泊まりください」

「ありがとうございます。妻の我儘《わがまま》なのに、そのようなお気遣いを頂いて……」

「いえいえ。こちらこそ是非お願いしたいお話でしたからな。それにしてもこんなに美しくて聡明《そうめい》な奥様、男として羨ましくもなります。ははは」

私は丁寧な言葉遣いを知らないため交渉は主にノクスが担当してくれるのだが、ヴァンの視線はほとんどが私に向けられている。値踏みされているようであまり気持ちのいいものではない。

ノクスの好意を理解するまでには時間がかかったけれどこちらはすぐに分かる。百年以上も浴びてきた、相手を物として消費、利用しようとする人間の目だ。見間違えるはずもない。

（ヴァンの目的は何かしら。手記に関してはあちらにとってもただの名目だと思うんだけど）

私はユージンに何があったのか知りたいので本心から読みたいと思っているが、相手はそこまでこの手記の内容を求めていないのではないだろうか。

何故ならヴァンとノクスの会話は手記ではなく、おおよそ私についての内容だからだ。私は設定を作り込んでいないので相槌を打つだけだが、ノクスは自然な設定を作り込んでいるようで平然と嘘を吐いていた。

「愛しい妻と旅ができて私は本当に幸せ者です。旅をして苦楽を共にすると、絆《きずな》も愛も深まりますからね」

この辺りは微妙に嘘とも言えない。私はこの旅でノクスへの好意をはっきり自覚するに至ったし、その気持ちはじわじわと強くなっていると思う。つい、手元にある帽子につけた髪飾りを触ってしまった。

ただし夫婦であるということ自体は虚実である。現代の夫婦の証という指輪だって偽物で、何の意味もない。

「いやはや、お熱いようで羨ましい。……では、この手記をよろしくお願いします。こちらの紙はメモとしてお使いいただいて構いません。お泊まりになるお部屋を用意してまいりますので、それまではこちらでごゆっくり」

「ありがとうございます」

古びた手記を受け取り、ヴァンが部屋を出ていったところで隣の顔を見上げた。ノクスの顔からスッと笑みが消えて、非常に暗く冷たい目になったことに驚く。私の前ではあまり見せない顔だ。

……殺意の籠った漆黒の瞳は、彼が人殺しであることを告げていた。

「ねぇ、大丈夫？」

「……ああ、大丈夫だよ。君にああいう目を向けられると殺意を堪えるのが、ちょっとね」

ノクスもあの視線には気づいているようだ。一度目を閉じて小さく息を吐いた彼が再び目を開いた時には、いつも通りのノクスだった。

「気を付けて。何か企《たくら》んでる」

「ええ、貴方もね」

ミュラー家に気を許してはならない、警戒を怠らずに過ごすことを互いに確認してから手記を開く。ノクスも一応覗き込んでみたものの「読めない」とすぐに諦めた。この文字は私たちの村で使われていたものなので、同族と彼らから文字を受け継いだ者以外は分からないだろう。

『愛するソラルカと地上に降りた。ララニカには悪いと思っているが、祝福を返していないのだから死ぬことはない。彼女も無事に地上に降りたことだろう』

一行目から呆れてため息が出た。ユージンは元から楽観的というか短絡的というか、あまり物事を深く考えない性格だった。無事どころか私は全身粉砕されるという死を迎えた上に、そこから蘇《よみがえ》る現場を見た奴隷商人に捕まった訳だが、この男がそこまで想像できるはずもない。

手記にある女性、ソラルカは私の友人の一人だったが、大人しい子だったという記憶以外ない。なるほど私の知らぬ間に彼女と愛を育んでいたようだ。族長の息子であるユージンは私以外を娶《めと》ることを許されなかったので、あのような暴挙に及んだのだと思われる。

『地上は僕たちの知らないものであふれている。祝福を返し、短い寿命で生きるのはもったいない。しかし死ねないのも困るだろうから、僕たちは一房の果実を分け合い、もう一房は土に植えて育てることにした。腐っても困るし、もし祝福を返せていなかった時のために育てておけばいい。我ながらいい考えだ』

ユージンとソラルカは一房の果実を分け合うことで祝福を半分返せるのではないかと思いついた。つまり不死ではないが頑丈で、不老ではないが老いが遅くなる体を手に入れられると考えたのだ。やはり短慮としか言いようがない。

それが間違いだったと気づくのは、ソラルカがその後すぐに流行り病で亡くなったからである。一人残されたユージンは悲しみに暮れ、二人で植えた最期の果実を二人の思い出とし、それに縋るように過ごしていく。しかし数年後にはこの村で新たな恋人ができて、やがてこちらの結婚をして子供を授かった。

（子供ができた、ってことは不老の祝福はこの時点で返している。果実の効果はあったのね。……

でもユージンは不死のままだし、ソラルカは死んでいる）

子供ができ、歳を取ってきたユージンは四十歳を過ぎる頃に自分が不死のままであることに気づいた。庭に植えた最期の果実は、二十年ほどしてようやく芽が出た程度の成長しかしていない。

もしかすると対になっている最期の果実は片方が「不死」を、もう片方に「不老」を返す力があったのではないかとユージンは考えた。ソラルカが長生きしていれば確実だったが、彼女はすぐに死んでしまったので確かめようがない。……だが、私もその考えが妥当なのではないかと思う。

（そしてこの頃に、天族狩りが始まった……）

皮肉にも私が故郷から落ちたことで、あの天高い台地に不老不死の人間が住んでいるのではないかという話が広まって、人間たちは好奇心に駆られて空を飛ぶ技術の開発に邁進《まいしん》し、飛行船が生まれた。はじめは少ない数の冒険家が訪れるだけだったが、次第にそれは不老不死を求める欲望を持つ人間たちの侵攻へと変わっていく。

自分が不死であることを知られたら――そう恐れたユージンは、故郷に近づかなかった。最期の果実を取りに行くのではなく、少しずつ成長する木が実をつけるのを待つことにした。この後に天族が自決し滅び、あとは自力で最期の果実を育てなければ死ねなくなったことの恐怖も書かれている。

（ララニカは故郷に戻って死ねたのか、羨ましいですって？……私が故郷に帰った時は、もう全部なくなってたわよ）

結局、彼が自力で動ける間にはこの木は育たなかったのだ。手記は『まだ実らない』という震える文字で終わっている。これ以降は老いにより文字を書くこともままならなくなったのだろう。

(……それからずっと、死にながら蘇り続けているんでしょうね)

老衰で体の機能が停止しては体が修復され、そしてまた死ぬ。その繰り返しなのではないだろうか。それは、地獄であろう。その状態で何百年と生き続けているのは同情する。

だからと言って私を突き落としたことは許してもいないのだが。自業自得の罰を受けているようだし、恨むほどのことではない。

(私はここまで不老不死で生きてきたからノクスに出会えた、という見方もできるわ。ある意味ユージンのおかげなのだろうし)

そして外に見えるあの果実は本当に、最期の果実なのだ。小さな木に数房しか実っていないが、あれを食べれば私は不老不死の呪縛から解き放たれるだろう。

「どうだった?」

手記を読み終えてぱたりと本を閉じた私に、ノクスが問いかけてくる。彼は私が手記を読んでいる間、ただじっと待っていてくれたのだ。

「ええ、ユージンは天族の生き残りね。私の元婚約者よ」

「……それって」

ノクスには私の過去を聞かせている。元婚約者が私を突き落としたことも知っているので、思い至ったのだろう。途端に寒気がして驚きながらその感覚の元を見る。ノクスの漆黒の瞳が、その色以上に深く暗い色になっているような気がした。

「怒らないで。……大丈夫よ」

「でも」

「おかげで貴方に会えたの。悪いことばかりじゃないわ。私は、貴方に出会ってからの人生に満足しているのよね」

九百年前にユージンと結婚していたら、私がノクスに会うことは絶対になかった。貴族の奴隷として死にかけていた子供を助けることもできなかっただろう。

千年近い時を生きてきて、おそらく彼に出会ってからのこの十数年が最も充実している。だから、いいのだ。私を突き落としたユージンを恨んではいない。憐《あわ》れむだけの余裕もある。

それを伝えるとノクスは黒い瞳を揺らしながら私を見つめ、少し困ったような顔をした。

「……ずるいよ」

「……何がよ」

「そんなこと言われたら、俺は……」

唇を噛んでその後の言葉を呑み込んだノクスは、一度目を閉じて私から顔をそらした。恐ろしいほどの殺意は消えたが、代わりに抱きしめたくなるような、もろくて壊れそうにも見える空気を纏っていた。

そんな彼に何と声をかけたらいいか分からないまま、それでも何かしてあげたくて手を伸ばそうとした瞬間、部屋の扉がノックされる。

「お部屋の用意ができました。手記の解読はどうですかな？」

「ええ、順調ですよ」

部屋に入ってきたヴァンの問いに答えるノクスは、ノートンの笑顔をしっかりと被っていて、私もそれ以上彼に何か言うことはできなかった。


ミュラー家で夜を迎えた。用意された部屋は二つで、私とノクスの部屋は分けられている。夫婦と紹介しているのに別室なのは珍しいと思ったが、客室のベッドが一人用だからとのことだ。一応隣の部屋ではあるので、何かあれば分かるだろう。

手記の内容は序盤だけを解読したことにして、ユージンが天族であるのは間違いないと伝えた。何日かここに居座って果実を手に入れる方法を考える必要があるので、実際は読み終わっていてもこうして引き延ばしているのだ。それでもヴァンは大発見だと喜んで、そのおかげか夕食は豪華なものが出てきた。

「さあどうぞ召し上がって、旅の疲れを癒してください」

この家には立派な食堂があり、私たちはそこに招かれた。大きなテーブルに座っているのは四人。私とノクスが並び、向かいの席にはヴァンとその母親である老女のユンミが座っている。ユージンはいない。どこかの部屋で寝かされているのだろうか。

夜でも室内は充分に明るい。ガス灯というものを使っているらしい。都会の方では電気という別の力で明かりがついていたが、どちらにせよ私には馴染みのないものなので、夜が明るいことにいまだに驚いてしまう。

（森ではろうそくだったものね……ほんと、文明の進化に驚くばかりよ。顔には出せないけど）

出された食事はこの家で雇っている料理人が作ったものだという。それも見たことのないような料理で、この地方の郷土料理なのか高級料理なのかも判断ができない。豪華さに驚いたような反応をして頂くのみである。

香辛料がふんだんに使われた寒い地方特有の体の温まる料理だ。味は悪くないのだが、食事に何か混ぜられていることに気づいた。

（これは……睡眠薬かしら。あまり効かないと思うけど、一応あとで解毒しておきましょう。たしか材料は揃ってるわよね）

私は自分にあらゆる薬を試してきた。死に至ると回復するが、死なずとも元から傷や病などすぐ治る体であり、致死毒以外は解毒も速く、効きにくいのである。たとえば指を落としても物理的にくっつければ十秒程度で繋がるし、翌日になれば綺麗さっぱり治っている。悪いものを食べて腹痛を感じたら三十分後には症状が消えている、という感じだ。

「ララ、すごい料理だね」

「ええ、ノートン。こんな食事は初めてね」

「うん。特別な味がするよ。今夜はいい夢が見られそうだなぁ」

妙な言い回しをしてくるのでどうやらノクスも薬の混入に気づいているし、彼の食事にも同じものが混ぜられているようだ。ノクスの分も解毒薬を作る必要があるだろう。

気づかないフリで食事を終え、ヴァンとユンミに見送られて部屋に戻る。ノクスはそのまま私の部屋についてきた。暖炉にはすでに火が入れられており、暖かい。しかし妙に甘い香りがする。

「……催淫香まで……なんというか、分かりやすいわね」

睡眠薬と催淫香。もし私が目を覚ましても抵抗しないように、ということだろうか。一応夫婦という設定で訪れているはずだが、その妻の方に手を出すのは問題にならないのか。今、外の世界のルールはどうなっているのだろう。

「……寒いけど窓開けようか」

「そうね」

せっかく暖かい部屋だったが窓を開けて換気をし、暖炉の火も消してしまう。この中に原因となる香が混ざっているはずだがそれだけ取りだすのは難しいからだ。

だが雪も降る中で窓を開け暖炉の火も使わないとなるとかなり寒い。指先がかじかんで調合もしにくくなるだろう。

「……やっぱり荷物持って俺の部屋の方に来る?」

「そうね……そうしましょうか」

予想以上の寒さに我慢を諦める。森の冬はここまで厳しくないので北部の冷たさを舐《な》めていた。

おそらくノクスの部屋に催淫香は焚かれていないと考え、窓を閉めてから移動する。そして思った通り、彼の部屋は暖かいだけだ。持ってきた荷物を広げてすぐに調合を始めた。

口にした睡眠薬の材料を思い浮かべながらそれを打ち消すものを作る。旅の道中で色々薬草を集めていたので、それが役に立った。収集癖もなかなか役に立つものだ。

「はい。不味いわよ」

「……君が飲む前からそう言うってことは相当だね」

一応飲みやすいように丸めてみたが、乾燥させて丸薬にするまでの時間はない。部屋に用意されていた水と共にそれを飲み込んだノクスは顔をしかめている。

彼は幼い頃、酷い環境にいた。まともな食事も摂っておらず、味覚も失くしているせいで不味い物でも顔色一つ変えず食べられるような子だった。私と暮らすようになり環境が変わってから味覚が戻り、今は味の好みもある。不味いものは不味いとはっきり顔に出ているのは、あの頃を思えばいい変化だと思う。

私も同じものを口にする。酷い味だったのでごくごくと水を飲み口の中に残る味を流そうとしたが、苦みとえぐみは残ったまま消えなかった。

「君を欲しがってるってことは、俺は殺すつもりなのかもしれないね」

「……何よそれ」

「まあ、もう少し待ってみたら分かるよ。ああでもララニカはもう寝る時間だから眠いかな」

「この薬を飲んだらしばらくは眠れないわよ。……まだ口の中にえぐみを感じるわ」

ろうそくをあまり使わないようにするため、森では日が沈んだらできるだけ早く寝ていた。早寝早起きが基本的な私の生活スタイルだ。

しかし今飲んだこれは気付け薬でもある。強制的に意識が覚醒に持っていかれる味と臭いで、しばらく眠れそうにない。

「もしヴァンに襲われてもこの状態でキスなんてしたら相手が吐くんじゃないの」

「……同じ薬を飲んでいれば同じ味だから俺なら大丈夫かも？」

「貴方とのキスがこんな不味い味なのは嫌よ」

ノクスが驚いた顔で私を見てきた。今の発言はノクスとのキス自体を嫌がっていないという意味だし、そう言ってしまったことに自分でも驚いてつい口を塞ぐ。……たしかに嫌ではないのだが。

私の気持ちは、祝福を返してから伝えるつもりなのだ。それが少し漏れてしまった。

「ララニカ、君……」

ノクスは何か言いかけたがすぐに険しい顔をして廊下の方に目を向けた。人の気配が近づいてきているのは私も気づいたので、互いに目を合わせて頷く。

無言のまま私はベッドの下に潜り込み、息を潜めた。ノクスはベッドの上に寝転がって眠ったフりをするようだ。これで様子を窺っていれば相手の目的が知れるというものである。

しばらくすると静かに扉が開き、複数の足が部屋の中に入ってきた。長い槍を持っているのが見えるので果実の見張りをしていた「赤槍」のメンバーだろう。

「眠っているか？」

「薬を飲ませたんだから死んでも目など覚まさないよ。早く始末してくれ、夫が死なないと妻は娶れない」

「分かった。外で待っていろ。報酬は弾めよ」

「もちろんさ」

ヴァンと赤槍のうちの一人が小声で話している。その内容にため息を吐きたくなったが堪えた。

なるほど、他人の妻を手に入れるために夫を殺そうという算段。そして妻とはさっさと既成事実を作って無理やり娶ろうという計画なのだ。

（でも、何故私をそんなに欲しがるのかしら。……天族らしい、容姿だから？）

ヴァンが私を見る目には好意などない。ノクスの目を見慣れているからこそ、それだけは間違いないと分かる。となれば金儲けに利用したいと考えるのが自然で、髪を見せてから態度が変わったことを考えるに金髪というステータスが欲しいのだろう。この家系にはヴァンのように金髪が生まれるし、それが天族の子孫の証だから、とか。

……しかし本当にそんなことで人を殺すのだろうか。

部屋の中に残った足の数は八本、つまり四人の人間がいる。彼らは足音をできるだけ立てないようにこちらに歩いてくるが、床が軋む音が響いていた。私やノクスならその音は立てないので、経験が浅いようだ。

「っぁ……?」

「え、ぐっ……」

「人を殺すなら、自分も殺される覚悟をしないといけないよ。……もう聞こえてないか」

二人が物言わず倒れ、もう二人はほとんど声を上げる前に崩れ落ちる。……目を閉じている間に終わっていたことはあったけれど、実際にノクスが人を殺す瞬間は初めて見た。しかしそれを責める気にはなれない。そうしなければ今、彼は殺されていただろう。

人を殺そうとする者には自分も殺される覚悟が必要となる。ノクスにもその覚悟があるからこその言葉なのか。

(殺さなければ殺される。……だから悪人を殺すのは仕方のないこと、なのかしらね……)

それは弱肉強食の世界に似ている。人を殺そうとする悪人に殺されないために、相手を殺す。防衛手段として効果的だし、勝てば殺されることは絶対にない。

ベッドの下から這《は》い出ると目の前に手を差し出された。その手を取って立ち上がったが、少し不安そうに私を見下ろす黒い瞳と目が合う。

「……大丈夫よ。貴方が殺されなくて、よかった」

「……うん」

命は尊いもの。私がそう思っているからこそノクスは人を殺した瞬間を見られ、不安に思ったのだろう。彼の手はすでに何人もの命を奪っている。そうだと分かっていても、私は彼の手を放す気はなかった。……この先もずっと、そのつもりだ。

「ヴァンと話をしに行きましょうか。……こちらを殺そうとしたんだもの。神の実の一つや二つ、安い対価よね」

「そうだね、脅しなら任せて」

脳天を貫かれ、床に倒れた四人に軽く黙禱《もくとう》してから部屋を出た。遅いぞと言わんばかりの不満顔でこちらを見たヴァンは、私たちを見て驚愕の表情を浮かべる。

「こんばんは。何か言い訳があるなら聞くけど?」

■

ヴァンは目の前に立つ女と、その隣で薄く笑っている男を見て血の気が引いた。二人の出てきた部屋には金さえ払えば何でもやる傭兵団の「赤槍」が入っていったはずだ。その赤槍はいつまで経っても出てくる気配さえなく、殺すように命じたはずの男は何でもない顔をして立っている。

（何故だ、何が起きた……？）

これまでは何もかもが上手くいっていた。代々受け継がれてきた不気味な生きるミイラは、ミュラー家の始祖であると言われている。その話が事実かどうかはともかく、不可思議な存在であるのは間違いない。そして家の敷地内に生えている、他所《よそ》では見られないとても変わった木とその果実。この二つを上手く使えば遊んで暮らせる金が手に入ると考えた。

そしてそれは実際に上手くいった。果実は一年に数房しか実らないが、ここまで育てるのに数百年もかかるので、学者も興味深く研究に来るような特異性を持っている。それを神の果実と呼び、「ユージン」と呼ばれるミイラはその果実の力で不死を得た存在だと触れ回った。

果実の値は売れる度に上げていき、しばらく前に望まぬ祝福を返せたという人間が出たことで跳ねあげた。千ゴールドという大金でも、欲しがる人間はいる。

（そうだ、上手くいっていたんだ。……どこで、間違えたんだ）

金髪金眼の女、ララが目の前に現れた時は幸運だと思った。今は枯れ木にしか見えないユージンも、元は金髪金眼であり、天族と関係があると言われているからだ。この女が傍に居れば話に信ぴょう性が増すし、もっと果実が売れるようになるだろう。それになにより美しいので、自分の妻にしてやってもいいと思ったのだ。

すでに既婚者で夫がいるのは残念だが、夫を始末すれば手に入れられる。夫が死んだところで、たっぷり催淫香を嗅がせた女を起こせば、彼女の方からヴァンを求めてくるはず。そうして仕方なく相手をしてやったという体《てい》で既成事実を作れば、婚姻も簡単に済むはずだったのに。

「夫を殺そうとした男たちならもう死んでるわよ。人を殺そうとするから、返り討ちにされても仕方がないわ」

二人が出てきた部屋では赤槍の四人が死んでいるという。そうだというのに顔色一つ変えないラが恐ろしいものに見えた。しかも隣の男も昼と何一つ変わらぬ笑顔でいる。

この二人は殺されそうになって、その相手を殺したはずだ。それなのに、何故平然としていられるのか。普通ではない。とにかくしらばっくれるしかない。

「し、知りません。私は、なにも」

「その言い訳が通じると思う?」

睡眠薬を盛ったはずなのに、二人の意識ははっきりしている。おそらく赤槍との会話も聞かれているのだろう。そうとなれば次はどうするべきか。

(口封じを……)

懐に忍ばせてある護身用の拳銃へと手を伸ばす。すると女の方が一歩前へと踏み出して、何を考えているのか分からない黄金の目でじっとこちらを見つめてきた。

「ピストルでも使うつもりかしら。……言ったわよね。殺そうとするなら、殺される覚悟が必要だと」

「な、なにをおっしゃっているのやら……私は、殺そうだなんて……」

「とぼけるつもり？　後ろの部屋に、武器を持った死体が四つ転がっているけど」

そうだ、この二人は手練《てだ》れの傭兵四人を傷一つ負わずに殺したのだ。上手く一人を仕留められたとしても、もう一人に殺されてしまうかもしれない。伸ばしかけた手を慌ててひっこめた。何か別の手段を考えるべきだろう。

「……しかし、私がやったという証拠はない。貴方たちを殺人者として、突き出してもいいのですぞ」

「見張りに残している仲間に証言してもらえばいいわ。どうせ全員知っているでしょうから」

「そうだね。情報を吐かせるのは得意だよ。首謀者はこいつだろうから……いっそこっちは殺してしまおうか」

ノートンという男の顔から笑みが消えた。薄暗い廊下の中にすとんと表情が抜け落ちた彼の白い顔が浮かぶようだ。そこにある黒い瞳は寒気を覚える程に冷たく、そして――それが、ためらいなく人を殺せる人間の目であることを、理解した。

赤槍が人を殺した現場を初めて見た際にも感じた寒気を、その時以上に感じる。これは殺気なのだろうか。体が震えてかちかちと奥歯がぶつかる音がする。

「命が惜しかったら、それに見合う価値のあるものを差し出してくれるかな？　そうじゃなきゃ、自分を殺そうとした上に、妻まで手籠《てご》めにしようとした相手を許せそうにないなぁ」

「……な、なにが……望みで……？」

「神の果実を少し分けてくれたらいいよ。まあ拒絶は出来ないよね、死にたくないなら。……穏便に済むのが一番でしょ？」

頷くしかなかった。神の果実は一年もあればまた実るのだから、腕利きの傭兵団である赤槍四人を瞬殺できるような相手に逆らうよりは、さっさと渡してしまった方がマシだ。

二人を神の木の下まで案内する。見張りをしていた残りの赤槍四人が、驚いたようにこちらを見ていた。彼らは今宵《こよい》何が起きるかを知っていたため、状況が呑み込めないのだろう。

「おいミュラーの旦那、これは一体どういう……」

「企みは失敗して、あの四人は死んでしまった。この二人に、果実を渡す」

「はあ!?　納得できねぇぞ！」

赤槍の一人がヴァンの背後を睨む。そこには人を殺したにもかかわらず平然と笑う男と、冷たい無表情の女がいるはずだ。ヴァンはその二人に逆らう気などないが、赤槍が殺してくれるならそれでもいい——そう思ったが、飛び出そうとした男の前に別の人間の槍が飛び出て、その動きを止めた。

「おい、やめとけ。……アンタ、プロの殺し屋だな」

「正体を明かす気はないよ」

「ああ、悪い。今のは俺たちの腕じゃ敵わないのが分かったって意味であって、アンタのことを詮索する気はない。……お前ら、手を出すな。死ぬぞ」

赤槍は総勢八人の傭兵団。その半分を殺されたというのに、頭領の男は怒りに駆られる男を押し止めた。それだけこのノートンという男が恐ろしいということなのかもしれない。

とんでもないものを家に招き入れ、しかも怒らせてしまったのだと理解する。赤槍とて名の知れた存在であるはずだ。この男は一人でそれ以上だということか。……抵抗は無駄なのだ。すべてを諦めた。

「……果実を採ったら、さっさと出ていって、ください」

一刻も早く、自分のテリトリーから出ていってほしい。これ以上の犠牲などいらない。母のユンミはまだ眠っていて何も知らないだろうが、起きたら死体を見て悲鳴をあげるんじゃないだろうか。

「私たちも長居するつもりはないから安心して。じゃあ遠慮なく頂いていくわ」

金髪のララという女はしばらく神の木を眺め、そうして二房の果実を手に取った。果実はまだ五つほど残っていたがそれで満足したらしい。

全部持っていかれる覚悟だっただけに拍子抜けした。千ゴールドで売りつけている物とはいえ、元手はないに等しい。まだ五つも残っているし、これからも実るのだから命に比べれば大した損失ではない。

「俺たちは金さえもらえるなら何でもやるが……あれの正体を見抜けなかったのは、俺たち自身の落ち度でもある。しかし四人も死んだのだから、その分は何らかの対価を払ってもらうぞ」

「ああ、分かってます。金ならありますから。……しかしあれは……あいつらは、なんなんですか」

「あの男は化け物だ。俺なんかよりもよっぽど人を殺し慣れてる。そして、それを微塵も感じさせず、警戒もさせないような……関わっちゃいけねぇ。忘れるのが身のためだ」

警備に使っていた四人が減ったこと、その分の補償をしなければならないことはたしかに痛い。だが頭領が怯えを含んだ警戒の目でノートンから目を離せずにいて、冷や汗がその頬を伝う姿を見れば、隙をみて仕返しをしてほしいなどという考えが浮かぶはずもなかった。

「……じゃあ、あの女の方はどう見るんで？　あっちだって、普通じゃない」

「……あれはよく分からん。あまり人間らしくない、とは思うが……化生の類かもな」

夜の月明りに照らされた金髪は、淡い光を帯びているように見えた。たしかに彼女の目はあまり人間らしくなかったように思う。目の前に居てもどこか遠くを見ているようで、視線を交わしているはずなのに目が合っていないような。……頭領の言うように人外の存在だと言われた方がしっくりくる。

（……まさか、天族の生き残りなのでは……？）

湧き上がりかけた欲は、殺気の籠った黒い瞳に貫かれたことで萎《しぼ》んだ。世の中には手を出してはならぬものが存在するのだ。

彼女が本物の天族だとしても、彼女に傷一つ付けまいとする怪物が傍に居る。今日あったことは、忘れるべきなのだろう。

「忘れ物をしたから一度戻ってもいいかしら」

「……どうぞ」

「ありがとう」

何を頼まれようと断る権利はない。ヴァンはそのまま、二人が家の中に消えていくのを見送った。

三十分ほどして荷物をまとめた二人が出ていくまで、家に入ることすらしなかった。

二人の背中すら見えなくなってようやく息を吐きだす。なんだかどっと疲れてしまった。

「金を払い続ける限りアンタが主人だ。だが、あの二人に報復なんて言われたら契約を切るぞ」

「ああ、分かってますよ。そんな気になんてなれない。金はまた稼げばいいが、死んだら終わりですからね」

神の果実を欲しがる人間はいくらでもいる。ユージンのミイラさえあれば、いくらでも稼げるだろう。赤槍の頭領と今後のことについてしばらく話し、ヴァンは自室に戻ってひと眠りした。恐ろしい二人組に殺されかける悪夢を見たが、目を覚ましたら夢であったことにほっとする。

「ヴァン、大変だよ……！」

「ああ、母さん……慌てなくていいよ、赤槍たちは……」

「違うよ！　ユージンが……！　ユージンが死んでる！」

ヴァンはベッドから飛び起きて、ゆりかごに入れているはずのユージンを確認しにいった。昨日までは食事すら与えなくても呼吸をしていたミイラが、息をしなくなっていた。

「なんてことだ……！　これじゃ、今まで通りにはいかないぞ!?」

「どうするんだいヴァン！」

「くそっ、どうするって言ったたって……っ」

金稼ぎの道具を一つ失ったヴァンは、それが馬車に乗って遠く離れていく二人組の仕業だということにまで頭が回らなかった。神の果実の本当の効果など知らないのだから、当然かもしれない。

残された神の果実は、いつかただの珍しい果実へと変わるだろう。楽して他人をだまし、金を巻き上げようとする詐欺行為は諦めてまっとうに働けば、少なくともまともに生きていけるはずである。金が尽きる前にその事実にミュラー一家が気づくかどうかは、彼ら次第だが。

○

私たちはドガルの村を朝一番に発つ行商の馬車に乗せてもらった。都会ではなく、ドガルのように辺鄙な場所にある村を商売相手にしている個人の商人で、気のいい人物だ。ノクスが笑顔で少しの乗車賃と共に頼んだら訝しむこともなく荷台に乗せてくれたのである。

簡単に乗せてくれたのはこの村で売るものを売って商品がほとんど残っておらず、荷台が軽かったからというのもあるだろう。

「本当によかったの？　あいつに……食べさせてやって」

「いいの。……死ねない苦しみは私もよく知っているから」

ヴァンの企みを暴き、脅すような交渉だったが〝最期の果実〟を手に入れた。二房を収穫し、そのうちの一房は搾って果汁を出して、ゆりかごごと狭い部屋に押し込められていたミイラのユージンの唇に垂らしてきたのだ。

それで死ねるかどうかは分からないが、もうそれ以外の方法で彼が果実を口にすることはできないだろうから仕方ない。しかし死ぬことができればいいな、とは思った。

「死なせてやりたいなんて君は優しいね」

「そんなんじゃないわよ」

馬を操っている商人に聞こえぬよう、荷台では最も後方に座り外を眺めながらノクスと小声で会話する。聞こえていたらとても不穏で気になってしまうだろう。

商品が大層売れたとご機嫌で鼻歌を歌っている彼には、自身の歌声と車輪のガラゴロと回る音で聞こえないとは思うが。

「この果実も手に入れたし、もういいの」

懐から布に包んでいた果実を取り出した。二つの玉が連なった、黄色の果実だ。これを二つとも食べることで私は「不老不死」の祝福を返すことになる。あまりにも感慨深くて、なかなか口にできないでいた。

「……食べないの?」

「……いえ、食べるわ」

せっかく手に入れたのに紛失しては元も子もない。二つとも口の中に放り込んで、咀嚼《そしゃく》した。口の中いっぱいに、優しい甘さがじゅわりと広がっていく。柔らかいのに弾力のある実で、種はとても小さいのかほとんど感じない。それを飲み込んだ。……だからといって体に劇的な変化が訪れる、なんてこともない。

「……何か変わったかどうか、分からないわね」

「見た目には変化ないね。……どうやって確かめる？」

「どこか切ってみればいいわ。……あの人を驚かせても悪いから、馬車を降りてからにしましょうか」

そういう訳で次の村で降ろしてもらい、商人を見送ってから私たちも一度村を出た。

この村にも乗合いの馬車が休憩で寄るはずなので、今度はそれに乗って鉄道が走っている町を目指すつもりだ。しかしそれが到着するまではしばらくかかり、時間的に余裕もあるため人気のない場所へと移動することにしたのである。自分を傷つけようとする行為を見られたら色々と面倒だ。

村の建物が見えなくなり、周囲に人の気配がないことをしっかり確かめてからナイフを取り出す。それを手に突き刺すためにと思いっきり振り下ろそうとしたら、手首をがしりと掴まれた。

「ララニカ！……不死じゃなくなってたら大怪我だよ、それ」

「ああ、そうだったわね。癖で……じゃあこれくらいかしら」

どうもそのあたりの感覚がずれてしまっている。長年不老不死だった弊害だろう。じゃあこれくらいかなとナイフで手のひらを切ってみたら、思ったよりも深くやってしまったようで赤い血がぽたぽたと流れ始めた。

こういう小さな傷は大きな傷と違って命に危険がないからか、不死の体でも治るのに少し時間が掛かっていた。とはいえ常人よりは早いので、翌日には跡形もなくなっているはずだ。……私が不死のままならば。

「……手当てしないの？」

「ああ、そうね。そうだったわ」

「俺がやるよ」

ノクスは私の手を取ると傷口に布を当て、手を握るようにしてしばらく圧迫していた。止血法の一つだと知っているのに、自分に使ったことがないので不思議な心地で眺める。

十分程そうしていただろうか。ノクスが手を放しても傷口から血が流れることはなくなった。しかしそれなりの出血をしていたようで、ノクスの手にも私の血がついていて赤く汚れている。こうなることが分かっていたのか、彼はあらかじめ普段使っている手袋を外していた。手袋に血が染みたら洗い落とすのが大変だからだろう。

「汚してしまったわね、近くに水場があったかしら」

「ん、大丈夫だよ。ララニカの血は綺麗だし」

「……何馬鹿なこと言ってるの」

「ほんとだよ。悪党の血は汚いけど、君のは綺麗だ」

暗殺者として仕事をしてきた彼独特の感覚だろうか。血液で感染する病でも持っていない限り、誰の血液でも似たようなものである。まあ私の場合はまだ何の病も持っていないだろうから、綺麗なのかもしれないが。

そう思っていたらノクスは自分の手に唇を寄せ、夫婦を偽装するための指輪に口づける。そしてそこに付着した血を口に含んだように見えた。

「ちょっと、何してるの」

「……ラニカの血は甘いのかと思って」

「そんなわけないでしょ。馬鹿なの？」

「……あれ？」

全力で呆れて口をゆすぐように言おうと思ったらノクスの様子がおかしい。訝し気な顔をしながら体を捻ったり、伸ばしたりしていて、どう見てもまだ治りきっていない腹の傷に障るような動きをしている。

「もう、傷口が開いたらどうするの！」

「いや、それがさ……治った気がする」

「は？」

「ラニカの血を舐めたら治った気がする」

ノクスが言っていることが理解できずに首を捻りながら眉間に皺を寄せた。彼は自分の手に残った血をしばらく眺めた後に布で拭い（名残惜しそうに見えたのは気のせいだろうか）、上着をめくって包帯の巻かれた腹部を露《あら》わにする。

包帯の上から確かめるように傷のあたりに触れた後、包帯を解いた。先日まではまだ完治していない傷があった場所は、痕一つない白い肌へと変わっている。

「……うそ」

「天族の血には不思議な治癒の力がある、ってこと……？」

「そんなはずはないわ。……だって、私の体をいじった人間が試していないはずがないもの」

百年ほど貴族に飼われていた間、私の飼い主は何度か代替わりをした。ペットとして愛玩した者も居れば、生まれた時から体が弱かったために不死を求めてあらゆる実験を繰り返した者も居る。その人間が私の血を飲んでいないはずはない。結局早死にして別の飼い主になったのだから特殊な効果などあるわけがないのだ。

「でも、昨日ちょっと……動いたからまた痛くなってたんだよね。今は全然痛くないけど」

どうやら昨夜の騒動はノクスの傷に響いていたらしい。しかしそれが今突然良くなったということは、やはり私の血の効果としか思えない。

分からないことが多すぎる。私の血についての考察は、とりあえず後に回すとして、それよりも。

「……貴方、私に隠してたわね」

「ごめん。ラランカには自分のことをしっかり考えてほしかったから」

そう言われると弱い。私は最期の果実を手に入れて、色々と考え込んでしまった。これを食べて普通の人間に戻った後のこと。ノクスに伝えるべき言葉。そして彼がどんな答えを返すかを考えて口数が減っていたので、ノクスが遠慮してしまったのだろう。

「……無茶はしないで。心配するでしょ」

「……うん。ありがとう。でも俺よりもララニカの手当てが先だね。続きをやろう」

血が止まっていたのですっかり忘れていたが、そういえば手当ての途中だった。ノクスが優しい手つきで薬を塗って包帯を巻いてくれる。自分が怪我をしたところで普段は放っておくせいか、なんだか慣れないそれがくすぐったい。

「明日には治ってないといいわね」

「そんな台詞を言うのは君くらいだよ。……でも、そうだね」

明日、この傷が残っていれば私は不死者ではなくなったという証になる。痛みを感じすぎたせいか、痛覚はあるのにその耐性もできているためあまり気にならない。この痛みが明日も続けばいい、そう願いながら二人で村まで戻った。

井戸から汲《く》んだ水で汚れた布や傷口以外の血を綺麗に洗ったところで乗合いの馬車がやってきたため、その出発便に他の客と共に乗って次の村へと向かう。

（……明日が楽しみ、なんて……初めて）

左手に巻かれた包帯を眺めながら、馬車に揺られる。私もノクスもあまり言葉を交わさず、明日の結果をじりじりと待った。


翌日も私たちは馬車に揺られていた。

乗合いの馬車は道中に近辺の村に寄り、それを中継地としながら進む。同じ馬車を使い続けるのではなく、村ごとに乗り換えるのは同じ人間が運転を続け、長距離を移動し続けるのは疲れるからだろう。そんな辺鄙な場所にあるドガルの村と鉄道の終点まで馬車があるのは、やはり神の果実を目的とした人間が多いためだ。

（まあ……ユージンが死んでいれば、いずれはこの馬車もなくなるかもしれないわね）

神の果実の神秘性を増していたのは、生きたミイラとなっていたユージンの存在だ。彼には村を出る前に果汁を飲ませてきたので、上手くいけば死ねているだろう。

だって、一日が経っても私の手の傷は癒えていない。朝起きても痛みがあることが嬉しくてたまらなかった。

（やっと……やっと、私にも終わりができた）

つい微笑んでしまうくらいには嬉しくて、朝からそんな顔をしていた私を見たノクスもそれを察したらしい。傷薬を取り出しながら「包帯を替えよう」と言って、薬を塗り直してくれた。

「ねぇ、ノクス。貴方に話したいことがあるわ」

「……うん」

「でも、二人きりで誰にも邪魔されない場所がいいの。どうしましょうか」

乗合いの馬車の出発時間に遅れたら、その馬車が往復で戻ってくる二日後まで動けない。ノクスが私の告白にどんな答えを出したとしても、それでは彼が時間を食ってしまうだろう。

それなら鉄道が走る町まで戻ってからがいいだろうか、と思いつつノクスの考えを訊いてみた。

「……じゃあ、俺の拠点まで戻ってから」

しばらく無言で考えた後、彼は意外な返答をした。なんとなく、この旅を引き延ばしたいのではないかと感じたけれど、ノクスがそうしたいならそれでいい。私の最大の目的はすでに果たしたのだから。

「分かったわ。じゃあ貴方の拠点で話しましょう」

「うん。……それまではもう少し、設定のまま、ね」

「……ええ、分かってるわ」

あえて設定のままと口にしたのはどういう意図だろう。旅の間夫婦と偽るのは最初に話した通りで、私は当然帰り道もそのつもりだった。

帰りはノクスの傷も完治していたため行きほど時間はかからない。飛行船は待機日もなく乗れて、アスのいる山の近くの街にも宿泊したが、彼はおそらく現在巣作りや子育ての準備などで忙しいはずだ。顔を見に行くこともなかった。

あの尊大な態度の鳥もおらず、ノクスも何か考え込んでいるようであまり話さないので、自然と会話が減る。そのせいなのか帰りの二人旅は少しだけ寂しい気がした。

（今なら簡単に私を殺せる。十年以上追い続けた目標に手が届くんだから、ノクスも考えたいんでしょうね）

私の心は決まっているが、ノクスはまだなのだろう。いや、むしろ私が何を話すか気がかりで逆に考えがまとまらないのかもしれない。

私はこのままノクスと生きてもいいし、ノクスに殺されて人生を終わらせてもいいと考えている。結婚してと言わなくなった彼が、私を殺して自分の人生を歩み始めようとしているならそれでいいし、まだ私と生きるつもりがあるなら寄り添いたい。

（ああでも……ノクスを見送るのは、やっぱり嫌ね）

そんなことをつらつらと考えながら移動し続けていたら、ノクスの拠点に戻るまではあっという間に感じた。人気のない静かな森の中の、私の家によく似た拠点。私たちは互いに拠点の中で、定位置となっている椅子に座る。

「やっと話ができるわね」

「……うん」

向かい合ったノクスの表情が浮かない。彼が何を考えているのかは知らないが、テーブルの下でその手がナイフを握っていることは知っている。それでも私はそんな彼に向かって微笑んだ。

「ノクス、ありがとう。私は……これで、死ねる体になったわ」

「……よかったね、ララニカ」

「ええ。私、ずっと……今すぐにでも死にたいって思っていたから。ようやく死ねると思うと嬉しいわよ」

絶対に叶わないと思っていた望み。永遠を生きなければならないという絶望の中にいた私は、千年近い時を経てようやく限りある時間を手に入れた。私はすでに諦めていたから自分だけでは絶対に届かなかったものだ。だからこれはすべて、ノクスのおかげなのである。

（いえ……ニックのおかげでもあるかしら。でもノクスが探し求めてニックに協力を仰いだんだから、やっぱりノクスが居たからこそだわ）

その喜びと感謝を伝えたかったのに、私を見つめる黒い瞳が動揺するように揺らいでいるのを見て、少し慌てて言葉を続けた。

「約束は忘れてないわ。私を殺せるようになったら……貴方と結婚するという約束よね」

今でも忘れない。幼い子供の顔で、とてもいい方法を思いついたのだと言わんばかりの笑顔で、ノクスが放った言葉。始まりは幼稚な、荒唐無稽な夢だったはずのそれが十余年の時を経て実現可能となった。私よりもノクスの方が、これについては強い思いがあるだろう。

「……ララニカ」

「でもその話をする前に、私の気持ちを聞いてほしいわ」

死にかけの子供だった彼を拾って弟子のように思いながら育てた。その時の私は、まさか自分がこんな感情を抱くようになるなんて考えたこともなかったのだ。

私は彼と違ってまだ一度も彼に自分の想いを伝えていない。それをせずに結婚という話をする気にはなれなかった。

「私はずっと貴方を子供だと思っていたし、そうじゃなくなってもいつか私を置いて死ぬ別の生き物だと思っていたのよね。だから大事な存在にしたくなかった」

「うん、知ってる」

「でも、いつの間にか……私はもう、貴方を失うのが耐えられないくらい、貴方が大事になってしまった。もし私の祝福が解けなくても、この旅が終わったら言おうと思ってたのよ。一緒に生きてほしいって。貴方の最期まで私と居てくれないかしらって」

ノクスが目を見開いて、固まった。痛いほどに視線を感じる。自分の感情をこうして話すなんて、過去にあったかどうかも記憶にないくらいなので、なんだか恥ずかしくなってきた。頬が熱くなってきたので、顔にかかる髪を耳にかける。……これくらいで涼しくなんてならないが。

「私は……貴方が好きよ。不死の魔女だった私の望みを叶えるためだけに暗殺者になった、馬鹿な貴方を愛してるわ。今まで出会った誰よりも、貴方に愛情を感じる。だから……私は、死ぬことができるようになったからこそ、貴方だけは見送りたくない」

死ぬことができるからこそ、私はノクスに先に逝かないでほしい。我儘だと理解しているけれど、大事なものを失う苦しみを二度と味わいたくない、と距離を置いていた私の中に入り込んできたのは彼なのだ。その責任を取ってほしいと思ってはいけないだろうか。

「っ……それって、俺に……殺してほしい、ってこと……?」

その声は震えていた。喜びと絶望が混ざり合ったような、見たこともない笑みをノクスは浮かべている。その姿を見て思う。やっぱり、殺すということがどういうことなのか、彼は分かっていなかったのだろうと。……私を殺す覚悟は、出来ていなかったのだと。

「そう。私は貴方に殺してほしいわ。……でもそれは、いつかの話」

「…………いつか?」

「ええ。だから、私たちは結婚しましょう。……いつでもいいから、貴方が死ぬより前に私を殺して。そしてそれまでは、一緒に生きる……というのはどうかしら」

自分の前で指を組み合わせ、ぎゅっと握った。私としては一世一代の告白なのだが、ノクスはどう思うだろう。身勝手だと思わないだろうか。彼はまだ私を好きでいてくれているとは思うが、今更なんだと呆れないだろうか。

「その、もちろん貴方がまだ私を好きで、結婚したい……と思っていたらの話、なんだけ、ど……っ!?」

突然黒いものに襲われ、視界がぐるりと回った。私の目に映るのは簡素な天井と、視界の端にちらつく紺色の髪。そのままの勢いで椅子から床へと落ちたが、床との間に挟まっている物のおかげか痛くはない。

落ちたナイフが転がり、そのままくるくると軽く回る音がする。自分を強く抱きしめているぬくもりはノクスのもので、どうやら行儀悪く机を飛び越えてきたらしいと理解した。

「好き。結婚したい。愛してる。……すぐにでも殺してほしいって……言われるかと、思ってた……っ」

苦しげな声が耳元で感情を吐露している。強い力で抱きしめられて、息が詰まった。彼は元から力が強いのだ、加減してもらわなければ潰れてしまいそうだと思いながら、それを伝えるべく背中を叩いた。今の私はもう不死者ではないのだから、内臓でも傷ついたら修復に時間がかかるし死ぬかもしれない。好きな相手に抱き潰されて圧死とは笑えない話だ。

「これ、死ぬ、わよ」

「……ごめん。……でも離れたくないからこのままでいい？」

「……仕方ないわね……」

私を潰しそうなほどの力は弱まったが、それでも身動きが取れないくらいには強く抱きしめられている。このままでいいとは言ったものの、天井を見ながら床に転がされているのは妙な状況ではないだろうか。

「……ノクス。離れなくていいから起きましょう。床は汚れるわよ」

「ん……それもそうか」

ノクスは私を片腕に抱いたままひょいっと体を起こし、倒れた椅子を片足で起こしてそこに座ると、私を自分の膝の上に乗せて抱きしめた。背中側から抱きしめられて、彼の顔が私の肩に載っている。椅子を足で起こす行儀の悪さを叱るべきか迷いつつ横眼で間近にある顔を睨もうとしたが、肩に顔を埋《うず》めている彼の顔は見えなかった。

（全く……仕方のない子）

彼は私がすぐにでも死を望むと思っていたようで、それを考えていたからこそ帰りの旅の間は静かだったのだろう。彼が私を殺せるなら結婚すると約束したのだから、私もすぐに死ぬつもりはなかった……とも言い切れなかった。

（私がまだ、ノクスのことを特別だと思っていなかったら……早く殺してと、言っていたかも）

私のために死ぬ方法を探してくれたノクスへの義理は果たすだろうが、義理を果たしたと思えたらすぐに死にたがったかもしれない。ノクスは私の性格を知っているからこそ、そう考えてしまって旅を引き延ばした。……私を殺したくなかったのだろう。

「ねぇ、ラニカ。……好きだよ。いつか必ず君を殺してみせるから……結婚して、それまで一緒に居てくれる？」

「だから、そう言ってるじゃないの。……馬鹿ね」

「うん。……ありがとう」

こめかみに柔らかいものが触れる。それは恋人となった暗殺者からの初めてのキスだった訳だが、そうだと認識した途端に心臓がどきりと跳ねた。……そういえば、私はまともな恋愛をしたことがないのである。

（……心臓の病になったらどうしようかしら……）

いつも死を願っていた頭で、変に騒ぐ心臓が寿命を縮めないことを願う。

元不死の魔女である私は、いつかこの暗殺者に殺されるだろう。それまでは彼と共に生きていく。ただの人間のように、限りある時間を精いっぱいに。……それは間違いなく、どこにでもあるような、普通の幸福だ。

◆

ラランカは祝福を返し、死ぬことができる人間になった。普通に怪我をして、病に罹り、致命傷を受ければ死ぬ。今ならナイフだろうと毒だろうと、何なら素手であってもノクスは彼女を殺せる。何の苦痛もなく、楽な死を与えることができる。

（……結婚してくれるっていう約束があるから、まだだよね。まだ……殺す時じゃない）

ナイフの柄を握っては放す。毒の小瓶を取り出してはしまう。ラランカの望みを叶えることが、長年のノクスの望みであったはずなのに、凶器となりえる物に触れると手が震えた。何人も殺してきて、その行為に一度だって忌避感も恐怖も抱いたことなどなかった。しかし今のノクスはどちらの感情も持っている。

（結婚って、どれくらいの期間かな。それなりに長い時間は一緒に居てくれる？　でも、ラランカはすぐにでも死にたいって……思ってた、はず）

ノクスがラランカを殺せるなら結婚する。それが二人の間の約束で、彼女はその約束を違《たが》えることはないだろう。しかし――たとえ夫婦として過ごす時が一年、一ヶ月、いや一日であろうと。一度結婚すれば約束は守ったことになる。

ラランカが寿命で死ぬまで待つ、ということはできないだろう。……だって、それではノクスがラランカを殺したことにならない。

（ラランカは優しいから……すぐには、死なないでいてくれるとは、思う）

けれどそれがラランカの苦痛になったらどうしようと悩んだ。早く死にたいのにノクスに義理立てをし、ノクスが満たされるためだけに夫婦生活を送る。それが彼女の苦痛を引き延ばすだけの行いになるのだとしたら、それはノクスの望まないことであった。

（……結婚はしたいよ。でもそれって、形だけじゃなくて……俺は、そこにラランカの心が欲しい）

鉄道を走る車両の揺れに身を任せ、窓の外を眺めるラランカをぼんやりと見つめながら思った。

子供の頃はただ、彼女から離れたくないだけだった。それはいつからか恋慕へと変わり、それからのノクスが求めていたのは「ラランカから自分と同じ種類の感情を向けられること」になっていた。

感情が伴わないなら結婚する意味はないと思う。それなら、すぐにでも彼女を殺してやるべきなのかもしれない。

(俺のために泣いてくれたし、俺のことを大事に思ってくれたのは間違いないと思うけど……それは、俺と同じ気持ちだからと決まってる訳じゃない。旅に出てからラランカの距離が近くなったのは……置いて逝かれないで済むと、思ったからかも)

ラランカは不老不死であるが故に、大事な人と死別を繰り返してきた。だから二度と大事な人を作らないようにと人間から距離を取る。それはノクスに対してもそうだったけれど、それでも大事だと思われるようになっていたということは素直に嬉しかった。

しかし、それ以上に親密になるような行動をとる必要はなかったはずだ。……自分が、死なないと思ったままならば。それ以上大事に思うことがないよう、距離は保ったままでいるだろう。

だから彼女は話に聞く果実が本物だと確信し、ノクスが殺してくれると思ったからこそ安心して、壁を取り払っただけではないのだろうか。そんな疑問が浮かび上がる。

(ラランカが俺を好きになってくれたかもしれない、なんて……俺が勘違いしただけ、だったのかもしれない)

露店で見かけた高くもない髪飾りを宝物だと言ってくれた。ノクスであればキスを交わすことも嫌がってはいないような台詞も口にした。だから、もしかしたらラランカも、自分に好意を持ってくれるようになったのではないか。

そう思うことは何度かあったが、それがノクスの勘違いである可能性も否定できない。そう思いたいから、そう見えるということもある。

こういう時、事実を確かめるのがいつも怖くなる。自分の望みと違う答えが返ってくるのが怖くて尋ねられなくなるのはノクスの弱さだ。ただ、他人の感情を知るのが怖いと思うのもラニカ相手の場合のみだが。

（……俺のこと、好きになってくれないかなぁ……）

二人きりで話したいというのは十中八九、二人の間の約束に関する内容だ。結婚をどうするか、殺すのはいつか。ラニカのノクスへの好意が恋に類するものでなかった場合、ノクスは彼女を殺す覚悟を固めなければならなくなる。それが嫌で、考えたくなくて、結果を先延ばしにするためだけに旅の終点を自分の拠点へと変えた。

しかしせっかく引き延ばした時間も、そんなことを考えてしまうせいで楽しめない。夫婦として旅をできるのはこれが最後かもしれないのに、それでも楽しむ余裕などなかった。

気がつけば自分の拠点が目の前にある。ここはラニカと暮らした森を出て、しばらく経ってから作った場所だ。必要なものを思い浮かべて揃えていたら、いつの間にかラニカの森の家と似たものが出来上がっていた。

アスと共に暮らしながらも何かが足りない。そうして使いもしない二つ目の椅子を用意した時は誰が座るのかと苦笑したが、今はそこへララニカが座っている。……ああ、帰ってきてしまった。もう旅は終わりなのだ。

「やっと話ができるわね」

ララニカはどことなく嬉しそうな顔をしてそう言った。ノクスは頷きながらも、心が重たくなっていく。ドガルを出立してからここに来るまで彼女の機嫌がずっと良かったのは、やはりもうすぐ死ねるという希望からなのだろう。

（……すぐにでも殺してあげるべき、かな。なんなら……俺に対して気持ちがないって、知るより先に。その方が、いいかもしれない）

彼女に見えないよう、テーブルの下でナイフを握る。その手はやはり震えていて、これじゃ手元が狂いそうだ。間違えても苦しめてはいけない。この震えが収まらないと、殺せない。

「ノクス、ありがとう。私は……これで、死ねる体になったわ」

「……よかったね、ララニカ」

「ええ。私、ずっと……今すぐにでも死にたいって思っていたから。ようやく死ねると思うと嬉しいわよ」

微笑みながらララニカはそんなことを言った。やはり、彼女は今すぐにでも死にたいのだ。この旅で彼女から壁を感じなくなったのは、死ねると確信できたからに違いない。本当に、魔性の魔女である。

（俺はもっと君のことが好きになったのに）

ナイフを握る手に力を込めるが、まだこの手は震えている。彼女を殺すことを、ノクスの心が拒絶する。……たとえ愛されなかったとしても、ノクスがラニカを愛していることに変わりはない。

動揺は顔に出していないつもりだったが、ラニカは少し慌てたように結婚の約束は忘れていない、と言い出した。

（でもその約束は、もういいよ。君が死にたいなら、俺に付き合わなくていい）

そう告げる前に話を聞いてほしいと止められた。……あまり聞きたくないからこそ、手にかけようとしているのに。だが結局手の震えは収まらないから、それもできない。彼女の話を聞くしかない。しかしそんな心境で聞かされたラニカの話は、ノクスの想像とは別のものだった。

「私は……貴方が好きよ。不死の魔女だった私の望みを叶えるためだけに暗殺者になった、馬鹿な貴方を愛してるわ」

それは何よりもノクスが聞きたかった言葉に違いない。嬉しすぎて呼吸すら忘れるくらいに驚く。

しかしそれに続いた言葉で、山の頂から叩き落とされるような心地になった。

「今まで出会った誰よりも、貴方に愛情を感じる。だから……私は、死ぬことができるようになったからこそ、貴方だけは見送りたくない」

「っ……それって、俺に……殺してほしい、ってこと……？」

ノクスが好きだからこそ、見送りたくない。それはつまり、ノクスが死ぬ前にちゃんと殺されたい、ということだろう。

ならばその願いを叶えなければならない。そう思うのに、ナイフを握る手の震えは収まるどころか、声にまで伝播《でんぱ》したようだった。

（殺したくない。……君を殺したくないよ）

殺すということは永遠に失うということ。記憶の中にしか残らない。そしてその記憶はやがて薄れていく。いつしか細かいことから忘れてしまう。声や顔を思い出せなくなるかもしれない。

子供の頃から彼女を殺すと決めて、何度も口にしてきた。けれどここに来て、ようやく自分にはそれが出来ないかもしれないと思った。手にしたナイフを突き刺せるのか。毒を飲ませることはできるか。他の方法でもいい、彼女を手に掛けられるか。何を想像しても、直前で動けなくなってしまう気がした。

「そう。私は貴方に殺してほしいわ。……でもそれは、いつかの話」

「…………いつか？」

また予想外の言葉が出てきた。思わず尋ね返したノクスに、ラニカは真剣な面持ちで指を組み合わせる。彼女が毛嫌いする神へ祈るようなポーズだ。

「ええ。だから、私たちは結婚しましょう。……いつでもいいから、貴方が死ぬより前に私を殺して。そしてそれまでは、一緒に生きる……というのはどうかしら」

その言葉を理解するのに数秒かかり、理解した途端にノクスの中で何かがはじける。ララニカはまだ何か言いかけていたがもう聞こえていなかった。握っていたナイフを放し、別のものに手を伸ばす。本能的な、衝動的なものだったと思う。

自分でも何かを考えていた訳ではなくて、とにかく気づいたら腕の中にララニカを捕まえていた。我に返った時には彼女ごと床に倒れ込みそうだったので、咄嗟にその衝撃が小さな体に伝わらないよう、自分を緩衝材に使いながら衝撃を殺す。……頭でもぶつけて、死なせる訳にはいかない。

「好き。結婚したい。愛してる」

一緒に生きるのはどうかなんて、訊かれるまでもない。ノクスの気持ちは昔から変わらないのだから。だからこそ、怖かったのだ。

「すぐにでも殺してほしいって……言われるかと、思ってた……っ」

そう言われるのが本当に怖かった。聞きたくない、それを聞かされるくらいならその前に殺してしまいたいと思う程に。

けれど殺せるはずもなかった。ノクスはララニカを愛している。彼女のためだけに生きてきたようなものなのに、彼女を失ったらどうやって生きればいいのか分からない。

（よかった。本当によかった……ララニカを殺すのは、俺が死ぬ寸前でいい。最期まで一緒だ）

その時にならら手を下せるかもしれない。自分の死が見える状況なら、彼女を置いて逝くのはノクスとて不本意である。彼女の心臓を止めたら、ノクスもすぐに後を追えばいいだけの話だ。それならとても簡単に思えた。

ようやく手に入ったものを、腕の中の存在を実感したいばかりに力を込めすぎたようで文句を言われたが、それは些細《ささい》なことである。

(でもまだ離れたくないなぁ……だって、ようやく……手に入った)

ずっと欲しかったのだ。この手に落ちてきてほしかった。決して手に入らないと思っていたが、自ら飛び込んできてくれた。今日くらいは、この幸福に浸りたい。

どうしても笑ってしまう顔をラニカに見られないように隠しながら、改めて告白する。

「ねぇ、ラニカ。……好きだよ。いつか必ず君を殺してみせるから……結婚して、それまで一緒に居てくれる?」

「だから、そう言ってるじゃないの。……馬鹿ね」

甘さを含んだ優しく柔らかい声。彼女がノクスにだけ使う「馬鹿」という言葉が「愛してる」という意味に聞こえるのは何故だろうか。

その日、元奴隷十六番は世界一幸せな暗殺者になった。いつか愛しい人を殺して生涯を閉じる、そんな暗殺者に。

「ララニカの血のことなんだけどさ」

ノクスの拠点で朝食を摂《と》っている時だった。町で買ったふかふかのパンに切れ込みを入れ、味の濃いおかずを挟むというメニューである。挟まれているのは鹿肉を柔らかくして濃い味をつけたものと、それに合わせて考えた香草や野菜の組み合わせなのだが絶品だ。人間社会と関わりを持ちながら生活すると食生活まで格段に向上し、正直食事が楽しみで仕方がない。

とにかくそんな楽しい朝食の最中に、ノクスはそれを言い出したのである。自分が不死者でなくなったことが最も重要であった私は、言われてそういえばそんなこともあったと思い出した。

「天族の伝承らしい話の中に、彼らにはどんな傷でも癒す特別な力があったっていうのがあったんだよね。ニックの調べではこの類の話がかなり多い」

「……地上に降りたら天族は最期の果実を口にして人間に戻るはずだけど」

「そう。だから天族本人は不老不死じゃなくなってるんだと思う。……ただ、やっぱり天族は神のお気に入りだったんじゃないかな。不老不死の祝福を返しても、別の祝福が与えられてるように思えるんだよね」

ノクスの言い分はこうだ。不老不死の祝福を返した天族には、新たな祝福が与えられる。それは本人ではなく、周囲の人間を癒す力――死んでさえいなければ、復活させることのできる万能薬。それが当人の血液になっているのではないかと。

「なによそれ。祝福を与えるにしても、どうしてそんな力を……」

「うーん……身内を失うことに慣れてない天族のために、大事な相手を死なせない力を与えたとか？……君はすごく情が深いからそうしたのかもね。だって、君が神の遣いを助けたんでしょう？」

神の遣いを助け、祝福を授けられることになった最大の原因は私だ。神は祝福を与える基準に私を選んでいる可能性がある、と言われて思わず顔をしかめてしまう。

血液が万能薬となる人間が居ると知られたらどうなるのかは考えるまでもない。感じた寒気に自分の腕を擦《さす》った。

私の血に本当にそんな力があるのかは一度検証した方がいいのかもしれない。しかし、とにかく、人間と違う価値観を持つ神はやはり理解できないし、したくない。

「……やっぱり神とは相容《あいい》れないわ」

「そうだよね。……でも大丈夫、君を殺すのは俺だから。それまでは絶対に守るよ、俺以外に君を殺させない」

優しく微笑《ほほえ》む暗殺者の顔を見ているとだんだん落ち着いてきた。彼が有言実行なのは身を以《もっ》て知っているからだろうか。……私は彼以外に殺されることはないし、彼より先に死ぬこともない。それなら怖いものなど他にはないから、安心していい。

「ねぇララニカ、買い物に行こうよ」

朝食を済ませて片づけを終えたところだ。この後の予定は特にないし、買い出しに行きたいならそれに付き合うのは構わない。

「いいわよ。食料の買い出し？」

「いや、結婚の装飾品を買いに。指輪がいいよね」

指輪を買いに行くというノクスの言葉が理解できずに一瞬ぽかんとしてしまった。結婚の指輪ならすでに買っているし、私と彼の指にはまっているではないか。

「結婚指輪ならあるじゃない」

「それは偽物だから違う。俺と君で、ちゃんとしたのを作るんだよ。結婚式は……神に誓うのは癪《しゃく》でしょ？　二人きりでやろっか」

たしかにこの指輪は夫婦を偽装するために買ったものなので、ノクスとしては別物に感じるのだろう。結婚式についてはその儀式の内容など知らないが、神に誓うのが癪だという彼の言葉には頷《うなず》いた。

「サイズを測って、好きな素材を選んで、自分たちだけの結婚指輪を作れるんだよ」

「そうなの？　この前はお店にすでに売ってあったじゃない？」

「お金に余裕がない夫婦はそういうのを買うんだ。でも俺はララニカのためのお金がいっぱいあるから」

私のためのお金とは一体。そう思ったが深くは聞かなかった。彼が長年私を想《おも》っていたのは知っているし、結婚した時のために蓄えていたということなのだろう。……その夢が無駄にならずによかったと思う。

「そうだね……リングは金で作ろうよ。ラランカの色だから」

「そう、いいわよ」

「装飾はどうしようかな。綺麗《きれい》な宝石がいいよね。あ、それとも高級なのがいいかな。ララニカはどんな宝石を使いたい？」

ノクスはニコニコと笑いながら興奮気味に話している。結婚指輪がどういうものなのか詳しくない私では分からないが、土台になる金属のリングに宝石をつけるもののようだ。

自分を着飾ることなんて数百年してこなかったし、最近ようやく彼にもらった髪飾りをつけるようになったくらいなのだから、好みの宝石を訊《き》かれてもすぐには思いつかない。期待を込めた目を向けられたところで――。

「ああ……それなら夜色の宝石がいいわね」

「夜色？」

「土台に私の色を使うんでしょう？　なら宝石は、貴方《あなた》の色がいいわ。それなら私たちのもの、という感じがするでしょうし」

数秒軽く目を瞠《みは》った状態で固まったノクスは、机の上で肘をついて組んだ手に額を押し当てて、長い息を吐いた。急に妙な行動をするのでつい、怪訝《けげん》な顔をしてしまう。

「ラララニカは魔女というか魔性の女だよね。無意識なんでしょう、それ」

「……意味が分からないわ」

「うん。いや、君はそのままでいいよ」

ノクスはたまに訳の分からないことを言うが、喜んでいるように見えるのであまり気にしないことにする。

指輪のデザインについては彼らしい色の小さな宝石をちりばめたようなものにする、ということになった。詳しくない上に上手《うま》く想像もできないので彼に任せる。私たちの結婚については彼が誰よりも強いこだわりがあるだろうから。

「あとは……新居も欲しいよね」

「……家はここじゃないの？」

「ここはただの拠点だよ。ララニカはもう不死じゃないんだからさ。もっといい環境で暮らした方が長生きできると思うし。今は便利な道具も楽に生きられる環境もたくさんあるんだから」

彼の言葉通り、私の知らない間に人間の世界は大きく変わり、そして進歩していた。便利な道具が溢《あふ》れていて、都会であればあるほど人と物に満ちている。

私は森の暮らしに慣れているが、都会が嫌いという訳でもなかった。短い命を得たことでむしろ知らないものを知りたいという欲求が出たし、短期間でも留《とど》まった都会の街は楽しかったのでもっと散策してみたいと思っている。

「じゃあ、私たちの家を探すために旅でもする？」

前回の旅は私が死を求めるためのものだった。ノクスとは偽装の夫婦として過ごしたけれど、今となってはそれが少し物足りないように感じるのだ。

目的地までまっすぐ進んでまっすぐ帰ってきただけ。しかし今なら、もっと二人で違った楽しみ方ができるだろう。

「今度は本当に夫婦で。……貴方が良ければだけど」

「……新婚旅行だね。断る理由がないよ」

心底嬉《うれ》しそうに笑う顔には幸福しか見えなくて、そんな顔が見られることを嬉しく思った。雲一つない空のよう、とでも例えればいいだろうか。以前はどこかに陰りがあったのに、今の彼に不安は一つもなさそうだ。

しかし突然響いたノック音によって、ノクスはその笑顔を引っ込めてしまった。

「おーい、帰ってきてるんだろ？　僕だ、開けてくれ」

「……ノクス、呼んでるわよ」

「……はあ。仕方ないね」

私の家とは違い、この拠点の扉には鍵がある。ノクスはしぶしぶといった様子でそれを外して客人を招き入れた。

「おめでとう、目的は果たしたんだろう？」

「……なんで？」

「いや、だってお前が次の情報を聞きに来ないでのんびりしてるから。魔女さんもおめでとうございます、よかったですね！」

私の不老不死を解くために協力していてくれたらしいニックは、親指を立てながら晴れやかな笑顔を向けてきた。

私が不老不死であることを知りながら、それを利用するのではなく、その力を消すために尽力してくれたのだ。彼にももちろん感謝している。

今までは完全に距離を置いて、名前すら呼んだことのなかった彼に私は感謝を込めて微笑みかけた。

「ありがとう、ニック」

「……え？　僕今名前呼ばれました？」

「ええ。もう人間になったから、いいの」

これからは寿命の差など気にしない。いつかは私も死ぬことができるから、人と距離を取る必要はなくなったのだ。そんな私の態度にニックは少し戸惑ったのか、妙な半笑いを浮かべた後に軽く咳払《せきばら》いをした。

「いやぁ……喜びたいんですけど、喜んだら殺されそうなんでやめときます」

確認してみると彼の言葉通りノクスの眼光が鋭くなっている。何故《なぜ》そんな顔をするのか分からず首を傾《かし》げた。ニックはノクスにとって友人に近い存在と認識しているのだが、違ったのだろうか。

「でも魔女さん、普通の人間ともちょっと違うんじゃないですか？　伝承によると地上に降りた天族は癒しの力を持つみたいだから、魔女さんも……」

「やっぱこいつ始末した方がいいかな」

「あ、知ってるのか。じゃあこれ以上の説明はいらないな」

知っているならいいとばかりに口を閉じたニックは、部屋の中を見回して自分の座る席がなさそうなことにしょげた顔をしている。

そんな顔をしていてもさすが腕利きの情報屋だ。私の血の力を目の当たりにしていなくても、先ほどノクスが辿《たど》り着いた結論を予測して情報を持ってきたらしい。

ノクスの依頼で情報を集めていたようだから、地上に降りた天族については誰よりも詳しいのかもしれない。

「大丈夫、誰にも言わないさ。それより魔女さんは元の家に戻らないんでしょう？　十六番とここに住むんですか？」

「まあ、元の家には戻らないわね。ここに住むかは分からないけど」

「ふーん。……いい家を紹介してやろうか？」

「いらない。君に知られない家を探す」

「友人に向かって酷《ひど》いな。そんなに邪険にしなくてもいいじゃないか」

そんな二人のやり取りを微笑ましい気持ちで見守った。いつかは私にもこのように軽口を叩《たた》ける友人ができるだろうか。

(もう、私も普通に死ねる人間だから……新しい場所で新しい暮らしを始めたら、自然と交流も広がるわよね)

……なんとなく、私の交友関係にはノクスが付いてきそうな気がするけれど。しかし私は現代の常識がないので、ノクスが居てくれた方が心強いかもしれない。

「こんなやつ放っておいて買い物に行こうよ」

「酷くないか?」

ノクスの雑な扱いにショックを受けたような顔をするニックだが、本気で傷ついている訳でもなさそうだ。声にも表情にも、台詞《せりふ》と違って傷ついた様子はない。これはただのじゃれ合いなのだろう、やはり仲はいいらしい。

「なら、ニックも一緒に行く?」

「いや、遠慮しておきますよ。後ろから刺されそうだから。馬に蹴られたくもないし」

仲がいいならせっかくだし一緒にでかければいいと思ったのだけれど、ニックは肩を竦《すく》めながら呆《あき》れたように首を振り、別れの言葉を告げて出ていった。

「……本当に情報を伝えにきてくれただけなのね」

「だろうね。これ以上居座ったら俺に刺されると思ったのかもしれないけど」

人懐こいように見えてこういう時さっさと退散していくので、摑《つか》みどころのない人間だと思う。親し気に話しかけてくる割には深くは踏み込んでこないあたり、彼も裏の世界に生きる者ということか。

「……よし。ララニカ、指輪を作りに行こう。そして旅の準備もして、出来るだけ早く家探しを始めよう」

「いいけど、なんだか忙《せわ》しないわね」

「あいつに見つからない場所でいい家を探すのは苦労しそうだからね」

本気でそう思っているのだろうか。軽くしかめ面をしているノクスに笑いが零《こぼ》れる。憎まれ口を叩いていても、ノクスはニックが嫌いではないはずだ。

「友人にそんなこと言っちゃだめよ」

「友人じゃない。……だから、名前なんて呼ばなくていいよ」

妙な言い方をするものだ。私は別にノクスの友達だからニックの名を呼ぶようになった訳ではない。

今まで呼ばなかった名を口にしたことを、彼も不思議に思っているのだろうか。そしてその理由は自分に気を遣っているからだと考えたのかもしれない。

「私は貴方に気を遣ってニックの名前を呼ぶようになったんじゃないわ。ただ対等な人間として扱いたかっただけよ」

「……対等な人間」

「そう。今までは別の生き物だったでしょう？　だから……名前なんて呼びたくなかったのよ」

ニックだけではない。かなりの時間共に過ごしたはずのアスだってその名を口にしたことはなかった。けれどこれからは違う。次に会った時には、その名を呼んでみようと思っている。

「貴方だけはずっと名前で呼んでいたから不思議に思うでしょうけど。……そう考えるとやっぱり貴方は特別なのね」

「俺が、特別……？」

「ええ。……貴方は誰よりも特別な人よ」

あの日、森でノクスを拾わなかったら。私はきっといまだ森に住む不死の魔女のままだった。彼が私を殺そうと、何年も諦めずに足掻《あが》いた結果が今なのだ。

感謝しているし、何よりも愛している。不死の魔女を殺して人間に戻してくれた、優しい暗殺者の彼を。

「ありがとう。誰よりも愛《いと》しい貴方」

「……暗殺者《おれ》に殺し文句を言える君は、やっぱり魔性の魔女だと思う」

絞め殺されそうなくらいきつく抱きしめられた。しかし、それ以上の力は加わらない。彼は私を殺す気はまだないようだ。

「いい家を探そうね。暖かい南がいい？　それとも、発展してる西かな。東は文化が独特だから面白いよ。……君が一番暮らしやすい場所を探そう」

「現代のことは何も知らないから、実際に見てみないと分からないわね。……あと、アスの様子も見に行くんじゃなかったの？」

「そうだね。じゃあ移動に便利な西から見に行こう。それで一度アスに会いに戻って、また別の地域を見に行って……時間、足りるかなぁ」

私の時間が終わるのはノクスに殺される時である。しかしどうも彼の口ぶりから察するに、それは何十年と先のことのようだった。けれど何十年なんて長いようでとても短い時間なのだと、私はよく理解している。

「よし、さっそく買い物に行こう。時間は有限だからね」

「ええ、そうね。人生は短いもの。これから忙しくなりそうね」

人の命には限りがあり、だからこそできることも限られる。そうして短い時間の中で最大限に幸せになろうとするなら忙しくなるのは当然だ。

私を名残惜しそうに放したノクスとどちらからともなく手を繋《つな》ぎ、歩きだす。いつかこの手に殺されるその時まで、私も懸命に短い時を生きていこう。

不老不死ではない普通の人間。私がそれに慣れるのには、まだ時間がかかりそうだ。

「……あら、指を切ったわね」

不死の頃から痛覚はあるものの、痛みには耐性ができてしまっている。森を出てから人間の文明に触れるようになり、紙はよく手を切るものなのだと知った。

ちょっとホテルの部屋で次に行く予定の国の資料を見ていただけなのに指を切ってしまった。硬めの紙は気を付けなければすぐに傷を作る。

「見せて」

「これくらい放っておけば治るわよ」

「だめ、見せて」

隣から差し出されている手に仕方なく自分の手を載せた。元々は小さなテーブルで向かい合うよう置かれていた椅子を、わざわざ隣に移動させて並んで座っているノクスは、じっと私の傷を見つめている。

薄く赤い線が走るだけで、血が浮き出ることもない程度の傷だ。それでもノクスはてきぱきと動き始め、薬を塗って絆創膏《ばんそうこう》を貼った。

「君はもう不死じゃないし、傷がついてもすぐには治らないんだから大事にして。小さな傷からでも病気になるかもしれないんだよ」

真剣な表情のノクスの物言いが、なんだか昔の自分に似ているのが可笑《おか》しくて笑ってしまう。彼はそんな反応が不服のようで、軽く眉を寄せていた。

「俺は心配してるんだけど」

「ええ、分かっているわ。ごめんなさい。……心配されるのって嬉《うれ》しいものね」

死ねない体であった時、傷を心配されても「どうせ死ねないのに」としか思えなかった。けれど今の私は命を一つしか持たない、簡単なことで死んでしまう人間なのだ。そんな命を大切に扱うべきだとは常々思っていたから、今の私の命がどれほど大事なものかは理解しているつもりである。

（想《おも》ってくれる人がいるんだものね。……自分の命も、ちゃんと大切にしないと）

不老不死だったからこそ、こうして心配してもらえることはとても貴重で、嬉しいものなのだと知ることができたのだ。そしてそれを教えてくれたのは隣に座る、不服そうな顔をし続けている彼である。そんな表情もなんだか愛《いと》おしい。

「ノクスが時々、私にわざと心配させるような物言いをしていた気持ちが少し分かったわ」

軽い咳払《せきばら》いで誤魔化された。私が彼の身を案じるといつも嬉しそうな顔をしていたので、心配させるためにわざと言葉にしているのではないかと思ってカマを掛けてみたのだが事実だったようだ。

いたずらが見つかった子供のように、少しばかりばつの悪そうな顔で目をそらしている姿に笑いがこみあげてくる。

「そんなことをしなくても私は貴方《あなた》を愛しているし、いつでも心配してるわよ」

「……ラニカさ。俺のこと口説いてる？」

「いえ、別に？」

「……だよねぇ。……君の方が殺すの上手《うま》いなぁ」

何か物騒な台詞《せりふ》が聞こえた。私は食べるためにしか生き物の命を奪うことはないのに、一体どういう意味だろうか。

「俺は一生君に敵《かな》わないかもしれないね」

「……どういう意味？」

「んー……ラニカはそのままでいいから、知らなくていいかも。いつか俺もラニカを殺せるよう努力するよ」

突然抱き寄せられて、自分よりも高い体温に包まれた。ノクスの腕の中にいるとその熱が移るように、私自身も温められていく。体だけではなく、心の中までじんわりと温かくて、その心地良さに目を閉じた。

「……愛してるよ」

「ええ……私もよ」

耳元で囁《ささや》かれる優しい声にうっとりと答えたら、私を抱く腕にぐっと力が籠って少し息苦しくなる。力を逃がすように息を吐いたら、ノクスの耳に触ってくすぐったかったのか彼の体がぴくりと反応した。

「……やっぱり俺が君を殺せる日は遠そう」

「知ってるわ」

「……そういう意味じゃなくて……ほんと、君は不死じゃなくても魔性の魔女だよ」

それならどういう意味なのか、尋ねようとしたら柔らかい熱で口を塞がれたので、諦めた。別に、どんな意味でも構わない。私が彼に殺されるまで、こんな日々が続くならなんだって。

あとがき

初めましての方もお久しぶりの方もこんにちは。Ｍｉｋｕｒａ《みくら》です。

こちらの本をお手に取っていただき、ありがとうございます。

不死の魔女に育てられた少年が、成長して魔女に恋をし、死にたがりの彼女のために殺すことを決意する。そんな本作でしたが、お楽しみいただけましたでしょうか。

ＷＥＢ版『暗殺者は不死の魔女を殺したい』からはかなり加筆・修正いたしました。ノクスに付き従う不遜な鷹《たか》のアス、ノクスの自称友人の情報屋ニック。この二人（一人と一羽？）は書籍版にのみ登場するキャラクターですが、個人的には結構気に入っています。

元々はもっと閉じられた、ララニカとノクスの二人だけの世界で、見える部分も狭かったのですが、関わるキャラが増えたことで世界が広がったように思います。ＷＥＢ版既読の方にも新鮮な気持ちで読んでいただけていたら嬉《うれ》しいです。

せっかくなので作中の登場人物の視点からは知りえない裏設定をここに書いてしまうのですが、ノクスはララニカを貴族の屋敷から逃がした男の子孫になります。彼はララニカを逃がした後処刑され、その妻と子は奴隷へと堕《お》とされました。それからずっと彼の血筋は奴隷だった訳ですが、数百年の時を経てノクスはララニカに出会ったという縁です。

小説家になろうでの連載にしては暗い設定でしたので書籍化のお声がけを頂けると思っていなかったのですが、こうして一冊の本となったことを大変嬉しく思っています。担当してくださった編集さんには大変お世話になりました。あらゆる意味でとてもお世話になって本当にありがたかったです。

イラストレーターのゆっ子先生にも、本当に素敵なキャラデザとイラストを描いていただき、感謝するばかりです。まるで御伽噺《おとぎばなし》の一幕のようなカバーイラストが美しいです……。

他にも多くの方のおかげでこの一冊が出来上がりました。最後までじっくりお楽しみいただけますように。

それでは最後に、あとがきまで読んでくださったあなた様にも感謝を。またどこかでお会い出来ればと、願っております。それでは。

Ｍｉｋｕｒａ

作品のご感想、
ファンレターを
お待ちしています

あて先

〒141-0031　東京都品川区西五反田 8-1-5 五反田光和ビル4階
ライトノベル編集部
「Mikura」先生係／「ゆっ子」先生係

スマホ、PCからWEBアンケートにご協力ください

アンケートにご協力いただいた方には、下記スペシャルコンテンツをプレゼントします。
★本書イラストの「無料壁紙」　★毎月10名様に抽選で「図書カード（1000円分）」

公式HPもしくは左記の二次元バーコードまたはURLよりアクセスしてください。
▶ **https://over-lap.co.jp/824008923**
※スマートフォンとPCからのアクセスにのみ対応しております。
※サイトへのアクセスや登録時に発生する通信費等はご負担ください。

オーバーラップノベルスf 公式HP ▶ **https://over-lap.co.jp/lnv/**

暗殺者は不死の魔女を殺したい

発　行　2024年7月25日　初版第一刷発行

著　者　Mikura

イラスト　ゆっ子

発行者　永田勝治

発行所　株式会社オーバーラップ
〒141-0031
東京都品川区西五反田 8-1-5

校正・DTP　株式会社鷗来堂

印刷・製本　大日本印刷株式会社

ISBN 978-4-8240-0892-3 C0093

【オーバーラップ　カスタマーサポート】
電　話　03-6219-0850
受付時間　10時～18時（土日祝日をのぞく）

OVERLAP NOVELS f
生贄姫の幸福
～孤独な贄の少女は、魔物の王の花嫁となる～
1
Happiness of Sacrificial Princess
雨咲はな
ill. 榊空也
第8回 WEB小説大賞
金賞
受賞!
贄となって食べられるはずが、
花嫁として魔物の王に優しく愛されて——!?
生贄として魔物に身を捧げて死ぬことこそが
「幸福」だと教え育てられた第二王女・リーディア。
ところが、いざ目の前に現れた魔物の王・ルイから告げられたのは……!?
「やっと見つけた、俺の——花嫁さん」
孤独だった贄の少女が本当の愛を知る珠玉のシンデレラストーリー。

飼育員セシルの日誌
Keeper Cecil's Diary
紺染 幸
Illust.凩はとば
OVERLAP NOVELS f
ひとりぼっちの女の子が
新天地で愛を知るまで
大好きなみんなを守るため、
秘密の力でがんばります！
コミックガルド
にて
コミカライズ！
天涯孤独の少女セシルの生きがいは大鳥ランフォルの飼育員として働くこと。自力で見つけた再就職先でもそれは変わらないけれど、仕事に夢中な自分をいつも見守ってくれる雇用主オスカーに「そばにいてほしい」と思うようになってきて――

第12回オーバーラップ文庫大賞
原稿募集中!
イラスト：片桐
これは、
世界を変える
魔法《ものがたり》
【賞金】
大賞…300万円
（3巻刊行確約＋コミカライズ確約）
金賞……100万円
（3巻刊行確約）
銀賞………30万円
（2巻刊行確約）
佳作………10万円
【締め切り】
第1ターン 2024年6月末日
第2ターン 2024年12月末日
各ターンの締め切り後4ヶ月以内に佳作を発表。
通期で佳作に選出された作品の中から、「大賞」、「金賞」、「銀賞」を選出します。
投稿はオンラインで！ 結果も評価シートもサイトをチェック！
https://over-lap.co.jp/bunko/award/
〈オーバーラップ文庫大賞オンライン〉
※最新情報および応募詳細については上記サイトをご覧ください。
※紙での応募受付は行っておりません。